WENN LIEBE LAUFEN LERNT
Gay Romance

Über das Buch:

Fast zwei Jahre ist es her, dass ein Unfall Olivers Leben auf den Kopf gestellt hat. Langsam scheint es bergauf zu gehen und vieles davon verdankt er der Unterstützung seiner Familie und Freunde.
Allen voran Elias, mit dem ihn mehr als nur Freundschaft verbindet. Für die beiden überzeugten Singles ist das getroffene Arrangement perfekt.
Bis Oliver eines Tages beschließt, seinen ganzen Mut zusammenzunehmen und alles auf eine Karte zu setzen.

Gay Romance

Sara Pearson

Sara Pearson
Wenn Liebe laufen lernt – Gay Romance

ISBN: 978-1694306319

Verleger:
Sandra Schmitt
Ringstraße 13
55599 Stein-Bockenheim

Druck:
Amazon Media EU S.à r.l., 5 Rue Plaetis, L-2338, Luxembourg

Text von *Sara Pearson*
Coverdesign von *Jona Dreyer*
Coverbild von *depositphotos.com*
Lektorat/Korrektorat von
Bernd Frielingsdorf, Ann Sophie Frind, Jennyfer Jager

Besuchen Sie mich auf Facebook:
https://www.facebook.com/Sara.Pearson.Autorin

Über Rückmeldungen würde ich mich sehr freuen. Entweder per E-Mail (sara.pearson87@gmx.de), auf Facebook oder eine Rezension auf Amazon.

Alle Rechte vorbehalten. Nachdruck, Vervielfältigung und Veröffentlichung sind nicht gestattet. Sämtliche Personen und Handlungen dieser Geschichte sind frei erfunden und Ähnlichkeiten daher nur zufällig.
Bei diesem Buch handelt es sich um mein geistiges Eigentum, das ohne meine schriftliche Genehmigung weder kopiert noch vervielfältigt werden darf.

Dieses Buch enthält explizit homoerotische Szenen und sollte erst ab achtzehn gelesen werden. Wer ein Problem damit hat, liest bitte etwas anderes.

Im wahren Leben gilt: Safer Sex!

Kapitel 1

Oliver

Ich blinzelte, als ich die Augen öffnete. Die Sonne schien unbarmherzig durch das Fenster direkt auf mein Bett und mir mitten ins Gesicht. Gähnend zog ich mir die Decke über den Kopf und kuschelte mich noch einmal in meine warme, gemütliche Höhle. Konnte die Sonne sich nicht noch ein wenig Zeit lassen? Wo waren die Wolken, wenn man sie einmal brauchte und sich wünschte, dass sie die Helligkeit dämpften? Gut, ich war auch selbst schuld. Immerhin war ich todmüde ins Bett gefallen, ohne den Rollladen herunterzulassen. Ich war schlicht zu faul gewesen, noch einmal aufzustehen. Der Schlaf war einfach wichtiger gewesen. Also musste ich es jetzt, wohl oder übel, ausbaden.

Ich hörte Geklimper und Kaffeegeruch stieg mir in die Nase. Felix und Ben schienen schon wach zu sein. Oder zumindest einer von beiden. Kaffee kochte sich immerhin noch nicht von allein. Na ja, schon aber … ach, lassen wir das. Da an Schlaf eh nicht mehr zu denken war, stand ich auf, streckte mich und zog mir was über. Wo war eigentlich meine Brille? Morgens war ich immer so verwirrt, dass ich auf Anhieb nie wusste, wo ich sie mal wieder hingelegt hatte. Auf dem Nachttisch fand ich sie schließlich. Heute Morgen war ich wirklich ziemlich durch den Wind.

Humpelnd machte ich mich auf den Weg ins Bad. Wer auch immer wach war, musste sich jetzt mit meiner Gesellschaft abfinden. Während ich meine Morgentoilette verrichtete, dachte ich darüber nach, wie gerne ich hier bei meinen Freunden war. Daheim war ich ziemlich einsam und es war langweilig. Außer meinen Eltern hatte ich dort niemanden mehr. All meine Freunde hatten sich nach und nach von mir abgewendet und mich wohl vergessen. Seit meinem Unfall war ich nicht mehr so gut zu Fuß unterwegs und bremste meine Freunde dementsprechend aus. Meine Mutter hatte mir einmal gesagt, dass es keine wirklichen Freunde wären, wenn sie mich wegen so etwas hängen ließen. Ich wusste, dass sie recht hatte. Aber es tat trotzdem weh, dass ich ihnen wohl zu anstrengend geworden war. Oder besser gesagt, mein Gesundheitszustand.

Kopfschüttelnd richtete ich meine Aufmerksamkeit wieder auf das Hier und Jetzt. In Depressionen zu versinken würde mir auch nicht helfen. Leider hatte ich solche Tiefpunkte in den letzten Wochen immer öfter. Ich musste mir dringend ein Hobby suchen, das mich genug beschäftigte und mich vielleicht sogar neue Kontakte knüpfen ließ. Um nicht mehr daran zu denken, ging ich hinunter und gesellte mich zu Ben in die Küche.

»Guten Morgen.«

Er drehte sich zu mir herum und lächelte leicht. »Morgen. Ausgeschlafen?«

»Eher aufgehört.« Ich gähnte herzhaft und holte mir eine Tasse aus dem Schrank. Ich war mittlerweile schon so oft hier gewesen, dass ich mich zu Hause fühlte. »Felix schläft noch?«

»Ja, wie ein Stein. War eine kurze Nacht.« Sein Grinsen verriet mir, dass er nicht nur auf unser ewig langes Gequatsche anspielen wollte.

»Bitte, keine Details.« Ich gönnte meinen Freunden ihr Glück, nach allem, was sie durchgemacht hatten. Aber immer, wenn ich sie beobachtete, keimte in mir die Sehnsucht, auch endlich jemanden zu finden.

»Keine Angst.« Ben lachte und schenkte uns Kaffee ein. Noch ein großzügiger Schluck Milch und ich war glücklich. »Wir wollten heute Abend essen gehen. Hast du auf was Bestimmtes Lust?«

»Eigentlich nicht. Aber frag mich das später noch mal. So nach dem Frühstück.«

»Du und Felix, ihr seid die reinsten Lebensmittelvernichtungsmaschinen.«

Ich zuckte nur die Schultern und nahm vorsichtig den ersten Schluck Kaffee. Sah dabei zu, wie Ben den Kaffee in eine Thermoskanne umfüllte und diese, zusammen mit seiner Tasse und der Milch, auf einem Tablett nach draußen trug. Ich folgte ihm auf die Terrasse und machte es mir in der Sonne gemütlich. In angenehmer Stille ließen wir uns die laue Luft um die Nase wehen. Ab und zu wehte der Wind etwas von Bens Zigarettenrauch herüber. Aber damit konnte ich gut leben. Es war einfach himmlisch hier.

Wie oft war ich schon hier gewesen und hatte nur die Ruhe genossen? Es war eine andere Stille als daheim. Sie war nicht erdrückend, sondern eher beruhigend. Selbst wenn ich mit meinen Freunden draußen saß, mussten wir uns nicht zwangsläufig mit dem anderen unterhalten. Wir teilten ein angenehmes Schweigen miteinander. Sprachen manchmal nur das Nötigste. Aber da war jemand, der einem zuhörte, wenn man doch reden wollte. Vielleicht sollte ich überlegen, herzuziehen? Doch was war dann mit meinen Eltern?

»Elias kommt heute Abend auch mit«, meinte Ben nach einer ganzen Weile und steckte sich eine weitere Zigarette an.

»Ich dachte, er hat Spätschicht?«

»Irgendwer hat seine Schicht tauschen müssen. Also hat er sich uns angeschlossen. Kam wohl ziemlich spontan.«

»Okay.«

Elias war mittlerweile genauso mein Freund wie auch Ben und Felix. Vielleicht sogar etwas mehr. Wir verstanden uns wirklich ziemlich gut. Und ja, seit ein paar Monaten schliefen wir auch miteinander. Aber das war unser kleines Geheimnis. Deshalb wäre es irgendwie komisch gewesen, heute etwas ohne ihn zu unternehmen. Generell schien Elias immer bei Ben und Felix zu sein. Zumindest war er immer hier, so wie es seine Schichten gerade erlaubten, wenn ich zu Besuch war. Ich genoss seine Gesellschaft und ich kannte ihn schon fast genauso lange wie Felix.

»Morgen.«

Felix' verschlafene Stimme riss mich aus meinen Gedanken und ich sah zu ihm. Er sah vom Schlafen noch ein wenig zerstört aus.

»Guten Morgen, Schlafmütze.«

»Guten Morgen, Liebling.«

Felix ging zu Ben hinüber, setzte sich auf seinen Schoß und stahl sich seine Kaffeetasse. Erst danach gab er ihm einen sanften Kuss. Wie ich die beiden um ihr Glück beneidete! So schwer sie es auch gehabt hatten, so konnten sie sich ihrer Liebe doch sicher sein.

Der kleine Stich, den ich verspürte, war heimtückisch. Eifersucht. Ich war eifersüchtig auf ihr Glück und schämte mich gleichzeitig dafür. Immerhin sollte ich mich für meine

Freunde freuen. Doch so einfach war das nicht. Schnell wandte ich den Blick von den beiden Turteltauben ab und sah in die Ferne. Trank immer wieder kleine Schlucke von meinem mittlerweile kalten Kaffee.

»Ich geh mal duschen.« Somit war ich erst einmal für mich und konnte mich wieder sammeln. Das mit der Dusche war nur eine Ausrede gewesen, um einen Moment allein sein zu können. Es setzte mir heute doch mehr zu, als es sollte, Ben und Felix zu beobachten.

Aber es fiel mir schon in den letzten zwei Jahren nicht immer leicht, der ewige Single zu sein und anderen dabei zuzusehen, wie sie nach und nach ihr Glück fanden. Nicht, dass man mich falsch verstand, ich gönnte jedem sein Glück und hatte mich lange Zeit nur mit flüchtigen Abenteuern zufriedengegeben. Es hatte auch Spaß gemacht, ungebunden zu sein. Aber mittlerweile fragte ich mich, wann endlich ich dran war. Wann mir mein Prinz begegnen würde. Nur bitte ohne das Pferd.

Seufzend suchte ich mir etwas zum Anziehen aus meiner Tasche. Irgendwie würde ich die Zeit bis heute Abend schon herumbekommen, ohne innerlich von dieser Eifersucht zerfressen zu werden. Ich sollte die Zeit mit meinen Freunden lieber genießen, statt mich so herunterziehen zu lassen.

Oliver

Verstohlen beobachtete ich Elias, während er sich mit Ben unterhielt. Er sah wirklich gut aus. Dabei hatte er nur eine einfache dunkle Jeans und ein T-Shirt an. Doch ich war mir sicher, dass er selbst in einem Kartoffelsack anziehend auf mich wirken würde. Doch am besten gefiel er mir immer noch nackt.

Das knappe Jahr, das ich ihn jetzt schon kannte, himmelte ich ihn an. Früher nur aus der Ferne. Mittlerweile auch mal aus direkter Nähe, wenn wir denn die Chance hatten, allein zu sein. Nicht einmal Felix wusste, dass wir etwas miteinander am Laufen hatten.

Manchmal würde ich es ihm gerne sagen, dass da mehr war. Würde diese Heimlichtuerei gerne aufgeben und offen mit meinen Gefühlen umgehen können. Doch mehr als eine belanglose Affäre war es für Elias nicht. Das hatte er mir gegenüber schon öfter angedeutet. Ich wusste ja noch nicht einmal bei mir selbst, ob es wirklich mehr als eine Schwärmerei war. Oder ob ich vielleicht nur dachte, ich sei verliebt, weil diese Heimlichtuerei einen gewissen Kick hatte? Denn wirklich verliebt war ich bisher noch nie gewesen. Aber ich würde es gerne herausfinden. Mit ihm zusammen. Doch das würde erst einmal nur ein unerfüllter Wunschtraum bleiben.

Als Elias auf mich zukam, um mich ebenfalls zu begrüßen und freundschaftlich in den Arm zu nehmen, stolperte mein Herz kurz. Er roch so verdammt gut. Was war nur mit mir los, dass ich auf alles von ihm so heftig reagierte? Bei ihm fielen mir Sachen auf, die ich bei anderen wohl nie wahrnehmen würde. War es vielleicht doch mehr als eine Schwärmerei?

»Hast du denn kein Zuhause?«, zog er mich auf und grinste frech.

»Auch schön dich zu sehen«, antwortete ich nur und streckte ihm die Zunge heraus.

»Hast du heute Abend Lust, noch was zu trinken?«, wollte er von mir wissen und grinste mich auf diese Art und Weise an, die mir zu verstehen gab, dass er sich danach noch mehr vorstellte.

»Klar, gerne. Wollen wir die anderen fragen, ob sie auch mitwollen?« Ich nickte zu Felix und Ben hinüber, die noch einmal kurz zusammen im Schlafzimmer verschwanden. Gott sei Dank ließen sie die Tür offen, so konnte man wenigstens ausschließen, dass sie übereinander herfielen. Wobei ... den beiden war manchmal alles zuzutrauen.

»Ich dachte eher, dass wir das in kleiner intimer Runde in meiner Wohnung machen. Nur du und ich. Wir haben uns lang nicht gesehen.«

»Klingt gut.« Mein Mund war schlagartig so trocken, dass ich schlucken musste. Ich wusste, was es zu bedeuten hatte, und ich freute mich jetzt schon darauf. In meinem Kopf spielten sich direkt allerhand Szenarien ab. Ich musste dringend an etwas anderes denken, wenn ich nicht gleich mit einem Ständer loswollte.

Elias sah sich kurz um, dann legte er mir eine Hand in den Nacken, beugte sich zu mir herunter und küsste mich. Seufzend schloss ich die Augen und lehnte mich gegen ihn. Das hatte ich in den letzten sechs Wochen vermisst.

Leider ließ er wieder viel zu schnell von mir ab. Jedoch gerade rechtzeitig, damit Felix und Ben uns nicht sehen konnten. Verlegen biss ich mir auf die Lippe und ging ein wenig auf Abstand. Was machte der Kerl nur mit mir?

»Seid ihr so weit?«, ertönte keine Minute später Felix' Stimme hinter uns.

Ich nickte matt, während Elias seine Freunde anstrahlte und mir meine Jacke reichte, die über einem der Stühle hing.

Da das Haus von Felix und Ben etwas abseits der Stadt war, fuhren wir gemeinsam mit dem Auto. Meine Hand lag nicht weit von Elias' entfernt. Ich wünschte, ich könnte einfach nach ihr greifen und unsere Finger miteinander verschränken.

Die Fahrt dauerte nicht lang und schon bald hatten wir unser Ziel – ein gemütliches kleines italienisches Restaurant – erreicht. Wir waren schon öfter hier gewesen, wenn ich zu Besuch war, und ich mochte das Restaurant. Hier nahmen sich die Mitarbeiter noch Zeit und unterhielten sich auch mal kurz mit einem ihrer Gäste. Man hatte nicht das Gefühl, wie am Band abgefertigt zu werden. Leider hatte man das heute nur noch selten. Ständig herrschte überall Personalmangel und Zeitdruck.

Es war zwar noch nicht richtig sommerlich warm, aber warm genug, dass wir uns entschieden, einen Tisch auf der hinteren Terrasse zu nehmen. Mir konnte es nur recht sein, weil ich es liebte, draußen an der Luft zu sein. Solange ich bei Regen überdacht irgendwo sitzen konnte, saß ich auch draußen. Als der Kellner an unseren Tisch kam und uns die Speisekarten aushändigte, bestellten wir schon einmal etwas zu trinken.

»Was macht eigentlich deine Physio, Oli?«, wollte Felix von mir wissen und studierte nebenher weiterhin die Karte.

»Frag lieber nicht. Ich bin genervt und angefressen, weil seit ein paar Wochen absolut nichts vorangeht. Aber mein Physiotherapeut meinte, ich brauche mehr Geduld. Nur hab ich die absolut nicht mehr. Ich meine … der Unfall ist zwei Jahre her und ich kann noch immer nicht richtig laufen. Wie lange soll ich mich denn noch gedulden?«

»Du weißt, was sie damals in der Reha gesagt haben«, erinnerte mich Felix mit diesem tadelnden Blick, den er immer aufsetzte, wenn er wusste, dass er im Recht war.

»Ja«, schnaubte ich und wurde auf einmal irgendwie traurig. »Es kann sogar passieren, dass es nie wieder besser wird.«

»Du kommst doch ganz gut damit zurecht, oder?«, mischte sich Elias in das Gespräch ein.

Ich brachte nur ein Nicken zustande. Ja, ich kam gut damit klar. Das war nicht das Problem. Aber was brachte mir das, wenn meine einzigen Freunde über sechshundert Kilometer entfernt wohnten? Schon merkwürdig, dass sie sich mit meiner Einschränkung besser abgefunden hatten, als ich. Und die Menschen, von denen ich gedacht hatte, sie wären auch meine Freunde, ließen mich hängen. Dabei kannte ich einige von ihnen schon seit dem Kindergarten.

»Können wir über was anderes reden?«, bat ich und legte den Kopf in den Nacken. Passend zu meiner aktuellen Stimmung verdunkelte sich der Himmel. Mal sehen, wie lange wir noch im Trockenen sitzen konnten.

»Wie kommst du mit deinem neuen Buch voran?« Da niemand den Anschein machte, als wollte er auf meine Bitte eingehen, wechselte ich eben selbst das Thema. Genug Gesprächsstoff gab es ja. Und ich wollte nicht, dass meine Freunde sich wegen mir schlecht fühlten.

»Ich bin fast fertig. Cover und Buchsatz müssen dann noch gemacht werden. Aber vorher muss ich noch ungefähr zwei bis drei Kapitel schreiben, bevor ich endlich Ende drunter schreiben kann. Die vier berühmten Buchstaben, die jeder Autor herbeisehnt und irgendwie doch betrauert. Immerhin ist die Story dann vorbei und die Reise mit meinen Protagonisten beendet. Unglaublich, wie man sich in eine Geschichte hineinversetzen kann, die von hier kommt.« Er tippte sich mit dem Finger gegen die Stirn.

»Das ist schon dein fünftes Buch in einem Jahr«, gab ich mit Staunen zurück. Kaum zu glauben, mit welchem Tempo er schrieb.

Ein wenig verlegen zuckte Felix die Schultern. Ben hatte einen Arm um ihn gelegt und er lächelte ihn voller Stolz an. Erneut spürte ich diesen Stich des Neids. Am liebsten hätte ich mich selbst geohrfeigt. Das musste aufhören!

»Na ja, wenn man vom Schreiben leben will, muss man ein gewisses Tempo vorlegen. Und es läuft auch wirklich außerordentlich gut. Fast schon von allein, wenn man es so sagen will.«

»Stimmt schon. Aber hast du nicht mal Tage oder Momente, wo du einen Hänger hast? Ich meine, so eine Idee ist ja schön und gut. Aber sie schreibt sich ja auch nicht von allein.« Das war doch ein Thema, mit dem ich mich ablenken konnte. Außerdem interessierte es mich tatsächlich, wie der Alltag eines Autors aussah. Da kannten wir uns schon so lange und ich hatte mich noch nie näher mit dem Thema auseinandergesetzt.

»Natürlich nicht. Aber wenn ich mal hänge, mache ich entweder an dem Tag etwas anderes oder schreibe trotzdem einfach weiter. Eine befreundete Autorin hat mir mal den Tipp gegeben, dass man auch lernen muss, schlecht zu schreiben. Und sie hatte recht. So kommst du mit der Story voran und steckst nicht ewig an ein und derselben Stelle fest. Überarbeiten und ausbessern kann ich es am Ende immer noch. Man muss sich eben auch mal durchkämpfen.

Auch wenn es schwer ist und ich am liebsten manchmal einfach alles löschen würde.«

»Ich stell mir das trotzdem schwer vor, überhaupt so eine ganze Geschichte schriftlich festzuhalten.«

»Niemand hat behauptet, dass es einfach wäre«, stimmte mir Felix zu und tätschelte Bens Oberschenkel. Dieser lachte nur und nickte leicht.

»Du musst ihn mal erleben, wenn es nicht so läuft, wie er will. Dann reden wir noch mal darüber, wie schwer so ein Autorenleben doch ist. Ich lasse dich gern einmal live daran teilhaben«, fügte Ben hinzu.

Ich versuchte mein Lachen hinter der Speisekarte zu verstecken, was mir nur schlecht gelang. Elias stimmte in mein Lachen ein und auch Ben konnte sich ein Grinsen nicht verkneifen. Felix zog eine Schnute, doch konnte er uns nicht lange böse sein. Er wusste, dass wir es nicht so meinten. Solche Scherze gehörten in unserer Freundschaft einfach dazu. Und es war schön, zu wissen, dass man nicht auf jedes Wort achten musste, was man von sich gab. Genau so sollte es zwischen Freunden auch sein.

»Haben die Herren schon gewählt?«

Ich erschrak leicht, als auf einmal der Kellner neben mir stand. Wo kam der denn auf einmal her?

»Ich bin bei dir, Hase. Ich beschütze dich vor allen heraneilenden Kellnern«, raunte mir Elias ins Ohr, was mir eine leichte Gänsehaut bescherte. Ich versuchte ihn und seine Worte zu ignorieren, konzentrierte mich auf die Speisekarte, um dem Kellner das richtige Gericht zu nennen. Doch mir schlug das Herz bis zum Hals.

Wir bestellten unser Essen und ich bestellte mir noch ein weiteres Bier. Wenn ich heute Abend sowieso zusammen mit

Elias etwas trinken würde, konnte ich auch jetzt schon langsam damit anfangen. Außerdem, wer sollte mich schon aufhalten? Ich durfte seit der Verschlechterung meines Beins kein Auto mehr fahren und konnte es also auch einfach mal ausnutzen, trinken zu dürfen.

Während des Essens und auch noch lange danach unterhielten wir uns über alles Mögliche. Elias erzählte ein paar neue Flachwitze, die er aufgeschnappt hatte und die ihm und mir Bauchweh vor lauter Lachen bescherten. Unsere Freunde hatten für seine Witze nicht mehr als einen hochgezogenen Mundwinkel übrig. Aber das kannten wir schon von ihnen. So war es immer.

Ben erzählte von der Schule, an der er mittlerweile unterrichtete, und Felix schwärmte von ihrer letzten gemeinsamen Reise. Ich hörte ihnen gerne zu. Und auch wenn ich nur schwer den Neid in mir bekämpfen konnte, so freute es mich, dass es ihnen gelungen war, wieder zueinanderzufinden. Generell hatte ich das Gefühl, dass das letzte Jahr sie fester zusammengeschweißt hatte. Zumindest soweit ich das beurteilen konnte. Damals hatte ich die Dinge nur aus Felix' Sicht mitbekommen.

»Kommst du nachher noch mal mit zu uns?«, wollte Felix von Elias wissen und gähnte.

»Wir wollten noch etwas bei mir trinken und quatschen. Ich habe immerhin frei und gedenke es auch zu nutzen. Und im Gegensatz zu dir altem Opa bin ich noch nicht müde«, zog Elias seinen Freund auf.

»Ich gebe dir gleich Opa. Ich erinnere dich gerne daran, dass du derjenige warst, der an meinem Geburtstag nach dem Grillen sofort eingeschlafen ist. Auf der Gartenliege.«

»Du wirst mir das ewig vorhalten, oder?«

»Natürlich. Dafür hat man doch beste Freunde.«

»Sollen wir uns dann auf den Heimweg machen, Opa? Immerhin muss dein Gebiss auch noch gereinigt werden«, wandte sich Ben an seinen Mann, welcher nur bestätigend nickte.

»Gute Idee.«

»Sollen wir euch bei Elias absetzen oder wollt ihr laufen?«

Bens Frage richtete sich natürlich an mich, selbstverständlich. Sie überließen mir die Entscheidung, je nachdem, wie viel ich mir an manchen Tagen zutraute. Das Schöne war jedoch, dass sie nie böse oder nachtragend waren, wenn ich mal nicht mehr konnte. Ihnen konnte ich es offen und ehrlich sagen, ohne mich für irgendwas schlecht fühlen zu müssen. Im Gegensatz zu meinen alten Freunden in der Heimat. Ich sollte jetzt lieber nicht daran denken, sondern die Zeit in Nijwegen genießen.

»Wir können gerne laufen. Wenn es dir nichts ausmacht, etwas langsamer zu machen«, richtete ich mich am Ende an Elias.

»Ich habe Zeit.«

»Wenn ihr es euch anders überlegt oder irgendwas sein sollte, ruft einfach an, okay?«

Felix würde sowieso keine Ruhe geben, bis ich zustimmte. Außerdem wäre es dumm von mir, ihre Hilfe auszuschlagen. Deshalb nickte ich bestätigend, während Ben aufstand und für uns alle bezahlte.

»Ihr müsst mich nicht ständig einladen, wenn wir essen gehen.« Ein bisschen unangenehm war es mir ja doch, dass sie immer für mich bezahlten. »Wisst ihr, ich hab mein eigenes Geld und so.«

»Und weiter? Elias auch und er beschwert sich nicht einmal, wenn er eingeladen wird«, erwiderte Felix mit einem Blick zu Besagtem. »Wieso eigentlich nicht?«

»Wäre ich ja schön blöd, oder?« Elias grinste frech und bekam von mir dafür einen Knuff gegen den Oberarm. Es war immer wieder belustigend, die beiden Freunde bei ihren Neckereien zu beobachten. So war es bei Daniel und mir auch einmal gewesen.

»Machen wir uns auf?« Ben stieß wieder zu uns, legte einen Arm um seinen Mann und sah uns abwartend an.

Aufbruchbereit verabschiedeten Elias und ich uns von den beiden und machten uns auf den Weg zu seiner Wohnung. Ein wenig nervös war ich ja schon, auch wenn ich schon öfter bei ihm gewesen war und wusste, was mich erwartete. Natürlich wusste ich, dass es blödsinnig war, nervös zu sein. Aber ich konnte nichts dagegen machen. Jede Minute, die ich mit Elias allein verbringen konnte, war etwas Besonderes und unglaublich kostbar für mich. Ich genoss den Sex und das Zusammensein mit Elias. Und trotzdem war ich immer wieder ein kleines Nervenbündel, wenn wir zu ihm gingen. Das alles war so neu für mich. Konnte das alles nur sein, weil er mir mehr bedeutete, als es eine Affäre eigentlich sollte? Weil ich mich in ihn verliebt hatte? Machte das sofort so viel aus?

Ab und an kam er sogar zu Besuch bei mir daheim an die Ostsee und blieb dann ein paar Nächte, die wir natürlich ausnutzten. Aber es war nicht nur der Sex mit ihm, den ich in vollen Zügen genoss. Es war unser ganzes Beisammensein, das irgendwie besonders für mich war.

Seit wir unser kleines Arrangement getroffen hatten, hatte ich keine Dates mehr mit anderen. Und auch meine üblichen One-Night-Stands fielen weg. Dabei war ich nie ein Kind von Traurigkeit gewesen. Wie es bei Elias aussah, wusste ich nicht. Glaubte aber, dass er sich weiterhin noch mit anderen traf. Wir sprachen nicht wirklich viel darüber, weshalb er auch nicht wusste, dass es für mich außer ihm niemanden gab. Ich wollte auch nichts über seine Abenteuer hören.

Am Anfang hatte es mir nicht viel ausgemacht. Doch je länger wir uns trafen und je tiefer meine Gefühle für ihn wurden, desto besitzergreifender wurde ich. Es war eine neue Seite an mir, bei der ich noch nicht wusste, ob sie mir gefiel und was ich davon halten sollte. Aber seit Elias war vieles anders. Doch ich traute mich nicht, es in seiner Gegenwart anzusprechen. Also gab ich mich mit dem zufrieden, was er bereit war, mir zu geben.

»Mach mal ein bisschen langsamer. Bitte.«

Am liebsten hätte ich laut geflucht, weil ich nach dem kurzen Stück schon anfing zu humpeln und langsam hinter Elias zurückfiel. Ich kam mir vor wie ein Opa, der ohne seine Gehhilfe unterwegs war.

»Willst du dich vielleicht bei mir unterhaken?«

Bevor ich antworten konnte, hielt er mir schon seinen Arm hin und ich hakte mich automatisch, aber dankbar bei ihm unter. Lieber wäre es mir gewesen, wenn er einfach den Arm um mich gelegt hätte. Doch ich wusste, dass das nicht passieren würde. Denn Elias wollte in der Öffentlichkeit immer noch Distanz wahren. Niemand sollte merken, dass uns mehr als Freundschaft verband. Und in Augenblicken wie diesem, tat es einfach nur weh, dass er mich so auf Abstand hielt.

Aber dass ich mich bei ihm unterhaken konnte, gab mir ein wenig mehr Sicherheit, und vor allem genoss ich es, ihm öffentlich auf diese Weise etwas näher kommen zu können. Dabei konnte ich mich heimlich meinen Träumereien hingeben, in denen ich mir immer ausmalte, wie es wohl wäre, wenn es immer so sein könnte.

Da es mir in letzter Zeit gerne mal passierte, dass ich über meine eigenen lahmen Füße stolperte, war es aber auch praktisch, seine Hilfe anzunehmen. Ein paar Mal hatte ich mich schon selbst zu Boden befördert und es hatte lange gedauert, bis ich mich wieder hatte aufrappeln können. Das war einer der Gründe, wieso meine Eltern es nicht gern gehört hatten, dass ich trotzdem meine eigene Wohnung wollte. Und sie auch behielt.

»Da vorne ist eine Bank. Wenn du magst, können wir uns auch kurz setzen.«

»Das wäre super. Ich fürchte, dass du mich sonst zu deiner Wohnung tragen musst.« Ich schenkte Elias ein schiefes Lächeln.

»Auch kein Problem. Du wiegst ja nichts, du Fliegengewicht.«

»Hey, ich kann dich hören.«

Wir setzten uns auf die Bank und ich rieb mir geistesabwesend den Oberschenkel. Ob das je besser werden würde? An manchen Tagen gab ich die Hoffnung auf und würde mich am liebsten irgendwo verkriechen. Ich hatte keine Lust mehr.

»Komm her.«

Elias griff nach meinem Bein und legte es sich über seinen Schoß. Mit Fingern, deren Wärme ich durch den Stoff der Hose spüren konnte, massierte er den Oberschenkel. Beinahe hätte ich angefangen zu stöhnen, so gut fühlte es sich an. Wollte ich wissen, woher er so gut massieren konnte? Lieber nicht drüber nachdenken, sondern einfach nur genießen. Meine verkrampften Muskeln würden es ihm danken.

»Nervt dich das nicht?«, wollte ich von ihm wissen, erntete jedoch nur einen verständnislosen Blick.

»Was genau?«

»Na, das hier? Dass ich euch immer wie ein Klotz ausbremse.«

»Sehe ich etwa genervt aus?«, wollte er jetzt von mir wissen und ich sah ihn verdutzt an.

»Nein, aber –«

»Na also«, unterbrach er mich. »Weißt du, Oli, du bist ein Freund von mir. Und auf Freunde nimmt man Rücksicht. So einfach ist das. Nur weil diese Idioten daheim dich vergessen haben, sobald du nicht mehr richtig funktioniert hast, heißt das nicht, dass wir es genauso tun. Und wenn ich dir so helfen kann, dann tu ich das. So einfach ist das. Es macht mir nichts aus, sonst würde ich es gar nicht erst anbieten.«

Etwas beschämt senkte ich den Kopf und biss mir auf die Lippe. Er hatte ja recht. Trotzdem nagte ab und zu das schlechte Gewissen an mir. Es ließ sich einfach nicht abstellen.

»Danke«, murmelte ich nach einiger Zeit verlegen.

»Nicht dafür.«

Ich nutzte die Zeit und betrachtete Elias in aller Ruhe. Ich mochte seinen kantigen Kiefer und die kurzen, braunen Haare, die er heute unter einer Mütze zu verstecken versuchte. Der Schwung seiner vollen Lippen lud zum Küssen ein und in seinen grau-blauen Augen konnte ich mich jedes Mal aufs Neue verlieren. Seine Hände, die noch immer meinen Oberschenkel massierten, konnten noch so viel mehr, wie ich wusste.

Wenn ich ehrlich war, beneidete ich ihn manchmal ein wenig um die Stärke, die er ausstrahlte. Kannte man Elias etwas besser, wusste man, dass er jederzeit da war, um seine Freunde zu schützen und zu stützen. Er stand zu dem, wer er war und was er mochte. Nur zu dem, was wir hatten, stand er nicht, verschwieg Felix und Ben, dass er bisexuell war und auch mit Männern schlief. Er machte ein Geheimnis daraus und ich wusste nicht, wieso. Gerade Felix gegenüber könnte er es doch ohne Probleme erwähnen. Was sollte er schon dazu sagen? Ganz sicher würde er ihn nicht dafür verurteilen. Den Grund für sein Schweigen kannte nur Elias.

Ich werde jedoch einen Teufel tun und ihn mit meiner Fragerei nerven oder ihm das Gefühl geben, ihn in eine Ecke drängen zu wollen. Das stand mir nicht zu. Und würde es wohl auch nie tun. So lange es ging, wollte ich unser Techtelmechtel genießen, die Momente mit Elias auskosten, und wenn ich allein in meiner Wohnung war, konnte ich von der Erinnerung zehren.

Momentan konnte ich jedoch an nichts anderes denken als daran, meine Lippen auf seine zu pressen. Und wieso auch nicht? Wir waren allein in einem dunklen Park. Erst ein paar Meter neben unserer Bank kam die nächste Laterne. Niemand würde uns sehen. Bevor ich es mir anders überlegen konnte, legte ich eine Hand auf seine Wange und küsste ihn zärtlich. Nach kurzem Zögern wurde der Kuss erwidert und ich spürte, wie sich seine Hand an meinem Oberschenkel langsam weiter nach oben schob. Ein kleines

Feuerwerk begann in meinem Inneren und ich legte meine freie Hand zwischen Elias' Beine, direkt auf seine beginnende Erektion, welche die Jeans nicht vor mir verstecken konnte.

»Geht's wieder?«, wollte er von mir wissen, als wir unsere Knutscherei unterbrachen.

Es dauerte einen Moment, bis die Frage richtig in meinem Gehirn ankam und mir die Bedeutung der Worte klar wurde. Zu sehr hatte ich mich dem Kuss, meinen Gedanken und den mich massierenden Händen hingegeben.

»Ja, wir können weiter. Erst mal.« *Mal sehen, wie lange du diesmal aushältst.*

»Na, dann hopp.«

Wieder hakte ich mich bei Elias unter, nun nicht weil ich ihn als Stütze brauchte, sondern einfach, damit ich ihm so nahe sein konnte, ohne mir Gedanken machen zu müssen. Wenn wir gleich in seiner Wohnung waren, durfte ich ihn auch endlich ausgiebig küssen und ganz anders berühren. Etwas, was ich schon den ganzen Abend machen wollte.

Elias

Ich schlurfte wieder ins Schlafzimmer und legte mich neben Oliver. Er hatte sich auf die Seite gedreht und in sein Kissen gekuschelt. Sollte ich ihn noch ein wenig schlafen lassen oder ihn wecken? Es war drei Uhr in der Nacht und wir hatten bisher noch nicht viel Schlaf bekommen. Woran ich nicht ganz unschuldig war. Außerdem sah er so friedlich aus, wie er neben mir lag und versuchte ein wenig Energie zu tanken.

Egal, wann Oliver meine Freunde besuchte und wir uns Zeit nur für uns nahmen, konnte ich die Finger einfach nicht von ihm lassen. Ich wusste nicht, was genau es war, aber ihm zu widerstehen war unmöglich für mich. Wenn er wüsste, wie schwer es mir fiel, mich in der Gegenwart unserer Freunde zurückzuhalten. Mittlerweile kannte ich jede Stelle an seinem Körper. Jede noch so kleine Narbe. Wie zum Beispiel die oberhalb seiner Schulter. Die Form glich der eines Herzens und war mit eins der vielen Überbleibsel seines Unfalls. Genauso wie die Narben an den Beinen, die von den Operationen der komplizierten Brüche herrührten, wie er mir mal erzählt hatte. Oder den kleinen Leberfleck an der Innenseite seines rechten Oberschenkels.

Ein herzhaftes Gähnen meinerseits ließ mich zu dem Schluss kommen, dass uns noch ein wenig Schlaf tatsächlich nicht schaden konnte. Auch wenn ich eigentlich noch nie der Typ dafür gewesen bin, kuschelte ich mich im Löffelchen an Oliver heran und schlief noch einmal ein.

Als ich wieder wach wurde, schien die Sonne erbarmungslos durch die Ritzen des Rollladens und mir direkt ins Gesicht. *So wollte man natürlich geweckt werden*, dachte ich sarkastisch.

Ich drehte den Kopf zur Seite und stieß direkt mit Olivers Nase zusammen. Ein Lächeln stahl sich auf meine Lippen. Irgendwann in der Nacht musste er sich mal wieder an mich gekuschelt haben. Eins seiner schlanken Beine lag über meinen, während sein Kopf auf meiner Schulter gebettet war. Er sah so unschuldig aus, wenn er schlief. Zufrieden. Sorglos. Das gefiel mir schon viel besser als der traurige

Ausdruck, der in letzter Zeit immer öfter auf seinem Gesicht lag.

Unwillkürlich musste ich daran denken, wie niedergeschlagen er gewirkt hatte, als die Rede von seinen ehemaligen Freunden in der Heimat war. Was waren das nur für Idioten? Sie ließen einen angeblichen Freund ausgerechnet dann hängen, wenn er sie am meisten brauchte. Wann waren Partys und Bars wichtiger, als wertvolle Zeit mit Kumpeln zu verbringen? Solche Menschen hatten das Prinzip der Freundschaft einfach nicht verstanden. Zu gerne würde ich seinen ach so tollen Freunden mal die Meinung sagen. Wussten sie denn nicht, was sie Oliver damit antaten? War er ihnen so egal geworden? Ich hoffte, der Tag würde kommen, an dem sie ihre eigene Medizin schlucken mussten.

Zärtlich strich ich mit den Fingern den Schwung seiner Augenbraue nach. Oliver kräuselte die Nase, kniff die Augen zusammen und öffnete sie dann träge. Ein Lächeln stahl sich auf seine Lippen, als er merkte, wo er war.

Wenigstens konnte ich ihm ein paar seiner Sorgen nehmen, wenn er bei mir war. Wusste, wie ich ihn ablenken konnte. In Sachen Sex mit Oliver kannte ich mich aus. Ich wusste, wo ich ihn wie anfassen musste, um ihn auf andere Gedanken und so richtig auf Touren zu bringen. Manchmal taten es auch einfache Fernsehabende. Eine gescheiterte Beziehung reichte mir jedoch vollkommen aus, um zu wissen, dass ich das nicht noch einmal wollte.

»Guten Morgen«, flüsterte ich und küsste ihn auf die Nase.

»Morgen«, murmelte er leise und gähnte hinter vorgehaltener Hand. »Wie spät ist es?«

»Halb zehn«, sagte ich nach einem schnellen Blick auf die Uhr.

»Ich will noch nicht aufstehen.«

»Musst du auch nicht. Du kannst liegen bleiben, während ich uns Frühstück mache.«

»Kaffee. Ganz viel Kaffee.«

»Jawohl, Meister.«

Lachend gab ich ihm einen Klaps auf den Arsch, bevor ich schnell das Weite suchte. Nicht, ohne mir im Vorbeigehen meine Boxershorts zu krallen. In der Küche wäre ich erst mal sicher vor dem kleinen Morgenmuffel.

Während der Kaffee durchlief, deckte ich schon mal den Tisch mit allem, was mein Kühlschrank noch hergab. Was ehrlich gesagt nicht sehr viel war. Ich sollte dringend einkaufen gehen, wenn ich demnächst nicht nur von Luft und Kaffee leben wollte.

Schlurfende Schritte kündigten Olivers Ankunft in der Küche an. Ich drehte mich mit einem Lächeln auf den Lippen zu ihm um. Er sah süß aus, so verschlafen. Die Haare standen wirr vom Kopf ab und seine Brille saß irgendwie schief auf der Nase. Oliver gähnte und streckte sich. Seine ohnehin schon unverschämt tief sitzende und offen stehende Jeans rutschte noch ein Stück weiter herunter und legte noch mehr Haut frei. Ich wusste jetzt schon, was ich mir zum Nachtisch wünschte. Statt Kalorien zu mir zu nehmen, würde ich sogar noch welche verbrauchen. Perfekt.

Kurzerhand beugte ich mich zu Oliver hinunter und küsste ihn leidenschaftlich. Er keuchte überrascht auf, legte dann seine Hand auf meine Taille und erwiderte den Kuss.

Ich wusste nicht genau, was es war, aber irgendwas an ihm zog mich magisch an. Wenn wir zusammen waren, war es schwer für mich, meine Hormone im Zaum zu halten. Beinahe könnte man meinen, wir hätten so etwas wie eine Beziehung. Doch dafür musste man mehr als nur freundschaftliche Gefühle für jemanden haben. Und die hatte ich nicht. Oder? Außerdem wusste außer uns beiden niemand, dass ich auch mit Männern schlief. Das war seit über einem Jahr mein kleines süßes Geheimnis. Und ich hatte nicht vor, so schnell etwas daran zu ändern. Hinzu kam noch, dass ich auch nichts anbrennen ließ, wenn Oliver nicht hier war. Noch immer hatte ich regelmäßig One-Night-Stands mit Frauen. Und mittlerweile eben auch mit Männern. Ich genoss das Arrangement, welches wir hatten.

Wir waren uns von Anfang an einig gewesen, dass wir uns auch weiterhin mit anderen treffen würden. Diese Art von lockerer Affäre gefiel mir. Seit der Trennung von meiner Ex Fenja waren zwar schon ein paar Jahre vergangen, aber so wirklich stand mir nicht der Sinn danach, wieder einen festen Partner an meiner Seite zu haben. Und schon gar nicht jemanden, der mehrere hundert Kilometer von mir entfernt wohnte. Denn so hatte es mit Fenja auch angefangen. Ich hatte alles in Deutschland aufgegeben und war ihr hierher gefolgt. Für was das Ganze? Um am Ende herauszufinden, dass sie den Juniorchef gevögelt hat, für bessere Aufstiegschancen.

Ich wollte nicht daran denken. Auch nicht an eine mögliche Beziehung mit Oliver. Was ich gerade wollte, war Sex. Und zwar hier und jetzt.

»Alles gut?«, unterbrach Oliver den Kuss schließlich und sah mich mit zusammengezogenen Augenbrauen an.

»Ja, wieso?«

»Du scheinst mit den Gedanken ganz woanders zu sein.«

Mist. Dabei hatte ich gehofft, dass er nichts von meiner Grübelei mitbekommen würde. Statt ihm zu antworten, küsste ich ihn erneut. Diesmal leidenschaftlicher. Sofort wurde der Kuss erwidert und ich presste meinen Unterleib gegen Olivers. Doch Oliver schob mich von sich.

»Du bist wirklich gut ...«, murmelte er zwischen zwei Küssen. »Aber nicht so gut wie Kaffee.«

Ich löste mich von ihm und zog tadelnd eine Augenbraue nach oben. Hatte er das gerade wirklich gesagt? »Na, herzlichen Dank auch.«

»Du weißt genau, wie ich das meine. Ich will meinen Kaffee«, forderte er und ich gab ihm, wonach es ihm verlangte.

Ja, ich wusste, wie Oliver es meinte. Ohne Kaffee war er zu nichts zu gebrauchen. Selbst für Morgensex war er zu faul, solange es vorher keinen Kaffee gab. Also hatte ich es mir zur Gewohnheit gemacht, ihm das Gesöff ans Bett zu bringen, bevor ich ihn verführte. Was würde er nur ohne sein tägliches Koffein machen?

»Perfekt.« Gierig sog Oliver den Duft des Kaffees ein, nachdem er einen Schluck davon getrunken hatte.

Ich nahm ihm gegenüber Platz und griff ebenfalls nach meinem Kaffee. Im Gegensatz zu Oliver, der seinen Kaffee mit einem Schuss Milch trank, versüßte ich meinen Milchkaffee auch noch mit haufenweise Zucker. Anders war er für mich nicht trinkbar. Ich trank ihn auch eigentlich nur wegen des Geschmacks und brauchte ihn nicht zum Überleben.

»Wollen wir heute Abend ins Kino?«

Oliver hatte den Mund noch voll, da er sich das letzte Stück Toastbrot komplett in den Mund gesteckt hatte, und nickte als Antwort. »Gerne. Läuft was Gutes?«

»Eine Actionkomödie und ansonsten nur Liebesschnulzen und Kinderfilme.« Ich las ihm die Auswahl vor und wir entschieden uns einstimmig für die Actionkomödie.

»Sollen wir Ben und Felix fragen, ob sie auch mitkommen wollen?«

Mit dem Daumen wischte ich ihm Erdbeermarmelade von der Wange. Wie zur Hölle kam sie dort hin? »Das können wir machen, wenn ich dich nachher wieder dort abgesetzt habe.«

Irrte ich mich oder wurde Olivers Blick enttäuscht? Ich betrachtete ihn aufmerksam, doch so schnell, wie ich es wahrgenommen hatte, war der Ausdruck auf seinem Gesicht auch schon wieder verschwunden. Bestimmt hatte ich mir das nur eingebildet. Wieso sollte er auch traurig sein, wenn ich ihn zu Ben und Felix bringe?

»Klar. Sicher fragen sie sich schon, wo ich eigentlich bleibe.«

Den letzten Bissen Toast kauend, fing ich an den Tisch abzuräumen. Bevor ich Oliver irgendwo hinbrachte, würde ich die gemeinsame Zeit noch mal ausgiebig auskosten. Ich nahm seine Hand, zog ihn vom Stuhl hoch und küsste ihn. Leidenschaftlich küssten wir uns und ich spürte schon jetzt, wie ich hart wurde. Ich packte ihn fest am Arsch, drückte ihn an mich, während seine Finger auf Wanderschaft gingen. Wie gern würde ich ihn einfach auf den Tisch heben und direkt hier vögeln. Aber der Tisch wackelte so schon genug. Die Gefahr, dass er unter uns zusammenbrach, war viel zu hoch.

Stattdessen hob ich Oliver hoch. Ein überraschter Laut kam über seine Lippen, als er sich aus dem Kuss löste. Dann erhellte sein Lachen die Wohnung. Gemeinsam ließen wir uns aufs Bett fallen, küssten uns sofort wieder und ich wollte nichts sehnlicher als, aus meiner Hose raus. Oliver rutschte etwas nach hinten, als ich mich von ihm löste und ihn von seiner Jeans befreite. Er sah einfach anbetungswürdig aus, wie er so auf meinem Bett lag. Vor Erregung angespannt und mit halbsteifem Schwanz. In Sekundenschnelle befreite ich mich von meinen Boxershorts und legte mich auf Oliver. Beinahe hätte ich mich einfach nur mit dem Körperkontakt zufriedengegeben.

Doch ich wollte mehr.

Wir wollten mehr.

Sein mittlerweile steifer Penis rieb sich an meinem, während wir uns erneut in einem Kuss verloren. Hatte je schon jemand so gut geküsst wie er? Ich konnte mich nicht erinnern.

Küssend arbeitete ich mich über seine Brust hinunter zu seinem Schwanz. Olivers Keuchen und Stöhnen begleitete mich dabei, war wie Musik in meinen Ohren. Meine Hände glitten in seine Kniekehlen, während meine Lippen sich gleichzeitig um seine Eichel legten. Langsam ließ ich seinen Penis in meinen Mund gleiten. Lutschte ihn genüsslich. Genoss es, das leichte Zittern seines Körpers zu spüren. Zu sehen, wie er den Kopf zur Seite warf und sich auf die Hand biss vor Erregung.

Ich ließ seine Beine herunter und von seinem Schwanz ab. Krabbelte über Oliver, um an die Gleitgeltube zu kommen, die auf der anderen Seite des Bettes lag. Überrascht stöhnte ich auf, als sich eine Hand um meinen Schwanz schloss und ihn anfing zu wichsen. Wie gern hätte ich mir noch Zeit für ein ausgiebiges Vorspiel genommen. Aber ich war so geil, dass ich nicht warten konnte. Wobei, wenn ... Nein, ich würde nicht in seiner Hand kommen. Ich wollte wenn, dann in ihm kommen. Wie schon heute Nacht.

Zwischen seinen Schenkeln kniend gab ich etwas von dem Gleitgel auf meinen Schwanz und verrieb es. Ich nahm Olivers Füße und legte sie auf meine Schultern. Dirigierte meinen Schwanz zu seinem Anus und drang langsam in ihn ein. Es war himmlisch, von dieser Enge umgeben zu sein. Zuzusehen, wie Oliver sich mir vollkommen hingab, sich mit geschlossenen Augen wichste. Sich auf die Lippe biss oder mit der freien Hand durch die Haare fuhr. Selbst seine Brille hing auf halbmast.

So gut es ging, beugte ich mich vor und küsste ihn. Fing an, in einem langsamen Tempo in ihn zu stoßen. Genoss das Gefühl der Enge. Zu beobachten, wie Oliver sich unter mir wand, seine Wangen sich leicht röteten und leise Seufzer über seine Lippen kamen. Ich ließ mir Zeit damit, die Intensität meiner Stöße zu erhöhen, auch wenn es mich ein hohes Maß an Selbstbeherrschung kostete. Doch auch ich wollte den Moment genießen. Wollte, dass wir beide von diesem Moment zehren konnten. Außerdem wollte ich nicht, dass es so schnell vorbei war. Ich–

»Stopp! Elias, hör auf!«

Erschrocken hielt ich inne und blickte in Olivers schmerzverzerrtes Gesicht. »Was ist los?«

»Mein Bein ... Scheiße!«

Ohne weiter darüber nachzudenken, zog ich mich aus Oliver zurück, ließ seine Beine herunter und hoffte, dass es ihm half. Scheinbar nicht. Er rollte sich auf die Seite und ich konnte den Muskel im Oberschenkel zucken sehen. Oliver quälte also wieder ein Krampf. Ich setzte mich neben ihn und fing an ihn zu massieren. Genauso wie am vergangenen Abend, als wir auf der Bank Rast gemacht hatten.

Die ganze Zeit über sah er mich nicht an, da er sein Gesicht hinter seinen Unterarmen versteckte. Doch er ließ sich ohne Widerstand von mir massieren. Er sagte noch nicht einmal was und das machte mir ein wenig Sorgen.

»Geht's langsam wieder?«

Er nickte und ich musste ein Seufzen unterdrücken.

»Es tut mir leid«, flüsterte er schließlich und ich hatte Mühe, ihn überhaupt richtig zu verstehen.

»Das muss es nicht. Ist schon okay.«

»Sicher? Es macht dir nichts aus, dass wir mitten im Sex aufhören mussten?« Seine Stimme troff nur so vor Bitterkeit. So kannte ich ihn nicht und es gefiel mir auch nicht.

»Nein, es macht mir nichts aus. Natürlich habe ich es mir anders vorgestellt. Aber dann ist es eben so. Wenn es nicht geht, geht es nicht. Und wenn ich das akzeptieren kann, dann solltest du das erst recht, Oliver«, widersprach ich ihm vehement. Legte mich dann hinter ihn und schloss meine Arme um ihn. »Was hältst du davon, wenn wir einfach mal meine Badewanne einweihen? Das dürfte deinem Bein auch ganz guttun.«

Hörte ich da etwa ein Schniefen? »Okay, gut.«

Als ich uns Wasser in die Wanne einließ, spürte ich auf einmal einen Anflug von Angst. Angst davor, mich zu sehr auf Oliver einzulassen und am Ende zu viel in unsere Affäre zu investieren. Zu viele Gefühle. Zu viel von dem, was mich verletzlich machte. So wie damals, mit Fenja. Und ich hatte mir damals geschworen, es nie wieder so weit kommen zu lassen.

Ich schielte hinüber zu Oliver, der auf dem geschlossenen Toilettendeckel saß. Nein, so sehr ich ihn mochte, aber mehr als Freundschaft plus durfte es bei uns einfach nicht werden.

Oliver

Warum mussten mir Abschiede nur immer so schwerfallen? Die Woche, die ich bei meinen Freunden in den Niederlanden verbracht hatte, war meiner Meinung nach viel zu schnell vorbei gewesen. Wie es eben mit allem war, was auch nur annähernd Spaß machte. Große Lust, schon nach Hause zu fahren, hatte ich eigentlich nicht. Aber was sollte ich anderes machen? Elias und Ben mussten beide ihrer Arbeit nachgehen und ich konnte Felix wohl schlecht ständig vom Schreiben abhalten, nur weil ich nichts mit mir anzufangen wusste. Irgendwann kam der Alltag eben wieder und holte uns alle in die Realität zurück. Also hatte ich mich am Morgen in den Zug gesetzt und die Heimreise angetreten.

Daheim erwartete mich bestimmt wieder dieselbe Eintönigkeit wie vor meiner Abreise. Außer meinen Eltern würde niemand vorbeikommen und mich besuchen. Und wenn sie nicht müssten, würden sie wahrscheinlich nicht mehrmals die Woche bei mir auftauchen. Also verbrachte ich die Tage wahrscheinlich wieder damit, zu lesen, das Internet unsicher zu machen und meine Termine wahrzunehmen. Vielleicht sollte ich meine Konsole mal wieder hervorkramen und entstauben. Denn Arbeiten durfte ich immer noch nicht. Auch wenn ich es wollte, ging es nicht, weil es mich zu sehr anstrengte.

Aber wenn alles gut lief, durfte ich bald wieder selbst Auto fahren und konnte mir somit die langen Zugfahrten sparen. Wenn es denn mal so lief, wie ich es mir wünschte. Wie viel einfacher doch alles wäre, wenn die Jungs in meiner Nähe wohnen würden. Dann würde ich mich an manchen Tagen nicht ganz so einsam fühlen.

Und das alles nur wegen eines beschissenen Autounfalls, für den ich noch nicht einmal etwas konnte. Nur weil Kevin damals dachte, es wäre eine gute Idee, mir ins Lenkrad zu greifen.

Seufzend rieb ich mir die Augen. Ich hatte noch ein paar Stunden Zugfahrt vor mir, bevor ich umsteigen musste. Vielleicht sollte ich noch mal ein wenig schlafen. Eigentlich gar keine so schlechte Idee. Schnell stellte ich mir meinen Wecker am Handy ein und schloss die Augen. Tatsächlich war ich so müde und ermattet, dass ich relativ schnell einschlief.

***

»Du siehst ziemlich erschöpft aus«, bemerkte meine Mutter, als ich später zu ihr ins Auto stieg.

»Ich habe im Zug geschlafen. War wohl keine so gute Idee.«

Ich gähnte hinter vorgehaltener Hand, rieb mir die Augen und stimmte ihr im Stillen zu. Ich war nicht nur erschöpft, sondern fühlte mich noch schlapper als vorher. Genau das war einer der Gründe, wieso ich nie Mittagsschlaf machte. Ich musste mich danach immer erst orientieren, wer und wo ich überhaupt war. Wahrscheinlich würde ich zu Hause direkt wieder einschlafen.

»Danke, dass du mich abholst.«

»Ist doch selbstverständlich. Wie war es?«

»Schön. Wie immer. Nur viel zu kurz.«

»Auch wie immer«, bemerkte Mama mit einem Augenzwinkern und lenkte den Wagen auf die Hauptstraße. »Es ist wirklich schade, dass deine Freunde so weit weg wohnen. Ich und Papa würden sie gern mal kennenlernen.«

»Vielleicht kommen sie mich bald mal besuchen. Dann stelle ich sie euch auf jeden Fall vor.«

Ich ließ mir meine eigene Bemerkung durch den Kopf gehen. An sich war das gar keine so schlechte Idee. Bisher hatte mich immer nur Elias besucht. Wäre bestimmt schön, alle auch einmal hier zu haben. Nur konnte ich ihnen nicht den Luxus von einem eigenen Haus mit Gästezimmern bieten. Meine Wohnung bot gerade mal genug Platz für eine zweite Person. *Als würde sie das davon abhalten zu kommen, du Idiot.*

»So, da sind wir schon. Überleg es dir bitte noch mal, Oli. Wir würden uns freuen, wenn du uns heute Abend ein wenig Gesellschaft leisten würdest. Es gibt auch Tortellini.«

»Ich schau mal. Danke, Mama.«

Ich gab ihr einen Kuss auf die Wange, als sie vor dem Wohnhaus hielt, in dem ich wohnte, und stieg aus. Meine Tasche holte ich noch schnell aus dem Kofferraum und fuhr dann mit dem Aufzug in die dritte Etage. Als ich nach dem Unfall ausgezogen war, waren ein Aufzug oder eine Wohnung im Erdgeschoss Bedingung gewesen. Es war pures Glück, so schnell eine gefunden zu haben, die mindestens eins der Kriterien erfüllte.

»Home Sweet Home«, murmelte ich beim Schließen meiner Wohnungstür.

Die Stille, die mich empfing, war irgendwie unheimlich und nach den Tagen bei meinen Freunden ungewohnt. Irgendwie erdrückend. Sie fehlten mir jetzt schon und ich konnte es kaum erwarten, meinen nächsten Besuch bei ihnen zu planen. Leider gingen die Reisen mit der Zeit ganz schön ins Geld und mehr als zweimal im Monat war es einfach nicht drin, zu ihnen zu fahren. Manchmal sah ich sie sogar für mehrere Wochen nicht, da es zeitlich einfach nicht passte. Immerhin konnten sie ihr Leben und ihre Freizeit ja nicht danach gestalten, wie ich vorhatte, einfach bei ihnen aufzutauchen. So gingen manchmal auch gut und gerne sechs Wochen ins Land, bevor wir uns wiedersahen.

Genervt über mich selbst schüttelte ich den Kopf. Ich sollte aufhören, mir Gedanken um ungelegte Eier zu machen. Erst mal sollte ich auspacken und wieder daheim ankommen, bevor ich im Kopf schon meine nächste Reise plante. Man könnte glatt meinen, ich wäre auf der Flucht. Dabei liebte ich meine Wohnung. Sie war vielleicht nicht sehr groß, aber dafür hatte ich mein eigenes Reich und konnte machen, was ich wollte. Das war auch mitunter der einzige Vorteil am Single-Sein. Ich war niemandem Rechenschaft oder sonstiges schuldig.

Meine Tasche stellte ich im Bad ab, bevor ich mich auf mein Bett legte und mein Smartphone auf neue Nachrichten kontrollierte. Sofort beschleunigte sich mein Puls. Elias hatte mir geschrieben. Mit leicht zittrigen Fingern öffnete ich die Nachricht.

Elias: »Und? Bist du gut angekommen?«
Oli: »Bin gerade zur Tür rein und liege auf dem Bett. Fahrt war wie immer lang, aber ich hab die meiste Zeit über geschlafen.«
*Elias: »Schlaf könnte ich auch gebrauchen *g* Wann kommst du wieder?«*

Ein leises Lachen kam über meine Lippen, als ich Elias' Frage las. Ob er genauso darauf brannte, mich bald wiederzusehen? Mein kleines verräterisches Herz hoffte es. Ich wollte gar nicht daran denken, was passierte, wenn wir unsere kleine Abmachung irgendwann einmal beenden sollten.

Oli: »Ich weiß es noch nicht. Lass mich erst mal auspacken und daheim ankommen :D«
Elias: »Ich muss leider wieder arbeiten. Telefonieren wir heute Abend?«
Oli: »Ich bin erst ein wenig später wieder hier. Reicht es um neun?«
Elias: »Oh? Hast du ein Date? ;)«
Oli: »Ja ;) Mit meinen Eltern :P«
Elias: »Viel Spaß. Meld dich, wenn du daheim bist. Dann telefonieren wir.«
Oli: »Mach ich.«

Ich steckte mein Smartphone wieder in die Hosentasche und grübelte. Mal wieder. Grübeln schien meine neue Lieblingsbeschäftigung zu sein, seit ich bemerkte, dass ich mir mehr mit Elias vorstellen konnte. Wenn ich mit ihm zusammen war, war da nicht ein Funke der bekannten Eifersucht, die ich sonst spürte, wenn ich von Felix und Ben vor Augen geführt bekam, was ich wohl niemals mit Elias haben konnte. Aber da existierten wir ja auch allein und unter uns. Dort gab es niemanden außer uns.

Da war nur das Problem, dass Elias niemandem von uns und seiner neu entdeckten Sexualität erzählen wollte. Es machte mich auf der einen Seite traurig, dass er mich wie ein Geheimnis hütete und wir nur im stillen Kämmerchen ungezwungen miteinander umgehen konnten. Andererseits verstand ich es. Elias wusste selbst erst seit Kurzem, dass er bisexuell war, und wollte das natürlich nicht direkt an die große Glocke hängen. Wahrscheinlich wollte er sich erst einmal austoben, bevor er überhaupt irgendwas offiziell machte.

Dabei musste er das in meinen Augen gar nicht. Als ich gemerkt hatte, dass ich schwul bin, habe ich es zwar meinen Eltern erzählt, weil ich dachte, sie sollten es wissen. Aber ansonsten habe ich da einfach nie ein Geheimnis draus gemacht. Ich ging offen damit um. Band es zwar niemandem auf die Nase, aber wenn die Sprache darauf kam, dann erzählte ich einfach davon. Anfeindungen waren weniger gekommen, als ich angenommen hatte. Lag es vielleicht daran, wie selbstverständlich ich mit meiner Sexualität umgegangen war?

Egal. Elias würde auch irgendwann an diesen Punkt kommen. So hoffte ich zumindest. Genauso wie ich hoffte, dass ich dann noch immer an seiner Seite war und er mich vielleicht offiziell als seinen Partner vorstellte.

Kapitel 2

Elias

Erregtes Keuchen und Stöhnen erfüllte mein Schlafzimmer. Immer fester stieß ich in die warme, feuchte Enge, bis ich schließlich mit einem lauten Stöhnen kam. Ich wartete nicht lange, bis ich mich aus ihr zurückzog und mich neben meine Eroberung für die Nacht legte, welche sich direkt über mich beugte und mich leidenschaftlich küsste. Das Kondom landete, eingewickelt in ein Taschentuch, achtlos irgendwo neben meinem Bett.

Ich hatte erst mit mir gehadert, ob ich sie mit zu mir nehmen sollte. Immerhin war Olivers Abreise noch nicht lange her. Gerade mal ein paar Stunden. Doch eine innere Unruhe hatte mich schließlich doch aus meiner Wohnung und direkt in einen Pub getrieben, wo ich schließlich Nadine begegnet war. Von Anfang an hatte sie mir gefallen. Ihre langen, braunen Haare, die etwas schiefe, spitze Nase und ihre grauen Augen entsprachen genau meinem Geschmack. Schnell waren wir ins Gespräch gekommen und nach ein paar Gläsern hatte eins zum anderen geführt. Jetzt lagen wir beide hier. Matt und befriedigt. Aber irgendwas fehlte. Ich konnte nur nicht den Finger darauf legen.

»Kann man hier irgendwo rauchen?«, wollte Nadine wissen und setzte sich auf. Das Laken rutschte herunter und gab den Blick auf ihre kleinen, festen Brüste frei.

»Leider nein. Außer du willst so raus vors Haus gehen.«

»Dann hätten deine Nachbarn wenigstens was, worüber sie reden können.« Zwinkernd setzte sie sich rittlings auf mich und ließ ihr Becken kreisen.

»Eine zweite Runde klingt zwar nicht schlecht«, begann ich, packte sie an der Taille und hob sie von mir herunter. »Aber ich brauch ein wenig Verschnaufpause dazwischen. Ich bin immerhin keine fünfzehn mehr.«

»Ich muss eh verschwinden. Ich dachte nur, mit einer zweiten Runde könnte ich es noch ein wenig herauszögern.« Sie zog einen Schmollmund.

»Versuch es in einer halben Stunde noch mal.« Lachend erhob ich mich und ging in die Küche. Ich schüttete das Glas Wasser gerade so in mich hinein, als ich tapsende Schritte hörte.

»Was machst du da?«

»Sieht man das nicht?«, antwortete Nadine mit einer Gegenfrage, während sie in ihre Hose schlüpfte. »Ich verschwinde.«

Ich zuckte die Schultern. Sollte sie doch. Ich hatte bekommen, was ich wollte. Von mir aus konnte sie gehen.

»Soll ich dir ein Taxi rufen?«

»Ich bin ein großes Mädchen. Das hab ich schon erledigt.«

Sie gab mir einen Kuss auf die Wange und verabschiedete sich dann. Vielleicht würden sich unsere Wege irgendwann mal wieder kreuzen. Dann konnte man das von heute Nacht eventuell wiederholen.

»Oh Mann.« Halb fünf in der Früh und ich war in ein paar Stunden mit Felix verabredet.

Wieso ließ ich mich eigentlich immer wieder auf ein Frühstück mit ihm ein? Und das auch noch zu solch unchristlichen Zeiten. An manchen Tagen fehlten mir die guten alten Zeiten, als Felix noch bis in die Nacht hinein gearbeitet und dementsprechend lange geschlafen hatte. Doch seit er und Ben in die Therapie gingen, hatten sie auch ihre Arbeitszeiten aneinander angepasst, sodass sie mehr freie Zeit zusammen hatten. Was wiederum bedeutete, dass Felix früh wach war und sich dementsprechend früh mit mir zum Frühstück treffen wollte.

Aus diesem Grund erübrigte sich auch die Frage, wieso ich mich immer wieder auf diese unchristlich frühen Zeiten einließ. Außerdem war er mein bester Freund und ich verbrachte gern Zeit mit ihm. Nur eben nicht nach einer so kurzen Nacht wie dieser. Felix konnte ja nichts dafür, dass ich die Nacht lieber mit Vögeln verbrachte, statt zu schlafen. Dass ich mir die Nächte um die Ohren schlagen konnte, war einer der Vorteile meiner Schichtarbeit. Blöd war es nur, wenn ich die Frühschicht hatte und früh rausmusste.

All das Nachdenken brachte mir jedoch nichts, solange ich dabei einfach in der Küche stand, statt mich wieder ins Bett zu legen und wenigstens ein paar Stunden zu schlafen.

Ob ich die Chance, mit Felix allein zu sprechen, nutzen sollte, um ihm von mir und Oliver zu erzählen? Ich meine, außer dass wir regelmäßig miteinander Sex hatten, wenn er hier war, gab es da nichts groß zu erzählen. Aber bisher hatte ich es tunlichst vermieden, überhaupt jemandem von meiner Bisexualität zu erzählen. Nicht weil ich mich dafür schämte, sondern aus dem einfachen Grund, weil ich dummen Fragen aus dem Weg gehen wollte. Wen ging es schon etwas an, mit wem ich ins Bett ging?

Außerdem würde Felix wahrscheinlich sofort Herzchen in den Augen haben, wenn ich das mit Oliver erzählte. Im Geiste würde er wahrscheinlich schon eine gemeinsame

Zukunft inklusive Hochzeit planen. Dabei war es nicht mehr als ein praktisches Arrangement. Oliver gefiel mir, er war sexy und machte im Bett so ziemlich alles mit, was ich ausprobieren wollte. Solange er es eben konnte und auch selbst wollte. Besser konnte es doch gar nicht laufen. Oder?

Über den Gedanken an Oliver schlief ich ein und träumte eine Menge wirres Zeug. Ich und Oli in einer arrangierten Ehe von Felix. Ein Affe als Ringträger. Elefanten, die Konfetti tröteten, und dazwischen irgendwo ein paar meiner One-Night-Stands, die mir gratulierten und mich später mit Torte bewarfen.

Beim Wachwerden quälten mich miese Kopfschmerzen, die ich nicht nur auf den Alkohol vom Vorabend schob, sondern eher darauf, dass ich so beschissen geschlafen hatte. Ich fühlte mich wie gerädert. Was bitte war in meinem Unterbewusstsein eigentlich los, dass ich so einen Quark träumte? Und warum klingelte mein Wecker heute eigentlich so laut und nervtötend? Grummelnd schaltete ich ihn aus und überlegte, ob ich Felix unter einem Vorwand absagen sollte. Entschied mich jedoch dagegen, auch wenn mir das Aufstehen wirklich schwerfiel. Meine Beine fühlten sich an, als seien sie aus Blei und meine Augen fielen immer wieder zu. Aber eine Dusche würde meine müden Zellen schon auf Hochtouren bringen. Zumindest hoffte ich das. Ansonsten würde ich nachher mit meinem Gesicht im Frühstück liegen.

***

»Oh wow, das blühende Leben«, begrüßte Felix mich.

»Doch nicht so laut. Bitte«, flehte ich und hielt mir den Kopf. Das Hämmern hörte einfach nicht auf.

»Dann hör auf, so viel zu saufen.«

»Wenn es nur daran liegen würde.« Ich setzte mich zu ihm an den schon gedeckten Frühstückstisch. »Ich war im Pub und hab jemanden mit nach Hause genommen. Mir ist erst viel später eingefallen, dass das vielleicht keine so gute Idee war. Eigentlich erst heute Morgen um halb fünf, und da war die Sache schon gelaufen.«

»Wird das nicht langsam öde? Ständig jemand anderes im Bett zu haben?«, fragte er, während er Kaffee für uns eingoss.

»Eigentlich nicht.« Ich schnappte mir eins der Brötchen, um irgendwie Zeit zu schinden und mir eine plausible Ausrede einfallen zu lassen. »Es ist zur Abwechslung mal ganz angenehm.«

»Ich hab nur das Gefühl, dass es in den letzten zwei Jahren mehr geworden ist. Du weißt schon, seit meinem Unfall. Ich meine, du hast davor schon nichts anbrennen lassen. Aber wenn ich dich jetzt reden höre, hast du gefühlt jeden zweiten Tag wieder jemanden flachgelegt. Du müsstest bald die ganze Stadt durchhaben.«

»Kann schon sein. Keine Ahnung.« Ich zuckte die Schultern und wich seinem Blick aus. Sollte ich es ihm sagen? Was war denn schon dabei? Immerhin war er mein bester Freund und wir hatten nie Geheimnisse voreinander gehabt. Ich musste nur den Mund aufbekommen. Doch ich konnte nicht. Irgendwas hemmte mich.

»Ist alles in Ordnung mit dir?«, hakte Felix besorgt nach.

»Ja klar, wieso?«

»Weil du schon seit ein paar Wochen den Eindruck machst, als würde dich irgendwas belasten.«

»Nein, alles gut. Es ist nur ein wenig stressig auf der Arbeit. Ich hab dir doch erzählt, dass drei Kollegen gekündigt haben. Und na ja, jetzt steht auch noch die Urlaubszeit vor der Tür. Ist ein bisschen viel. Da ist der belanglose Sex eine willkommene Abwechslung. Es entspannt mich.«

»Na gut, wenn du das sagst.« Felix sah nicht so aus, als würde er mir auch nur ein Wort glauben. Doch statt weiter auf dem Thema herumzuhacken, strich er sich eine seiner langen roten Strähnen hinters Ohr und machte sich über sein Frühstück her.

»Habt ihr eigentlich wieder eine Lesereise geplant für die Ferien?« Irgendwie musste ich ihn von mir ablenken.

»Nein. Aber Ben und ich wollen in Urlaub fahren. Spanien, um genau zu sein. Eine Woche Sonne, Strand und Meer. Und Zeit für uns.«

»Ist bei euch noch alles okay?«, hakte ich nach.

»Ja, es läuft super. Es ist nur was anderes, ob du einfach deine freie Zeit miteinander verbringst oder ob du in Urlaub fährst und mal Abstand von allem hast. Ich finde, man kann sich so wieder besser auf sich als Paar konzentrieren. Keine Ahnung. Ist nicht so leicht, zu erklären.«

»Brauchst du nicht. Ich versteh es auch so.«

»Deshalb bist du ja auch mein bester Freund.«

Ich zeigte ihm den Mittelfinger und frühstückte weiter. Felix lachte und schenkte mir noch einmal Kaffee nach. Er wusste, dass es nicht böse gemeint war. Dafür kannten wir uns schon zu lange und zu gut.

»Außerdem«, begann Felix nach einer Weile zu erzählen, »fehlt mir eine Idee für einen neuen Roman. Ich habe zwar noch einiges in der Warteschleife, aber nichts, was mich jetzt sofort mitreißt. Vielleicht hilft der Urlaub dabei.«

»Wann fahrt ihr denn?«

»In vier Wochen. Also bei Ferienbeginn. Was hast du eigentlich für dein langes Wochenende geplant? Du müsstest doch dank deiner Überstunden Freitag und Montag freihaben.«

»Nicht nur deswegen, sondern auch wegen der Doppelschicht letzte Woche«, ergänzte ich erklärend. »Ich wollte meine Eltern besuchen. Ich war schon lange nicht mehr dort. Und meine Nichte habe ich auch viel zu lange nicht mehr gesehen.« Bei dem Gedanken an meine Nichte Emilia musste ich breit grinsen. Der kleine Wonneproppen war einfach zu süß für diese Welt, mit ihren Pausbacken, den braunen Haaren und Augen. Mein kleines Monchhichi.

»Wohnt nicht Oli in der Nähe? Dann kannst du ihm ja auch mal hallo sagen.«

»Hatte ich vor. Wahrscheinlich schau ich auf dem Rückweg mal vorbei.«

Es würde nicht nur bei einem kurzen Besuch bleiben. Oliver und ich hatten schon vor längerer Zeit abgemacht, dass ich von Freitagmorgen bis Montag bei ihm bleiben würde. Donnerstag hatte ich noch einmal Nachtschicht, was bedeutete, dass ich bis sechs Uhr morgens arbeiten musste. Direkt im Anschluss wollte ich mich auf den Weg an die Ostsee nach Deutschland machen. Meine Familie würde ich zwischendurch besuchen, was für mich hieß, dass ich die Nächte mit Oliver verbrachte und mit ihm zusammen frühstücken könnte, während die Tage ganz meiner Familie gehörten. Es wäre nicht richtig, nicht vorbeizuschauen, wenn ich mich in der Nähe aufhielt. Ich sah sie sowieso viel zu selten. Vor allem an meiner Nichte – der Tochter meiner Schwester – hatte ich einen Narren gefressen und wünschte mir an manchen Tagen, ich würde nicht so weit weg wohnen.

Ich musste überlegen, was heute überhaupt für ein Tag war. Zwar liebte ich meinen Job und auch den Schichtbetrieb, aber manchmal verschwammen die Wochentage ineinander und waren nur noch ein Brei. In einer großen Firma hatte ich einen Job im Wareneingang bekommen. Was für mich hieß, dass ich die Ware, die ankam, auf Menge und Beschaffenheit kontrollieren musste. Außerdem mussten die Lieferscheine einmal per Hand und einmal am Computer kontrolliert und abgehakt werden. Ab und zu musste ein alter Lieferschein in unserem Archiv gesucht werden. Das konnte leider mal ein paar Stunden in Anspruch nehmen, da sich scheinbar noch nie jemand um ein ordentliches System gekümmert hatte. Es gab Tage, da betete ich zum lieben Gott, dass ich nicht ins Archiv gehen musste. Es gab sogar Gerüchte, dass manche Mitarbeiter nie wieder von dort zurückgekehrt wären. Aber das waren eher Geschichten, mit denen man die Auszubildenden unterhalten konnte.

Es musste Mittwoch sein. Was hieß, dass ich morgen noch einmal arbeiten musste, bevor ich am Freitag Oliver wiedersehen konnte.

»Manchmal würde ich gerne wissen, was in deinem Kopf vorgeht«, riss Felix mich aus meinen Gedanken.

»Nicht viel. Hauptsächlich Leere. Kennst du das aus Westernfilmen? Wenn so ein Heuballen durchs Bild fegt? Ungefähr so sieht es bei mir aus. Nur dass du noch Grillen zirpen hörst.«

»Du bist ein Spinner.«

»Weiß ich. Aber ein liebenswerter Spinner.«

»Ähm ...« Felix legte Daumen und Zeigefinger an sein Kinn und tat so, als müsse er darüber nachdenken. »Ja doch ... schon.«

»Arsch.«

»Gerne. Ach Elias?«

Ich sah von meinem Kaffee auf und meinem besten Freund ins Gesicht.

»Wenn du darüber reden willst, was dich beschäftigt – also wirklich beschäftigt –, weißt du ja, wo du mich findest.«

»Ich ... Danke.«

Leugnen brachte ja doch nichts, auch wenn es mein erster Impuls war. Aber Felix kannte mich zu gut. Und wer wusste schon, wann ich auf sein Angebot zurückkommen würde?

Elias

»Denkst du, wir werden meine Wohnung auch mal verlassen?«

Oliver lag mit dem Kopf auf meiner Brust und starrte an die Decke. Ich ließ es mir nicht nehmen, ihm den Bauch zu kraulen und dabei mit meinen Fingern immer wieder durch unser Sperma zu fahren. Was war das nur an ihm, was mich immer so wild werden und alles um uns herum vergessen ließ?

»Vielleicht wenn wir Hunger bekommen?«, fragte ich und drehte meinen Kopf zu ihm.

»Brauchen wir nicht. Ich hab eingekauft.«

»Dann wohl nicht.«

»Einverstanden. Es soll eh regnen und was bietet sich da besser an, als Sex zu haben, um sich aufzuwärmen?«

Oliver streckte sich und drehte sich dann auf die Seite. Sah mir in die Augen. Ich tat so, als müsse ich angestrengt nachdenken. Er wurde ungeduldig, setzte sich auf und sah mich abwartend an.

»Mir fällt nichts ein«, antwortete ich schließlich.

Meine Hand schob sich in seinen Nacken und ohne dass ich ihn groß zu mir herunter ziehen musste, kam mir Oliver schon entgegen. Ein leidenschaftlicher Kuss entbrannte, der die Lust schnell wieder weckte. Mein Schwanz wurde hart und machte auf sich aufmerksam. Hatte ich vor Kurzem bei meinem One-Night-Stand nicht noch herumposaunt, dass ich keine fünfzehn mehr war und ein wenig Verschnaufpause brauchte? Das war wohl nicht immer der Fall.

Ich zog Oliver fest an mich, schlang meine Arme um seine Mitte und spürte seine Erektion an meiner reiben.

»Wir sind schlimm«, entkam es mir zwischen mehreren Küssen.

»Ich weiß. Aber ich kann nichts dafür, dass der Sex mit dir süchtig macht.«

Wie recht er hatte. Nein zu Oliver zu sagen würde mir niemals in den Sinn kommen. Nicht, nachdem ich wusste, wie geil es war, mit ihm das Bett zu teilen.

Mit einer Hand suchte ich nach der Gleitgeltube und fand sie nach einigem Herumtasten. Etwas unbeholfen drückte ich eine großzügige Menge auf meine Handfläche. Das war gar nicht so einfach, wenn man mit jemandem herumknutschte und nur an Sex denken konnte. Ich verteilte das Gel auf meinem Schwanz und Olivers Anus. Sein Muskel zuckte, als mein Finger seine Öffnung massierte. Mit Leichtigkeit drang ich mit zwei Fingern in ihn ein, entlockte ihm ein Stöhnen. Spürte ein Zittern durch seinen Körper gehen. Mir selbst fiel es unglaublich schwer, mir überhaupt genug Zeit zu geben, um ihn vorzubereiten.

Rittlings setzte Oliver sich auf mich. Er griff hinter sich und wichste meinen Schwanz im gleichen Rhythmus, wie er seinen eigenen Schwanz wichste. Seine rote Eichel glänzte schon von den ersten Lusttropfen. Ein absolut geiler Anblick, wie er da so über mir saß und uns beide befriedigte. Nach ein paar Sekunden änderte er jedoch ein wenig die Stellung, ließ kurz von meinem Schwanz ab, um ein Stück nach hinten zu rutschen. Mit einer Hand umfasste er unsere Schwänze und wichste sie, während ich da weitermachte, worin er mich eben unterbrochen hatte. Bereitete ihn weiter vor.

Die Augen hatte er geschlossen. Seine Lippen öffneten sich immer wieder zu einem leisen Stöhnen und Keuchen. Seine Brust hob und senkte sich unter seinem hektischen Atmen. Im schwachen Tageslicht glänzte das Sperma auf seinem Bauch. Verdammt noch mal, wieso musste mich allein sein Anblick schon so aufgeilen?

»Oli, mach schon, sonst komm ich gleich«, stöhnte ich gequält, während ich gleichzeitig schon in seine Hand stieß.

Ich wollte es schon wiederholen, da ließ er von unseren Schwänzen ab, erhob sich ein Stück und dirigierte meine Erektion an seinen Anus. Langsam ließ er sich auf sie sinken und genoss es sichtlich, ausgefüllt zu werden, genauso wie ich es genoss, diese heiße Enge zu spüren.

Oliver lehnte sich nach vorne, stützte sich mit den Händen neben meinem Kopf ab und ließ sein Becken ein wenig kreisen. Ich stöhnte leise. Umklammerte seine Hüfte fest und stieß ihm entgegen. Es dauerte nicht lange, bis ich merkte, dass meine Hoden sich fest an meinen Körper zogen. Mein Orgasmus würde nicht mehr lange auf sich warten lassen. Aber Oliver schien es nicht anders zu ergehen. Meine Stöße wurden schneller. Abgehackter, genauso wie seine Bewegungen über mir.

Mit einem lauten Stöhnen sackte Oliver über mir fast schon in sich zusammen. Ich folgte ihm nur ein paar Sekunden später über die Klippe und kam in ihm. Außer Atem, völlig ermattet und nicht in der Lage, uns zu bewegen, lagen wir aufeinander. Wir klebten nicht nur vom Schweiß. Mein erschlaffender Schwanz rutschte fast wie von selbst aus Olivers Arsch heraus, aber selbst das störte uns nicht. Ich glaubte, egal was jetzt passierte, konnte uns nichts ausmachen. Die Wahrscheinlichkeit war hoch, dass wir uns selbst im Falle einer Zombieapokalypse nicht rühren würden. Hauptsache, wir konnten erst einmal so liegen bleiben. Mein Gott, der Kerl machte mich wirklich noch fertig.

»Oli ...« Nur ungern störte ich unser postorgastisches Gefühl. Doch es gab eine Sache, für die ich jederzeit aufstehen würde.

»Mh?«

»Ich muss mal wohin.«

»Nein«, widersprach er mir müde und machte keine Anstalten aufzustehen. Die zweite Runde hatte ihn wohl auch ganz schön fertiggemacht. Auch wenn sie schnell vorbei gewesen war.

»Ähm ... doch. Warte, du musst dich auch nicht bewegen.«

Sanft schob ich ihn von mir herunter, sodass er neben mir lag, was er mit einem missgelaunten Grummeln quittierte.

Da musste er jetzt durch, wenn er kein nasses Bett haben wollte.

Nachdem ich das dringendste aller Bedürfnisse erledigt hatte, stieg ich noch unter die Dusche. Wenn ich schon einmal im Bad war, konnte ich das auch gleich ausnutzen. Denn ich wusste, wie es enden würde, wenn ich wieder zu Oliver ins Bett ging. Es dauerte nicht lange, bis ich hörte, wie der Duschvorhang zurückgezogen und dann wieder geschlossen wurde.

»Wirklich, Oli, ich kann nicht noch mal.«

Beinahe hätte das Rauschen der Dusche sein Lachen übertönt.

»Ich auch nicht, glaub mir. Auch ich habe meine Grenzen. Aber ich dachte, wir sparen einfach ein wenig Wasser.«

»Du Fuchs.«

Er lächelte frech und trat ebenfalls unter den Wasserstrahl. Ich griff nach dem Duschgel und seifte erst mich und dann ihn ein, denn bei ihm wollte ich mir Zeit nehmen. Auch wenn mir jetzt gerade wirklich nicht der Sinn nach Sex stand, so fiel es mir trotzdem schwer, meine Finger bei mir zu behalten. Ich massierte seine Oberschenkel, meine Hände fanden die überanstrengten Muskelstränge wie im Schlaf. Strichen immer wieder darüber hinweg, bis sie meinem Druck nachgaben. Sein Körper war mir fast so vertraut wie mein eigener. Oliver quittierte meine Bemühungen mit einem wohligen Seufzen.

»Ich wollte gleich noch zu meinen Eltern fahren. Ist das okay oder hast du noch irgendwas geplant?«, wollte ich wissen.

»Klar, wieso nicht? Hatten wir doch auch so abgesprochen. Mach dir mal um mich keine Gedanken. Ich bin ein großer Junge und weiß mich zu beschäftigen. Außerdem musst du mich nicht um Erlaubnis fragen. Wir sind ja kein Paar oder so.«

»Ich nehme dich beim Wort.« Ich richtete mich wieder auf und tippte ihm mit dem Zeigefinger gegen die Nase, bevor ich nach dem Shampoo griff.

Keine halbe Stunde später war ich auf dem Weg zu meinen Eltern. Ich freute mich schon darauf, sie wiederzusehen. Das letzte Mal war wirklich viel zu lange her. In der Hinsicht hatte ich Felix nichts vorgemacht. Ich war schon auf ihre Gesichter gespannt, wenn sie mich sahen. Sie wussten nämlich nichts davon, dass ich hier war und kommen würde. Es war also eine kleine große Überraschung für alle. Dass ich manchmal überhaupt noch wusste, wann ich wen besuchte und wem ich was erzählte, grenzte schon an ein Wunder. Bei jeder Unterhaltung achtete ich darauf, mich nicht wegen Oliver zu verplappern.

Um mich anzukündigen, klingelte ich einmal und schloss dann mit meinem Haustürschlüssel auf. Nicht, dass meine Mutter mir aus Versehen die Bratpfanne über den Kopf zog, weil sie dachte, ich sei ein Einbrecher. Kein Witz, das war tatsächlich schon mal vorgekommen.

»Hallo«, rief ich in den Flur und hörte kurz darauf ein Trampeln. Ein Elefant im Porzellanladen war manchmal ein Scheißdreck dagegen.

»Elias?«, erklang die Stimme meiner Mutter, kaum dass ich die Haustür hinter mir geschlossen hatte.

»Öhm, ja. So hieß ich zumindest bis eben noch.«

»Was machst du denn hier?«

»Ich habe mich verfahren und wollte wissen, ob du weißt, wie ich nach Hause komme.«

»Du bist wirklich der Sohn deines Vaters«, tadelte sie mich, lachte dann jedoch und schloss mich liebevoll in ihre Arme. Ich erwiderte die Umarmung und bemerkte nur noch mehr, wie sehr sie mir gefehlt hatte.

»Ich bin bis Sonntag bei einem Freund und dachte, ich besuche euch. Eine kleine Überraschung sozusagen.«

»Das ist es wirklich und freut mich. Wir wollten schon eine Vermisstenanzeige aufgeben«, hielt sie mir vor und mein schlechtes Gewissen meldete sich.

»Jetzt übertreibst du aber.«

Ich zog meine Schuhe aus und folgte dann meiner Mutter ins Wohnzimmer. Wie immer nahm ich meinen Platz in einer der Sofaecken ein und setzte mich in den Schneidersitz.

»Wo ist Papa?«

»Wo wohl? Arbeiten. Da er ja weder auf seinen Arzt noch auf mich hören will, geht er weiter arbeiten. Er sagt, für die Rente sei er noch zu jung.«

»Ach Mama. Du weißt genauso gut wie ich, dass du ihn früher oder später erschlagen würdest, wenn er den ganzen Tag daheim wäre.«

»Ich weiß nicht, was du meinst.« Sie versuchte ein unschuldiges Gesicht zu machen, doch so ganz wollte ihr das nicht gelingen.

»Kann ich wenigstens meine Prinzessin sehen?«

Sie warf mir einen Blick zu, den ich nicht so recht deuten konnte. »Ich sag das ja nur sehr ungern, aber …«

»Aber was?«

»Deine Schwester ist in Urlaub gefahren. Sie kommen erst nächste Woche zurück.«

»Das darf doch nicht wahr sein.« Ich ließ mich gegen die Rückenlehne des Sofas fallen und legte den Kopf in den Nacken.

Da hatte ich mich so sehr gefreut, alle wiederzusehen, und dann war die Hälfte der Familie einfach ausgeflogen. Verdammt, ich hätte doch vorher anrufen und Bescheid sagen sollen. Dann hätte ich ganz anders planen können! Ich bin einfach ein Idiot!

»Jetzt stell dich mal nicht so an, junger Mann. Du hättest dich ja auch ankündigen können, wie normale Menschen das eben tun.«

»Jaja«, brummelte ich und jaulte kurz darauf auf vor Schmerzen. Brummelnd rieb ich mir das Ohr. Hatte meine Mutter mir gerade am Ohrläppchen gezogen?

»Wir beide machen uns jetzt einen schönen Nachmittag, bis Papa nach Hause kommt, und dann hast du wenigstens uns gesehen. Ich hoffe, das reicht dem Herrn Voigt.«

»Ach Mama, du weißt, dass ich euch liebe und gerne Zeit mit euch verbringe. Auch wenn du mir fast das Ohrläppchen abreißt.«

»Verdient.«

»Ich weiß«, gestand ich seufzend. Dann strahlte ich sie jedoch an. »Ich hab dich vermisst, Mama.«

»Oh, mein Schatz.« Sie setzte sich neben mich und drückte mich noch einmal an sich. »Wir dich auch. Ich wünschte, du würdest wieder hierherziehen. Hier ist doch deine Heimat.«

»Vielleicht irgendwann mal. Ich fühl mich in den Niederlanden auch wie zu Hause. Noch zieht es mich nicht zurück nach Deutschland. Und dann ist da auch noch Felix und meine Arbeit.« Wie als kleiner Junge auch bettete ich meinen Kopf auf ihrer Schulter und sog den wohlbekannten

Geruch von Lavendel ein, der sie immer zu begleiten schien. Wie so oft legte es sich wie Balsam um meine Seele. Es war schön, zu Hause zu sein. Auch wenn ich mein Geheimnis erst noch für mich behalten würde.

Oliver

Elias war mittlerweile schon drei Tage bei mir und wenn es nach mir ging, könnte er ruhig noch länger bleiben. Es war schön, ihn den ganzen Tag für mich zu haben und Zeit mit ihm zu verbringen. Mich vor niemandem verstecken zu müssen. Fast wie ein normales Paar. Zumindest, wenn wir uns in meiner Wohnung befanden. Aber auch abgesehen vom Sex und den Zärtlichkeiten, die er mir zukommen ließ, genoss ich seine Nähe. Es war viel mehr, was er mir gab. Elias war unkompliziert und einfach für jeden Blödsinn zu haben.

Während ich die Spülmaschine ausräumte, dachte ich daran, wie wir gestern zusammen im Café gesessen und die vorbeilaufenden Leute beobachtet hatten. Zu jedem von ihnen war uns eine lustige Geschichte eingefallen. Manchmal hatten wir sogar von unserem Tisch aus die Gespräche neu vertont und uns köstlich amüsiert. Leider hatten wir irgendwann einige schiefe Blicke von unserem Nachbartisch kassiert, weshalb wir beschlossen hatten, uns auf den Rückweg in meine Wohnung zu machen.

Das Zusammensein mit Elias tat mir gut. An seiner Seite war ich nicht mehr so sehr von Zweifeln zerfressen und am Rande einer Depression, weil ich mich mal wieder einsam und ja, ungeliebt fühlte. Bei ihm war ich mehr mein altes Selbst. Und das gefiel mir. Leider wusste ich, dass unsere Zeit begrenzt war. Doch diese trüben Gedanken versuchte ich zu verdrängen. Es sollte die Tage mit Elias nicht belasten.

Als ich gerade die Teller in den Schrank räumen wollte, gab mein Bein unter Schmerzen bei der Drehung nach und knickte mir weg. Es passierte alles viel zu schnell, als dass ich noch irgendwie hätte reagieren können. Die Teller landeten auf den Fliesen und zersprangen in Tausend Scherben, während ich mit dem Hintern unsanft auf dem Boden aufkam und mir den Kopf an einer der Schubladen anschlug. Irgendwas bohrte sich in meine Hand, als ich versuchte den Sturz noch abzufangen. Kurz wurde mir schwarz vor Augen und ich biss die Zähne zusammen. Tränen schossen mir hinter die geschlossenen Lider. Einerseits wegen des Schmerzes, andererseits wegen der Frustration, die sich wieder in mir aufbaute. Warum musste diese verdammte Genesung so unendlich lange dauern? Wann hörte das endlich auf?

»Alles in Ordnung?«

Elias stand vor mir, nur mit einem Handtuch um die Hüften und noch tropfnass. Besorgt sah er von mir zu dem Scherbenhaufen. Was dachte er wohl bei dem erbärmlichen Bild, welches sich ihm bot?

Ich nickte stumm und rieb mir die Schläfen. »Mir geht's gut. Ich brauch nur ein paar Minuten.«

»Soll ich dir irgendwas helfen?«

»Nein!«, brauste ich auf und funkelte ihn an. Mit verständnislosem Blick sah Elias auf mich herab. Hielt er mich etwa für so hilflos? »Ich kann das allein. Ich bin nicht behindert, verdammt noch mal!«

»Gut. Wie du meinst.« Schulterzuckend drehte er sich um und ließ mich allein zwischen meinem Scherbenhaufen.

Innerlich fluchend ließ ich den Kopf gegen die Schubladen sinken, würde ihn am liebsten immer wieder dagegen hauen. Was war ich nur für ein Idiot, ihn grundlos so anzufahren? Scheiße noch eins, er wollte mir doch nur helfen. Elias war nicht wie meine ehemaligen Freunde.

Mein Blick fiel auf meine schmerzende Hand. Eine kleine Scherbe hatte sich in die Handfläche gebohrt. Vorsichtig zog ich sie heraus und warf sie zu den restlichen Scherben auf dem Boden. Wenigstens blutete die Wunde nicht. Sobald ich wieder aufstehen konnte und fähig wäre, zu laufen, würde ich mich bei ihm entschuldigen. Das war ich ihm schuldig. Leider konnte es etwas dauern, bis mein Bein überhaupt wieder einsatzfähig war. Schon einige Stunden hatte ich wortwörtlich auf dem Boden der Tatsachen verbracht.

Ich starrte an die Decke und würde mir am liebsten selbst in den Arsch treten. Manchmal wäre ich gern wieder so ausgeglichen wie früher. Doch je mehr meine Freunde mich zum Außenseiter gemacht und mich ganz aus ihrem Leben gestrichen hatten, desto unzufriedener war ich geworden. Mit mir und den Umständen, die mich in diese Einsamkeit zwangen. In letzter Zeit entwickelte ich oft Hass auf meine Situation und ein wenig ängstigte es mich, wie sehr mich alles verändert hatte. Aber es war schwer, aus diesem Loch wieder herauszukommen.

Was würde ich nur ohne Felix, Ben und Elias machen? Wahrscheinlich eingehen wie eine Primel. Meine Augen brannten verräterisch und ich schniefte. Senkte beschämt den Kopf.

Aus dem Augenwinkel nahm ich eine Bewegung wahr und sah auf. Elias hatte sich eine Hose angezogen, einfach einen Besen geschnappt und fing nun an, mein Chaos wegzufegen und zu entsorgen. Und das, obwohl ich ihn eben noch angemault hatte. Ich sagte jedoch nichts, konnte es auch gar nicht, weil sich mir der Hals zuschnürte. Beobachtete ihn nur bei seinem Tun und schämte mich nur noch mehr für meine dämliche überzogene Reaktion. Andererseits war ich überrascht, wie souverän und selbstverständlich Elias das Chaos beseitigte und mir scheinbar nicht nachtragend war. Wäre die Situation nicht so traurig, hätte ich es durchaus süß finden können. Womit hatte ich so einen Freund überhaupt verdient?

Als er das Chaos beseitigt hatte, schloss Elias alle offen stehenden Schubladen und Schranktüren und setzte sich neben mich auf den Boden. Sah mir in die Augen.

»Geht's wieder?«, wollte er schließlich wissen und ich schüttelte den Kopf.

»Nicht wirklich.« Ich seufzte und ballte die Hände, weil jeder Versuch, mein Bein zu bewegen, von meinem Körper ignoriert wurde. Die Tränen konnte ich nicht länger zurückhalten. »Tut mir leid wegen eben. Ich wollte dich nicht so dumm von der Seite anmachen.«

»Ich hab's überlebt«, wiegelte er ab und lächelte mich an. Ging gar nicht erst auf meine Tränen ein. Ob er wusste, wie unangenehm mir die ganze Situation war? »Soll ich dir hochhelfen? Hier auf dem Boden wird es mit der Zeit doch ziemlich ungemütlich.«

»Bitte.«

Elias stellte sich vor mich und hielt mir seine Hände hin. Ich ergriff sie, zog mich daran hoch, während ich mich mit dem halbwegs gesunden Bein vom Boden hochstemmte. Erleichtert lehnte ich mich gegen die Küchentheke. Mein Hintern würde es mir danken, nicht mehr auf den ungemütlichen Fliesen sitzen zu müssen.

»Danke.«

»Willst du jetzt hier stehen bleiben?«

»Wieso?«, antwortete ich mit einer Gegenfrage.

»Na, ich dachte, ich trage dich rüber auf die Couch.«

»Was?«

Noch bevor ich mich auch nur ansatzweise dagegen wehren konnte, hatte Elias schon einen Arm um meinen Oberkörper und den anderen in meine Kniekehlen gelegt. Mit einem Ruck hob er mich hoch. Wie ein Mann, der seine Braut über die Schwelle trug, trug er mich zum Sofa und setzte mich dort ganz sanft ab. Wow. Das hatte noch nie jemand für mich getan.

»Schon besser, oder?«

»Auf jeden Fall. Aber du hättest mich nicht tragen müssen.«

»Hätte ich es gemacht, wenn ich es nicht gewollt hätte?«

»Nein.« Dazu kannte ich Elias zu gut. Nie würde er sich zu etwas zwingen lassen, was er nicht auch selbst wollte.

Ein Arm legte sich um meine Schultern und ich lehnte mich – mittlerweile sichtlich entspannter – gegen Elias. Ich spürte ein leichtes Zucken in meinem Oberschenkel. Mein Bein erwachte langsam wieder zum Leben.

»Passiert das eigentlich öfter?«

»Was?«

»Na, das mit deinem Bein«, wollte er wissen und sah mich aufmerksam an.

»Regelmäßig, ja. Genauso regelmäßig brauche ich auch neues Geschirr und habe blaue Flecken.« Ich zuckte die Schultern. »Es kündigt sich nie an, sodass ich wenigstens alles aus der Hand legen und von allen Kanten weggehen könnte. Ich habe schon so einige Blessuren davongetragen und mir das ein oder andere Mal ziemlich heftig den Kopf angehauen. Aber man lebt damit, irgendwie zumindest. Ich muss damit leben. Auch wenn es verdammt frustrierend ist und ich den Frust dann irgendwo abladen muss. So wie bei dir eben.«

»Kann ich verstehen. Ist bestimmt nicht leicht, wenn der eigene Körper einem so in die Quere kommt.«

»Na ja, außer mir, fällt es niemandem mehr zur Last«, antwortete ich leise und sah hinaus in den wolkenverhangenen Himmel. Ich wollte nicht schon wieder vor Elias weinen. *Sicher würde es heute noch ordentlich regnen*, schoss es mir durch den Kopf.

»Rede doch keinen Unsinn. Weder du noch deine Eingeschränktheit fällt–«

»Tut es nicht?«, unterbrach ich ihn genervt. Ich konnte es einfach nicht mehr hören. Immer wieder betonten er und auch Felix, dass ich keine Last war. Wenn dem so war, wieso hatten meine Freunde mich dann einfach vergessen? »Siehst du noch jemanden außer dir hier? Oder siehst du mich am Handy tippen, weil ich so viele Nachrichten von meinen Freunden bekomme? Nein.«

Elias schwieg und ich war ihm dankbar dafür.

Dabei war nicht alles scheiße, nein. Aber es fühlte sich scheiße an, nur eine begrenzte Zeit jemandem zum Reden um mich zu haben. Zwar hatte ich auch meine Eltern, aber sie konnten einem die Freunde nicht ersetzen. Sosehr ich es mir auch manchmal wünschte. Doch ich vermisste meine alte Clique. In welchen Clubs und Bars sie sich wohl mittlerweile herumtrieben?

Als es klingelte, erhob ich mich schwerfällig vom Sofa und humpelte zur Tür. Elias stand ebenfalls auf und ging ins Schlafzimmer. Vermutlich war es wieder der Paketbote, der ein Päckchen für meine Nachbarn bei mir deponieren wollte, dachte ich mir. Doch vor mir stand nicht der Paketbote, sondern meine Mutter.

»Mama, hi«, begrüßte ich sie überrascht und ließ sie herein.

»Entschuldige, dass ich so unangekündigt vorbeikomme, aber ich war in der Nähe und habe dir ein paar Sachen mitgebracht.«

Mein Blick fiel auf die Tüte, die sie dabei hatte. Neugierig folgte ich ihr in die Küche und beobachtete sie beim Ausräumen. Sie hatte tatsächlich für mich eingekauft. Mal wieder.

»Du sollst das doch nicht immer für mich machen, Mama.«

»Ich weiß. Aber ich mache es gerne und das weißt du. Außerdem wollte dich sehen.«

»Danke, wirklich. Irgendwann gebe ich euch alles zurück, was ihr für mich tut.«

»Ach was«, winkte sie ab und ich drückte ihr dafür einen Kuss auf die Wange.

Obwohl es mir noch immer ein wenig schwerfiel, mich auf den Beinen zu halten, half ich meiner Mutter die Einkäufe wegzuräumen. Sie musste meine Bemühungen bemerkt haben, da sie mich mehrmals aufforderte, mich endlich zu setzen und sie machen zu lassen. Doch ich ignorierte sie. Jedoch ignorierte ich keineswegs Elias, der zu uns in die Küche kam.

»Hallo«, begrüßte er meine Mutter und lächelte sie an. Kratzte sich jedoch ein wenig verlegen am Hinterkopf. So kannte ich ihn auch noch nicht. Normalerweise war er nie um Worte verlegen, aber gegenüber meiner Mutter bekam er nicht mehr als ein *Hallo* heraus?

Erst sah sie ihn etwas überrascht an, doch dann strahlte sie über das ganze Gesicht. Ich wusste genau, was dieser Gesichtsausdruck zu bedeuten hatte. Leider würde ich sie in ihren Hoffnungen enttäuschen müssen. Und mich selbst auch.

»Hallo, ich bin Elisabeth.« Sie reichte Elias die Hand.

Elias stellte sich ebenfalls vor und ergriff die dargebotene Hand, um sie zu schütteln.

»Sind Sie Olivers ... Freund?«, wollte sie ganz ungeniert wissen und trieb mir damit die Röte ins Gesicht. Wieso konnte sie nicht dezenter sein? Nur ab und zu.

»Nein, Mama. Er ist *ein* Freund«, antwortete ich schnell, bevor Elias sich in die Verlegenheit begeben musste, sie über uns aufzuklären. Nicht dass meine Mutter noch auf falsche Gedanken kam.

Auch wenn ich mir wünschte, was sie angedeutet hatte, würde stimmen. Aber ich musste den Tatsachen nun mal ins Auge sehen. Mama sah ein wenig enttäuscht darüber aus, dass ich ihr nicht ihren zukünftigen Schwiegersohn präsentierte.

»Na gut, ihr zwei, ich muss wieder los. Ich habe auch meine Einkäufe im Auto. Nicht, dass mir noch was verdirbt.

Außerdem könnte dein Vater ja verhungern, wenn nichts zu essen auf dem Tisch steht, sobald er von der Arbeit nach Hause kommt.«

»Tschüss, Mama.« Erneut küsste ich sie auf die Wange, als wir an der Wohnungstür standen. Sie ließ es sich natürlich nicht nehmen, mich in die Arme zu nehmen, bevor sie ging.

»Tschüss, Elisabeth«, verabschiedete auch Elias meine Mutter.

»Macht's gut, ihr zwei. War schön, Sie kennengelernt zu haben, Elias. Vielleicht sieht man sich ja mal wieder.«

»Bestimmt.«

Ich schloss die Wohnungstür hinter meiner Mutter und wandte mich zu Elias um. Er sah nachdenklich aus. Ob meine Mutter ihn mit dem, was sie gesagt hatte, überrumpelt hatte? Dabei hatte sie ja nur eine Vermutung geäußert. Sie hatte nicht ahnen können, dass er einfach nur ein sehr guter Freund war. Und etwas mehr für mich.

»Lieb von deiner Ma, für dich einzukaufen«, durchbrach Elias irgendwann die unangenehme Stille, die eingekehrt war. Mittlerweile saßen wir wieder auf dem Sofa. Erneut war Elias dazu übergegangen, meinen Oberschenkel zu massieren.

Ich zuckte mit den Schultern. »Das macht sie öfter. Manchmal ärgert es mich, weil ich mich dann so nutzlos fühle und so etwas Stinknormales wie einkaufen gern selbst erledigen würde. Aber ich weiß, dass sie es nur gut meint. Ich bin insgeheim schon froh darüber, weil ich es mir so auch leisten kann, zweimal im Monat zu euch zu kommen.«

»Wieso fährst du eigentlich kein Auto mehr?«, wollte er wissen, als wir uns wieder aufs Sofa setzten. »Letztes Jahr bist du doch noch selbst gefahren.«

»Mein Physiotherapeut meinte, dass ich es vorerst lieber lassen soll, bis ich meine Beine wieder zu hundert Prozent unter Kontrolle habe. Und er hat recht. Aber es nervt. Ich bin von allem und jedem abhängig seit dem Unfall. Aber du hast ja gesehen, was in der Küche passiert ist. Außerdem habe ich schon seit Monaten kein Auto mehr. Ich habe es verkauft, als ich merkte, dass meine Beine wieder schlimmer wurden. Vieles von dem Geld geht für meine Reisen drauf.«

Elias biss sich auf die Unterlippe und schien nachzudenken. Hoffentlich bekam er kein schlechtes Gewissen, jetzt, wo er über meine Finanzen Bescheid wusste. Aber wieso sollte ich ein Geheimnis daraus machen? Die Zugtickets wurden mir nun einmal nicht geschenkt.

»Hast du eigentlich noch mal was von dem Typen gehört? Immerhin hat er dir ja ins Lenkrad gegriffen.«

»Nein. Ich weiß nur, dass er mit ein paar Kratzern, blauen Flecken und einer angeknacksten Rippe davongekommen ist. Aber ich habe nie wieder von ihm gelesen oder gehört.«

Erneut zuckte ich mit den Schultern und seufzte. Wieso sollte Kevin sich auch nach mir erkundigen? Wahrscheinlich war es ihm sowieso unangenehm, für den Unfall verantwortlich zu sein. Aber wer wusste das schon? Ich würde es so oder so nie erfahren.

Um die unliebsamen Gedanken abzuschütteln, beugte ich mich vor und küsste Elias. Er würde morgen wieder nach Hause fahren und die Zeit bis zu seiner Abreise wollte ich sinnvoller nutzen. Nicht zwangsläufig mit Sex. Denn nach dem stand mir der Sinn gerade nicht. Zumindest nicht, solange ich meinen Beinen nicht ganz vertrauen konnte. Bei meinem Glück würde ich wieder mittendrin einen Krampf bekommen und darauf hatte ich nur wenig Lust.

»Was hältst du davon, wenn wir uns heute mit ungesundem Zeug vollstopfen und dazu ein paar Filme gucken?«, schlug ich vor.

»Wo sind deine DVDs?«

Ich zeigte rüber zum Schrank und Elias machte sich daran, sich ein paar Filme auszusuchen. Es waren einige Actionkomödien dabei, aber auch reine Komödien und sogar zwei Disneyfilme. Ja, ich gestehe, ich war bekennender Disney-Fan.

»Ich glaube nicht, dass wir die alle heute schaffen«, scherzte ich und holte Chips aus der Küche. Füllte sie in eine Schüssel um.

»Sag niemals nie!« Lachend legte er *Hercules* in den DVD-Player. »Ich warne dich schon mal, Oli. Ich kann den Film von vorne bis hinten auswendig. Sprechen und singen. Der heutige Abend könnte unser Verhältnis für immer verändern.«

Er sah mich so ernst dabei an, dass ich anfangen musste zu lachen. »Dann müssen meine Nachbarn heute ihr Privatkonzert in vollen Zügen genießen.«

Nah saßen wir beisammen auf dem Sofa, hatten die Füße hochgelegt und warteten darauf, dass der Vorspann endlich vorbei war.

»Bevor der Film anfängt«, fing ich an, »muss ich wissen, was deine Lieblingsstelle ist.«

»Mh. Ich glaube, als Zeus zu Hercules sagt: *Ein wahrer Held wird nicht an der Größe seiner Kraft gemessen, sondern an der Kraft seines Herzens.* Ich denke, damit hat er vollkommen recht.«

Ich nickte zustimmend.

»Und die Stelle, als Pech und Schwefel das Fanzeug von Hercules kaufen. *Auch 'n Schluck?*«

Elias' Lachen war ansteckend. Das erste Mal seit dem Vorfall in der Küche, konnte ich wieder herzhaft johlen. Heute wollte ich nicht an morgen denken und daran, dass ich dann wieder allein war. Nein, heute wollte ich nur genießen, dass er bei mir war.

Kapitel 3

Oliver

Wieder allein zu sein fühlte sich merkwürdig an. Einfach ungewohnt. Nach dem wundervollen langen Wochenende, das ich mit Elias verbracht hatte, fühlte ich eine unglaubliche Leere in mir. Nur ungern hatte ich ihn gehen lassen. Aber ich hatte mir nichts anmerken lassen und ihn mit einer kurzen Umarmung verabschiedet.

Es war jetzt schon fünf Stunden her, dass Elias nach Hause gefahren war. Oder erst, je nachdem, aus welchem Blickwinkel man es betrachtete. Er war also so gut wie daheim, während ich die Wände angestarrt und in Erinnerungen geschwelgt hatte. Wie lange ich dieses Versteckspiel noch aushielt, wusste ich nicht. Doch mit jedem Tag, der verging, zerrte es mehr an mir. Aber lieber so die Zeit mit ihm genießen, als Elias ganz zu verlieren, weil er keine Beziehung wollte. Zumindest redete ich mir immer wieder ein, dass das bisschen, was wir miteinander hatten, genug war. Aber mein Herz sagte mir etwas anderes.

Mein Magen knurrte laut und erinnerte mich daran, dass ich außer dem Frühstück noch nichts zu mir genommen hatte. Motivation und Lust zum Kochen konnte ich nicht finden, weshalb ich entschied, mir was vom Schnellimbiss zu holen. Ganz in der Nähe meiner Wohnung war ein kleines Restaurant, das die besten selbst gemachten Burger machte. Wenn man mich fragte, konnte niemand ihm das Wasser reichen. Und zu Fuß war es für mich gut zu erreichen.

Etwas schwerfällig erhob ich mich von meinem Bett und zog mir eine Jeans über. Schnell noch in die Schuhe geschlüpft, Schlüssel und Geld geschnappt und schon machte ich mich auf den Weg. Keine zwei Minuten später war ich schon an meinem Ziel angekommen und sah mir das Angebot an. Als ich dran war, bestellte ich mir einen Burger mit drei verschiedenen Käsesorten, dazu Kartoffelspalten und Krautsalat. Laut Karte war sogar das Burgerpattie mit Käse gefüllt. Allein beim Lesen der Speisekarte war mir schon das Wasser im Mund zusammengelaufen. Ich konnte es jetzt schon kaum erwarten, hineinzubeißen.

Ich bezahlte und nahm meine Tüte entgegen, stieß dabei mit einem anderen Gast zusammen.

»'tschuldigung«, murmelte ich automatisch, ohne aufzusehen, und wollte weiterlaufen.

»Oliver?«

Verwirrt sah ich auf und meinem ehemals besten Freund ins Gesicht. »Daniel.«

Verlegen rieb er sich den Nacken und grinste mich schief an. »Was machst du denn hier?«

Ich hielt meine Tüte hoch. »Was zu essen holen.«

Daniel steckte die Hände in die Taschen seiner Jeans und sah so aus, als wüsste er nicht, was er sagen sollte. Es war eine durch und durch merkwürdige Situation. Mir ging es ja nicht anders als ihm. Aber was sollte ich auch groß sagen? Ich war es nicht, der seine Freunde vergessen und zu Außenseitern gemacht hatte.

»Na ja. Ich muss dann auch wieder«, meinte ich nach einer Weile des peinlichen Schweigens und deutete mit meinem Kopf in Richtung Tür.

»Kannst du vielleicht kurz auf mich warten?«

»Klar.«

Wieso ich nicht einfach ging und tatsächlich draußen auf ihn wartete, wusste ich nicht. Eigentlich hätte ich einfach gehen sollen. Ich hätte ihn stehen lassen sollen, wie einen Idioten, der umsonst gewartet hatte. Ein Idiot wie ich, der noch immer darauf hoffte, dass meine Freunde sich irgendwann wieder bei mir melden würden. Und das war es auch wohl, was mich auf Daniel warten ließ. Hoffnung. Darauf, dass sie sich vielleicht irgendwann wieder bei mir melden würden. Dass ihnen unsere Freundschaft auch etwas bedeutete. Aber darauf konnte ich wohl lange warten.

Schon nach einer Minute der Warterei bereute ich mein Smartphone nicht mitgenommen zu haben. Dann hätte ich wenigstens nachsehen können, ob Elias sich schon gemeldet hatte und gut daheim angekommen war. Er hatte immerhin versprochen, mir zu schreiben. Warum nur musste er so weit weg wohnen und alles so kompliziert sein? Konnte nicht einmal etwas einfach laufen?

»Danke, dass du gewartet hast«, riss Daniel mich aus meinen Gedanken.

»Kein Ding.«

»In welche Richtung musst du?«, wollte er wissen. »Wohnst du noch immer bei deinen Eltern?«

»Nein. Ich muss da lang. Es ist direkt hier vorne.« Ich nickte in besagte Richtung und war erstaunt, als Daniel vorschlug, gemeinsam mit mir ein Stück zu gehen.

Leider vergaß er, dass ich nicht so schnell zu Fuß war wie er. Nach wenigen Metern war er mir schon zwei Schritte voraus. Und ich haderte mit mir, ob ich ihn darauf aufmerksam machen sollte. Etwas verlegen räusperte ich mich. Daniel blieb stehen und sah sich verwirrt nach mir um.

»Oh. Sorry. Ich dachte ... na ja.«

Hilflos zuckte er mit den Schultern, sah mich verlegen an und passte sich meinem Tempo an.

»Dass es mittlerweile besser ist? Leider nein, da muss ich dich enttäuschen«, erwiderte ich höhnisch. »Aber meine Wohnung ist sowieso gleich da vorne. Du bist mich also gleich wieder los.«

Hatte er mich etwa nur angesprochen, weil er dachte, ich wäre wieder gesund und ganz der Alte? Enttäuschung machte sich in mir breit. Wieso machte ich mich eigentlich mit so einer dämlichen Hoffnung lächerlich? Ich war so dämlich. Dämlich, dämlich, dämlich!

»Nein, so meinte ich das nicht. Ich hab's halt nur vergessen.«

»Macht nichts. Ist ja nichts Neues.« Ich fischte meinen Schlüssel aus der Hosentasche, als wir das Haus erreichten, in dem sich meine Wohnung befand, und schloss die Haustür auf. »Komm gut heim.«

»Warte!«

Ich drehte mich zu Daniel herum und sah ihn abwartend an. Wieso wollte er dieses unangenehme Gespräch unbedingt noch weiter führen?

»Kann ich vielleicht mit hochkommen?«

Kurz überlegte ich. Wog das Für und Wider ab und nickte dann schließlich. Was sollte schon Schlimmes passieren? Vielleicht wollte Daniel ja mit mir sprechen, so wie früher. Mir sagen, dass es ihm leidtat, mich einfach im Stich gelassen zu haben. Da war sie wieder, meine naive Hoffnung.

Oder er will einfach nur nicht allein essen, rief die zynische Stimme in mir. Das war doch genau die Art Aufmunterung, die ich brauchte. Aber vielleicht würde es mich von Elias ablenken. Auch wenn wir uns vielleicht nur in peinlichem Schweigen gegenübersitzen würden, so war es allemal besser, in Gesellschaft zu essen. Wobei, wenn ich ehrlich war, hätte ich die Gesellschaft auch im Restaurant haben können. Was versuchte ich mir hier einzureden? Und ob es mich tatsächlich davon abhalten würde, über Elias nachzudenken, würde sich zeigen.

Kaum waren wir in meiner Wohnung, befreite ich mich von meinen Schuhen und stellte das mitgebrachte Essen auf den Esstisch. Daniel tat es mir gleich und setzte sich auf einen der Stühle. Ich holte noch Gläser und Cola und setzte mich ihm gegenüber. Endlich. Mein Bein fing schon wieder an zu zittern, was ein Anzeichen dafür war, mir dringend eine Pause zu gönnen.

»Danke, dass ich mitkommen durfte.«

»Gern. Auch wenn ich neugierig bin, was du überhaupt von mir willst.«

»Mit dir reden«, gestand Daniel und biss in eine Kartoffelspalte.

»Und worüber?« Ich biss herzhaft in meinen Burger und hätte am liebsten gestöhnt. Mein Gott, wie geil war das denn? Das war der reinste Käsegasmus.

»Mir tut es leid, dass ich und auch die anderen solche Arschlöcher sind.«

Ich schluckte meinen Bissen herunter und ließ den Burger sinken. Darüber wollte er also reden. Oh Mann. Ich hatte zwar darauf gehofft, aber nicht damit gerechnet, dass es wirklich so kommen würde. Was sollte ich ihm darauf antworten? Danke?

Es war schön zu hören, dass er wusste, wie scheiße ihr Umgang mit mir war und noch immer ist. Aber was sollte ich dazu schon sagen? Es ließ sich nicht mehr rückgängig machen. Also nickte ich nur.

»Es war nicht meine Absicht, dich allein zu lassen. Wirklich nicht. Das musst du mir bitte glauben.«

»Kann ja sein, Daniel. Trotzdem hast du es getan«, hielt ich dagegen. Eine Entschuldigung änderte nichts an den Tatsachen.

»Ich weiß. Ich will es auch nicht schönreden oder so. Es ist eben einfach passiert, keine Ahnung wie, aber es ist eben so. Ich ... keine Ahnung, wie ich es dir erklären soll.«

»Ich kann dir sagen, wie es passieren konnte.« Halbherzig aß ich eine Kartoffelspalte. Irgendwie war mir die Lust am Essen vergangen. »Vor fast zwei Jahren hatte ich einen schweren Unfall, der mich körperlich einschränkte, und meine Freunde empfanden mich als Klotz am Bein. Immerhin konnte ich nicht mehr so wie vorher. Du selbst weißt, wie sehr ich am Anfang auf Hilfe angewiesen war. Und wie schwer es mir gefallen ist, sie anzunehmen und mich selbst mit der Situation abzufinden. Aber ich hatte noch euch. Dachte ich zumindest. Mit der Zeit hat sich keiner von euch mehr gemeldet oder auf meine Nachrichten reagiert. Ich kann dir gerne zeigen, wann ich das letzte Mal mit einem von euch Kontakt hatte. Also blieb ich allein zurück, während ihr euch weiter köstlich amüsiert habt und zusammen ausgegangen seid. So einfach ist es. Ohne irgendetwas schönreden zu wollen.«

»Wenn man es so hört, könnte man meinen, wir hätten dich nicht dabeihaben wollen.« Traurig sah er mich an.

»Daniel, seien wir doch mal ehrlich: Hättet ihr mich wirklich dabeihaben wollen, hättet ihr mich gefragt. Oder wärt zu mir gekommen. Und das habt ihr nicht getan. Nicht einer von euch. Mehr, als mich bei euch zu melden und hoffnungslos auf Antwort zu warten, konnte ich nicht tun. Es war eure Entscheidung, mich zu ignorieren, nicht meine.« Es tat mir fast schon leid, so mit ihm zu reden. Aber so sah es nun einmal aus.

»Am liebsten würde ich es rückgängig machen«, gestand Daniel und schob sein Essen ebenfalls von sich. »Denkst du, wir könnten einen Neuanfang starten? Mein bester Freund fehlt mir.«

Das klang zu schön, um wahr zu sein. Konnte es für eine Freundschaft einen Neuanfang geben? Ich glaubte schon. Zumindest, wenn man alles klärte, was zwischen einem stand. »Lassen wir uns überraschen. Aber ich mache mir nicht zu große Hoffnungen, weißt du?«

»Ich verstehe schon und ich werde versuchen, dir ein besserer Freund zu sein.«

Ich lächelte Daniel an und griff wieder nach meinem Burger. Vielleicht konnte es klappen. Ich würde sehen, was die Zeit bringt, und versuchen, mich nicht in meine Hoffnungen hineinzusteigern.

Oliver

Das Rauschen der Dusche weckte mich. Müde rieb ich mir die Augen, gähnte und streckte mich. Ich drehte den Kopf und sah hinüber auf die leere Betthälfte. Oliver war ausnahmsweise schon vor mir wach. Schade. Aber logisch, wer sollte sonst duschen? Würde er nämlich neben mir liegen, müsste ich mir Sorgen machen und mich fragen, wer da gerade unter meiner Dusche steht. Oder ob Einbrecher seit Neuestem duschen gingen, bevor sie einen ausraubten. Aber es war wirklich schade, dass er schon wach war. Ich sah ihm so gerne dabei zu, wenn er schlief und diesen zufriedenen Ausdruck im Gesicht hatte. Wenn er ruhte, schien seine Welt in Ordnung und die Belastung durch seine verlorenen Freunde nicht ganz so schlimm zu sein.

Noch ein paar Minuten blieb ich liegen, bevor ich mich aufrappelte, die Beine über die Bettkante schwang und ebenfalls ins Bad ging. Ich erledigte meine Morgentoilette und stieg dann zu Oliver unter die Dusche. Und es fühlte sich gut an. Richtig. Als müsse es einfach so sein.

Mit eingeschäumten Kopf drehte Oliver sich zu mir um und lächelte mich breit an. Ich gab meinem Bedürfnis nach und küsste seine Nasenspitze. Meine Lippen wanderten über seine Wange, bis sie schließlich seine Lippen in Besitz nahmen. Leidenschaftlich erwiderte er den Kuss, schlang die eingeschäumten Hände um meinen Nacken. Ich glaubte ihn leise stöhnen zu hören und spürte, wie mein Schwanz zum Leben erwachte.

»Morgen«, nuschelte er gegen meine Lippen und ich zog Oliver fest an mich.

Sein steifer Schwanz rieb an meinem und entlockte mir ein leises Seufzen. So könnte von mir aus jeder Morgen beginnen. *Könnte es, wenn du es nur zulassen würdest.*

Das heiße Wasser der Dusche prasselte auf uns nieder, hüllte uns in Nebel und spülte den Schaum von Olivers Kopf. Erneut küsste ich ihn, schmeckte ein wenig von meinem Shampoo auf seinen Lippen. Ich drückte ihn gegen die gefliese Duschwand. Die plötzliche Kälte in seinem Rücken ließ ihn erschrocken zusammenzucken. Lange würde ihm jedoch nicht kalt sein. Dafür wollte ich schon sorgen.

Langsam fing ich an mich an ihm zu reiben. Seine Hände legten sich auf meinen Arsch und pressten mich fester an ihn. Er spreizte seine Beine ein wenig, machte sogar Anstalten, mir eines um die Hüfte zu legen. Immer wieder rieben unsere harten Längen aneinander. Entlockten uns Stöhnen und Seufzen. Das Rauschen der Dusche übertönte gerade so das Aneinanderklatschen unserer nackten, nassen Haut.

Beherzt griff ich nach dem Bein, das Oliver an meiner Hüfte liegen hatte. Ich spürte die Narben, als ich mit den Fingern über die Haut strich und hielt es, während meine andere Hand sich in seinem Haar vergrub. Oliver klammerte sich richtiggehend an mir fest, während wir uns immer mehr unserer Lust hingaben. Uns immer heftiger aneinander rieben, bis ich schließlich mit einem lauten, lang gezogenen Stöhnen kam und zwischen uns spritzte. Ich rieb mich weiter an Oliver, bis mein Orgasmus abgeklungen war. Dann ließ ich von ihm ab. Sah die Enttäuschung, gemischt mit Verwirrung, in seinen Augen. Er dachte doch wohl nicht wirklich, ich würde ihn ohne Orgasmus davonkommen lassen? Bevor er jedoch etwas sagen konnte, ging ich auf die Knie, wichste seinen Schwanz und ließ ihn langsam in meinen Mund gleiten. Ich liebte den salzigen Geschmack, den mein Sperma vermischt mit seinem auf meiner Zunge hinterließ.

Ich massierte seine zuckenden Hoden, betrachtete ihn, wie er mit geschlossenen Augen und leicht geöffneten Lippen den Blowjob genoss. Es dauerte nicht lange, bis er sich fast schon schmerzhaft in meine Haare krallte und mit meinem Namen auf seinen Lippen in meinem Mund kam. Küssend und streichelnd arbeitete ich mich hoch zu seinen

Lippen. Schloss Oliver fest in meine Arme und genoss das postorgastische Gefühl.

Das Zusammensein mit ihm tat mir gut. Manchmal fühlte es sich fast so an, als würden wir schon eine Beziehung führen. Doch das würde nicht geschehen. Nicht, weil ich grundsätzlich gegen eine Beziehung war oder die belanglosen Abenteuer nicht aufgeben wollte. Ich war einfach nicht bereit, irgendwem von meiner Bisexualität zu erzählen. Nicht einmal Felix gegenüber. Wollte keine dummen Blicke ernten, nur weil ich mich für beide Geschlechter interessierte und mich nicht auf eins festlegte. Hatte keine Lust mich dafür rechtfertigen zu müssen, Männer und Frauen gleichermaßen zu lieben. Es gab noch so viel Hass auf dieser Welt, wenn man auch nur andeutete, anders zu sein. Ich wollte das nicht für mich und auch nicht für Oliver oder jemand anderen an meiner Seite.

Außerdem wusste ich ja gar nicht, ob ich überhaupt eine Beziehung mit Oliver wollte. Ob meine Gefühle überhaupt über Freundschaft hinausgingen. Und eine Selbstanalyse wollte ich ganz sicher nicht durchführen. Nicht jetzt und auch nicht in naher Zukunft. Es war gut, wie es war. Zumindest für den Moment. Oliver war da sicher mit mir einer Meinung. Ich wusste es einfach. Denn wie sollte unser Arrangement sonst funktionieren, wenn er mit mir nicht einer Meinung war?

»So könnte jeder Morgen beginnen«, sprach ich meine Gedanken aus, küsste Oliver ein weiteres Mal, aber eher sanft, und griff nach dem Duschgel.

»Was ist so anders als die letzten drei Tage? Jeden Morgen gibt es Sex. Ich könnte mich fast daran gewöhnen.« Oliver tat es mir gleich und seifte sich ebenfalls ein.

Er hatte recht. Man könnte sich glatt daran gewöhnen. Würden uns nur nicht so viele Kilometer voneinander trennen.

»Was hältst du davon, wenn wir heute Abend irgendwo was trinken gehen?«

»Eine Bar?«

»Ja. Wir hocken den ganzen Tag in meiner Bude und kommen kaum raus. Lass uns irgendwas machen.« Ich stieg aus der Dusche und griff nach einem der Handtücher. Meine Haare rubbelte ich kurz trocken und band mir das Handtuch dann um die Hüfte. Abwartend sah ich Oliver an, der ebenfalls aus der Dusche stieg und nach einem Handtuch griff. Er war etwas wacklig auf den Beinen, aber ich würde mich hüten, etwas dazu zu sagen. Oliver versuchte sich an den glatten gefliesten Wänden abzustützen. Wollte mir nicht zeigen, wie sehr er damit kämpfte, auf den Füßen zu bleiben. Ohne eine weitere Sekunde über Olivers Reaktion nachzudenken, griff ich nach seinem Arm und gab ihm so den benötigten Halt. Dankbar lächelte er mich an und mein Herz machte dabei einen kleinen Hüpfer.

»Aber bitte kein Tanzlokal. Du weißt ...« Er verstummte und ich sah auf seine Beine.

Die Narben waren kaum zu sehen, doch sie waren da, das wusste ich. Hatte sie schon oft genug gefühlt und mit den Fingern nachgezeichnet. Sehen konnte man sie nur, wenn man ganz nah dran war. Doch seien wir mal ehrlich, wann immer ich Oliver so nah kam, hatte ich Besseres mit ihm vor, als mir seine Narben zu betrachten. Und doch wusste ich, dass viele kleine Narben, kaum größer als ein Stecknadelkopf, seine Oberschenkel zierten. Zwei größere Schnitte waren direkt an seiner Hüfte. Dort, wo sie ihn hatten operieren müssen, damit er seine Beine überhaupt wieder benutzen konnte. Es gab noch mehr kleinere Narben von dem Unfall, doch sie waren so verblasst, dass man sie nicht sah. Auch wenn er das Gefühl hatte, eine Last zu sein, so zeugten die Narben nur davon, was er durchgestanden hatte. Dass er gekämpft hatte. Nur wusste das eben nicht jeder zu würdigen.

»Nein, wir gehen in eine einfache Bar. Trinken etwas, haben Spaß und gehen dann wieder zu mir. Und haben dort noch mehr Spaß.«

»Klingt nach einem Plan.«

In Boxershorts und T-Shirt ging ich in die Küche, kochte Kaffee und deckte den Tisch. Viel hatte ich sowieso nie im Haus, weswegen es Brot, ein Glas Marmelade und Wurst zur Auswahl gab. Aber ich kannte Oliver. Er würde sich weder über die kleine Auswahl beschweren noch sonst etwas. Er würde sich an den Tisch setzen, seinen Kaffee trinken und sich mit dem zufriedengeben, was da war. Das mochte ich so an ihm. Anstatt sich zu beschweren, nahm er die Dinge so, wie sie kamen. Na gut, nicht alle Dinge. Aber dass ihn die Folgen seines Unfalls belasteten, konnte ich nachvollziehen. Mir würde es sicherlich nicht anders gehen. Nur glaubte ich nicht, dass Felix mich je so hätte hängen lassen.

»Sag mal, wie lange bist du eigentlich noch krankgeschrieben?«, wollte ich von Oliver wissen, als ich ihm noch einmal Kaffee nachschenkte.

»Keine Ahnung.« Er zuckte die Schultern. »Du weißt, dass ich noch nicht einmal Auto fahren darf und was die Belastbarkeit meiner Beine angeht, nun, die lässt zu wünschen übrig. Wahrscheinlich werde ich noch ein paar Monate daheim sein. Und mich zu Tode langweilen.«

»Sei mal nicht so pessimistisch. Das passt so gar nicht zu dir. Und so kenne ich dich auch nicht. Als ich dich kennenlernte, warst du noch viel positiver eingestellt und meintest, alles würde schon irgendwie werden.«

Oliver schnaubte und wandte den Blick ab. »Was soll ich deiner Meinung nach denn sonst machen? Ich versauere noch daheim. Nichts kann mich wirklich begeistern und wahrscheinlich wäre ich schon die Wände hochgegangen, wenn ich nicht regelmäßig hier wäre.«

»Umso wichtiger ist es, dass wir heute mal rauskommen. Du musst auch mal was anderes sehen.«

»Ist ja gut. Ich ergebe mich ja schon freiwillig.«

Da war es. Das Lachen, das ich hatte sehen wollen und das ihm so viel besser stand als die Traurigkeit, die ihn immer irgendwie zu umgeben schien.

»So ist's brav.«

Für meine Antwort kassierte ich den erhobenen Mittelfinger. Ich grinste nur frech und biss in mein Brot. Heute Abend würde ich Oliver hoffentlich ein wenig ablenken können.

Oliver

Wir fuhren mit dem Taxi in die Stadt, da Elias mir den weiten Weg nicht zu Fuß zumuten wollte. Er hatte mir sogar angeboten, mit seinem Auto zu fahren. Aber ich hatte abgelehnt. Immerhin wollten wir gemeinsam etwas trinken gehen. Seine Voraussicht und Rücksichtnahme ließen mir jedoch das Herz aufgehen. Für Elias schien es selbstverständlich zu sein, mir entgegenzukommen. Und es war mehr, als ich je von ihm verlangt hatte. Aber es schien ihm wirklich nichts auszumachen. Im Gegensatz zu –

Ich schüttelte den Kopf. Solch trübe Gedanken sollte ich heute Abend verbannen und lieber den Abend mit Elias genießen. Trübsal blasen konnte ich daheim noch genug. Vielleicht war es endlich mal an der Zeit, aus diesem Trott herauszukommen und eben allein durch die Gegend zu ziehen. Ich musste es positiv sehen: Niemand musste sich mir anpassen und ich konnte machen, was ich wollte und wie ich es wollte. Es ärgerte mich selbst, dass ich mich so von der nicht zu ändernden Situation herunterziehen ließ. Noch vor einem Jahr hätte ich nur gelacht, wenn mir jemand gesagt hätte, ich würde mich in Grübeleien verfangen und am Rande einer Depression enden. Nein, das war nicht ich. Und ich sollte es langsam wieder ändern. Den alten Oliver wieder hervorholen.

Es war an der Zeit zu akzeptieren, was nicht zu ändern war, und endlich damit abzuschließen. Auch wenn ich mich vor Kurzem noch mit Daniel getroffen und unterhalten hatte, war es anders als vorher. Die Unbeschwertheit fehlte. Das Vertrauen, das wir einmal ineinander und unsere Freundschaft gehabt hatten, war einfach nicht mehr da. Alles wirkte irgendwie steif und ungelenk. Niemand von uns wusste so recht, was er sagen sollte. Zwar schrieben wir hin und wieder miteinander, aber es war einfach eine Barriere zwischen uns. Ob wir sie je überbrücken könnten, wusste ich nicht zu sagen. Wahrscheinlich würde es nie wieder so werden, wie es mal war. Aber das erwartete ich auch nicht. Konnte ich nicht erwarten. Doch wenn wir uns beide anstrengten, könnte es vielleicht einen Neuanfang geben. Auch wieder zu vertrauen konnte man lernen.

Ich zuckte zusammen, als Elias mich in die Seite pikste.

»Worüber zerbrichst du dir schon wieder den Kopf? Sag es Doktor Elias.«

»Nichts Wichtiges. Wirklich. Nur, dass ich zu viel denke. Das ist alles.«

»Du denkst also darüber nach, dass du zu viel nachdenkst?«, wiederholte Elias und aus seinem Mund klang es ein wenig so, als sei ich langsam, aber sicher bekloppt geworden. Wahrscheinlich war es auch kein weiter Weg mehr bis dorthin.

»So könnte man es ausdrücken, ja. Ich weiß, das ist bescheuert.« Ich verzog das Gesicht und sah aus dem Fenster. »Lass uns lieber den Abend genießen.«

»Genau das wollte ich hören. Wir sind übrigens am Ziel.«

Elias bezahlte den Fahrer und gemeinsam stiegen wir aus.

»Ich bin wirklich froh, dass wir gefahren sind. Den Weg hätte ich nie und nimmer in einem Stück geschafft. Oder du hättest mich huckepack nehmen müssen. Danke.«

»Wofür?«

»Na ja.« Verlegen rieb ich mir den Nacken. »Dass du … ach, vergiss es«, winkte ich schnell ab. Was stellte Elias nur mit mir an? Merkte er denn nicht, dass ich in seiner Gegenwart total nervös war? Und mich irgendwie unbeholfen fühlte?

»Du meinst, weil ich auf dich Rücksicht nehme?«, hakte er nach und ich nickte. »Für einen Freund sollte das selbstverständlich sein. Und jetzt komm. Ich will wieder ein Lächeln in deinem Gesicht sehen. Das steht dir viel besser.«

»Ach ja? Ich weiß, was mir sogar noch besser steht«, entgegnete ich und grinste lüstern. Leckte mir über die Lippen.

»Du Nimmersatt!« Elias lachte und legte einen Arm kumpelhaft um meine Schultern. Gemeinsam betraten wir die Bar und suchten uns einen freien Tisch. Insgeheim hoffte ich, dass wir nicht allzu lang blieben, damit ich ihm zeigen konnte, welchen Gesichtsausdruck ich genau meinte.

Als die Kellnerin kam, bestellten wir jeder ein Bier und stießen auf den gemeinsamen Abend an, als sie unsere Bestellung brachte. Es tat schon nach nur ein paar Minuten gut, unter Menschen zu sein. Ich sollte es wirklich wieder öfter tun.

Besonders dann, wenn der Mensch dabei war, in den man sich verliebt hatte. Ja, ich hatte mich bis über beide Ohren in Elias verliebt. Ich genoss es, wie mein Puls sich in seiner Gegenwart beschleunigte und mein Herz einen Zahn zulegte. Wie ich auf seine Berührungen und seine bloße Gegenwart reagierte. Manchmal fragte ich mich, ob Elias es bemerkte. Wenn ja, war er sehr gut darin, es zu ignorieren. Insgeheim hoffte ich, dass er noch lange nichts davon merken würde. Zumindest, wenn er die Gefühle nicht erwidern sollte. So würde ich die Zeit mit ihm noch etwas länger genießen können. Ich wollte so viel Zeit wie möglich mit ihm zusammen verbringen. Mehr Erinnerungen an ihn sammeln, bevor mich die Realität irgendwann wieder zurück auf den Boden der Tatsachen holte.

Aber ich konnte den Drang in mir spüren, es ihm zu sagen. Mit jedem Tag wurde es schlimmer und ich wusste, ich kam bald nicht mehr dagegen an. Ich würde es ihm bald sagen müssen und dann würde sich zeigen, wie es weiterging. Elias zu zeigen, was er für mich war. Doch ich musste mich zurückhalten. Zumindest noch eine Weile. Das absehbare Ende unserer Zeit noch ein wenig hinauszögern, bevor sich unsere Wege wohl trennen würden.

Schon wieder solch trübe Gedanken. Ich wollte doch die Zeit mit Elias genießen, statt zu grübeln. Und genau das wollte ich auch in die Tat umsetzen.

»Die Denkerstirn steht dir nicht, Oli.« Elias rieb mit dem Zeigefinger über meine Stirn und ich musste unwillkürlich lachen.

»Findest du? Ich wollte mir eigentlich noch die Brille zurechtrücken und dann einen auf oberschlau machen.«

»Überlass das Denken den Pferden, die haben die größeren Köpfe.«

Ich schlug Elias' Hand weg und leerte mein Bier. Wir bestellten direkt die nächste Runde und unterhielten uns über alles Mögliche. Elias erzählte mir ein wenig über seinen Bürojob, den er im Schichtsystem ausübte. Wie er das nicht vorhandene Ordnungssystem des Lagers verfluchte und mir lustige Anekdoten von seinen Kollegen erzählte. Ewig könnte ich ihm zuhören. Seine Stimme hatte etwas unglaublich Beruhigendes an sich, was mich meine Sorgen vergessen ließ. Wie Balsam legte sie sich auf meine Seele und ließ mich glauben, dass alles irgendwie gut werden würde. Zumindest für die Zeit, in der ich Elias' Geschichten lauschen durfte.

»Einen meiner Kollegen habe ich mal mit der Reinemachefrau erwischt. Er hat vergessen, die Tür abzuschließen. Und sie hätte vielleicht nicht ganz so laut stöhnen sollen. Eigentlich waren sie selbst schuld, dass ich sie erwischt habe. Was jedoch der Handbesen dabei für eine Rolle gespielt hat, möchte ich lieber nicht wissen.«

Elias leerte sein mittlerweile drittes Glas, während ich noch immer an meinem zweiten hing. Ich war den Alkohol absolut nicht mehr gewohnt. Die Wirkung konnte ich jetzt schon spüren. Morgen würde ich sicherlich Kopfschmerzen haben.

»Und was hast du gemacht?«, wollte ich unbedingt wissen.

»Ich?« Elias grinste und rieb sich über das Gesicht. »Ich hab *Upsi* gesagt und die Tür wieder zugeknallt. Nur um sie dann wieder aufzureißen, die Akten auf den Boden zu legen und sie dann wieder zu schließen. Ich glaube, in dem Moment war mir das unangenehmer als den beiden. Noch heute kann ich ihnen kaum ins Gesicht sehen, wenn ich ihnen begegne.«

»Upsi? Wirklich? Oh, Elias!«, fragte ich lachend. Elias stimmte ein, legte den Kopf in den Nacken und entblößte seinen Hals. Wie gern würde ich mich jetzt über den Tisch beugen und mit der Zunge über die Erhebung seines Adamsapfels fahren. Ich wusste, dass Elias das unglaublich gut gefiel und er innerhalb von Sekunden an nichts anderes denken könnte als an Sex. Allein bei dem Gedanken daran spürte ich, wie ich hart wurde und hatte plötzlich das dringende Bedürfnis, die Toilette aufzusuchen. Ich schob meinen Stuhl zurück und stand auf.

»Wo willst du hin?«

»Auf Toilette. Willst du mitkommen und ihn halten?«

»Nein danke. Ich verzichte«, winkte er ab und ließ mich gehen.

Ein paar Minuten später verließ ich erleichtert die Waschräume. Hätte ich noch länger gewartet, hätte ich mich beim nächsten Lacher eingepieselt. Und das stand auf der Liste mit Dingen, die ich nie in der Öffentlichkeit tun wollte, ganz oben. Gut, an sich konnte ich generell auf diese Art Erfahrung verzichten.

Als ich unseren Tisch erreichte, war dieser leer. Wo war Elias? Ich setzte mich und ließ meinen Blick über die Gäste schweifen. Wäre er auf Toilette gegangen, hätte ich ihn dort sehen müssen. Nach ein paar Minuten konnte ich ihn an der Bar ausmachen. Wahrscheinlich bestellte er noch mal etwas für sich.

Zudem schien er sich ausgesprochen gut mit der Kellnerin zu unterhalten. Ein wenig zu gut, für meinen Geschmack. Ich spürte ein unangenehmes Ziehen in meiner Brust. Mein Puls beschleunigte sich. Jedoch nicht, weil ich Elias anschmachtete, sondern eher vor Eifersucht. Ungeniert flirteten die beiden miteinander. Und ich *durfte* mir das Schauspiel auch noch mit ansehen.

Fest und mit beiden Händen umklammerte ich mein Bierglas, bis die Knöchel weiß hervortraten. Ich sollte wegschauen, das wusste ich selbst gut genug. Es wäre auch das Beste für mich. Doch ich konnte es nicht. Es war wie ein Zwang. Ich *musste* hinsehen. Vielleicht auch, um mir klarzumachen, was Elias niemals mit mir in der Öffentlichkeit tun würde. Was wir niemals haben würden, egal wie sehr ich es mir wünschte.

Nie würde er sich so weit zu mir herüber beugen, mir tief in die Augen sehen und meinen Handrücken streicheln. Zumindest nicht, wenn wir außerhalb seiner Wohnung waren. Nie würde er sich so zu meinem Ohr beugen, um mir etwas – mit Sicherheit Zweideutiges – zuzuflüstern und mich so vielsagend dabei anlächeln.

Wieso flirtete Elias überhaupt mit ihr? Reichte ich ihm nicht? Konnte er es kaum noch erwarten, bis ich weg war und er wieder freie Bahn hatte? Waren ihm ein paar Tage mit mir allein schon zu viel? War es ihm zu eintönig? Zu langweilig mit mir?

Es tat weh, zusehen zu müssen, wie der Mann, in den ich mich verliebt hatte, sich jemand anderem zuwandte. Vor meinen Augen schon sein nächstes Date klarmachte.

Ich schluckte und blinzelte die aufkommenden Tränen weg. Noch immer hielt ich mich an meinem Bierglas fest. Was sollte ich jetzt tun? Hier sitzen bleiben und warten, bis Elias sich wieder an mich erinnerte und zu mir setzte? Rausgehen? Und dann? Ich konnte mit meinen kaputten Beinen nicht bis zu Elias laufen. Es wäre eine Leichtigkeit für ihn, mich zu finden. Außerdem hatte ich keinen Schlüssel zu seiner Wohnung und würde dann wie ein Idiot vor seiner Tür sitzen und auf ihn warten. Nein, die Blöße würde ich mir nicht geben. Also blieb mir nichts anderes übrig, als hier wie ein Idiot auf ihn zu warten. Kurz spielte ich mit dem Gedanken, Felix anzurufen, damit er mich holte. Aber dann müsste ich ihm erklären, wieso das Ganze und was passiert wäre, und das wollte ich nicht.

Ich sah zu Elias hinüber und wusste, dass ich wegsehen sollte. Dringend. Sonst würde ich nie die Bilder loswerden, wie die beiden miteinander scherzten. Wie sie ihre Brüste aufreizend zur Schau stellte und Elias immer wieder am Arm berührte. Als sie ihm einen Stift gab und ihren kleinen Block reichte, wusste ich, was passieren würde, und ich wollte es nicht wissen. Ich schloss die Augen, als Elias den Block entgegennahm. Er würde ihr seine Nummer aufschreiben. Und mit aller Wahrscheinlichkeit würde sie sich bei ihm melden. Kaum dass ich aus Elias' Wohnung verschwunden wäre, würde er sich sicher mit ihr verabreden und mich vergessen, bis er wieder jemanden für sein Bett brauchte. Es tat unsagbar weh und ich wollte nur noch nach Hause. Und zwar in meine eigene Wohnung. Auf einmal kam mir das Alleinsein gar nicht mehr so schlimm vor.

Mein Herz fühlte sich an, als würde eine eiskalte Hand danach greifen. Mein Magen war nur noch ein nervöses Knäuel. Übelkeit stieg in mir auf. Und das alles nur, weil Elias keine paar Tage ohne ein neues Betthäschen auskam. Noch nicht einmal ein paar Minuten konnte er es aushalten, ohne jemand anderen klarzumachen.

»Hey, alles gut?«

Die Frage riss mich aus meinen Gedanken. Mehr als Elias anzustarren konnte ich nicht. Wann war er an unseren Tisch zurückgekommen?

»Du siehst ziemlich blass um die Nase aus.«

»Was? Ja.« Was sollte ich auch sagen? Ich liebe dich und es tut scheiße verdammt noch mal weh, dass du vor meinen Augen mit jemand anderem flirtest? »Mir ist nur ein wenig schlecht. Ich vertrage langsam wirklich keinen Alkohol mehr.«

»Na komm, dann fahren wir nach Hause. Ich rufe uns ein Taxi.«

Ich nickte nur matt und überlegte, was ich tun sollte. Morgen schon nach Hause fahren? Ursprünglich hatte ich noch ein paar Tage bei Elias bleiben wollen. Zwar musste dieser in der Frühschicht arbeiten, aber das wäre nicht das erste Mal, dass ich bei ihm die Zeit absaß oder sie bei Felix verbrachte, während er arbeiten war. Ich musste mir nur langsam neue Ausreden einfallen lassen, wenn Felix mich fragte, wieso ich gerade lieber bei Elias schlief als bei ihm und Ben. Sofern er nicht schon etwas ahnte. Aber dann hätte er mich sicherlich schon darauf angesprochen, oder?

So sehr es mich nach Hause zog, wusste ich dennoch, dass ich die Zeit mit Elias nicht abbrechen wollte. Nein, ich würde die nächsten Tage noch für mich nutzen. Zu Hause würde ich es zu Tode denken können. Nur um wieder einmal zu keiner Antwort zu kommen. Ich brauchte dringend ein Hobby, das mich genug beschäftigte und ablenkte.

Kapitel 4

Elias

Es war irgendwie merkwürdig, allein in meiner Wohnung aufzuwachen. Oliver war gestern wieder nach Hause gefahren und ich musste mir eingestehen, dass er mir fehlte. Auch wenn er in den letzten Monaten zunehmend betrübter auf mich wirkte und mehr in sich gekehrt war, als ich es von ihm gewohnt war. Seine lockeren, frechen Sprüche kamen ihm kaum noch über die Lippen und langsam fing ich an mir Sorgen zu machen.

Was, wenn er geradewegs in eine Depression schlitterte, weil ihm sein Gesundheitszustand so zusetzte? Auch wenn er es zu verbergen versuchte, bekam ich mit, dass trotz der regelmäßigen Physiotherapie seine Beine nicht besser wurden. Manchmal hatte ich sogar das Gefühl, dass es ihm wieder schlechter ging. Würde ich ihm irgendwie helfen können, wenn dem so wäre? Ob ich mal mit Felix über diese Möglichkeit sprechen sollte? Doch dann würde er mir Fragen stellen. Fragen, die ich nicht beantworten wollte. Denn von seinem letzten Besuch wusste mein bester Freund nichts. Und ich fühlte mich mies dabei, ihn anlügen zu müssen, was meine Pläne in meiner Freizeit anging. Aber ab und zu wollte ich Oliver einfach nur für mich allein haben.

Doch lange würde ich zum Glück nicht allein bleiben. Schon in zwei Tagen wollte Oliver wieder zurück sein. Leider musste er für seine Termine wie Physiotherapie und Arztbesuche immer in die Heimat zurückkehren. Es blieb ihm nichts anderes übrig, als immer hin und her zu pendeln. Sofern er nicht in jedem Land Ärzte haben wollte. Ob das überhaupt möglich war? Ich sollte Oliver mal danach fragen. Einfach aus Neugier, versteht sich.

Manchmal wünschte ich, ich würde in seiner Nähe wohnen. Mir tat seine Gegenwart gut und ich könnte ihn zu dem ein oder anderen Termin begleiten. Sofern er das überhaupt wollte.

Alles war irgendwie ein wenig besser mit ihm an meiner Seite. Nicht nur, weil jemand in meiner Wohnung war, bei dem ich mich auskotzen und anlehnen konnte, wenn ich nach einem langen Tag nach Hause kam. Und der mich aufmunterte. Sondern auch, weil ich einfach seine pure Anwesenheit genoss. Zwar verbrachten wir viel Zeit miteinander, hingen viel zusammen in meiner Wohnung herum und hatten ausschließlich Sex miteinander, wenn Oliver zu Besuch war. Aber das war nicht alles. Wir konnten beide, wenn wir es denn wollten, mit anderen ins Bett gehen. Wieso sollte ich diese Freiheit aufgeben für eine Beziehung?

Wenn sich eine Gelegenheit ergab, nutzte ich sie auch. Oliver konnte sich das sicherlich denken, doch ich musste es ihm auch nicht auf die Nase binden. Genauso wenig, wie er es mir aufs Butterbrot schmierte. Aber ich musste zugeben, dass meine One-Night-Stands in den letzten Wochen weniger geworden waren. Denn wirklich erfüllend war der Sex mit anderen bisher nicht gewesen. Befriedigend ja, aber nur was eben die körperlichen Bedürfnisse anging. Aber ich fühlte mich danach eben noch immer nicht vollends … zufrieden. So wie bei Oliver. Was war nur in letzter Zeit los mit mir?

Mit den Händen rieb ich mir übers Gesicht. Ich dachte wieder viel zu viel nach. Mein Kopf musste langsam schon schwarzen Rauch ausspucken.

Immer wenn Oliver sich ankündigte, versuchte ich mir irgendwie für diese Zeit freizunehmen. Oder zumindest das Wochenende freizubekommen. Was bedeutete, dass ich die Arbeit unter der Woche machen musste und zudem noch Überstunden anhäufte, damit ich sie dann als Freizeit abfeiern konnte. Und je mehr ich arbeitete, desto weniger Zeit hatte ich natürlich, um auszugehen, und folglich auch für irgendwelche Abenteuer. Doch das war nicht schlimm. Oliver bei mir zu haben genügte mir. Und ich glaubte, dass ihm die Zeit guttat, die er mit mir und unseren Freunden hier verbrachte. Zumindest kam er mir nicht so traurig vor wie sonst, wenn wir telefonierten. Bevor wir die Affäre gestartet hatten, hätte ich nie geglaubt, einmal so viel zu telefonieren wie mit ihm. Selbst mit meiner Ex war das nie der Fall gewesen. Und mit ihr hatte ich mir damals eine gemeinsame Zukunft ausgemalt. Was ich jetzt nicht tat. Trotzdem war alles anders.

Ich schüttelte den Kopf und gab einen grunzenden Laut von mir. Seit wann grübelte ich so viel nach? Vor allem über mich und Oliver? *Weil ich mich in seiner Nähe wohlfühle.* Die Erkenntnis war nicht neu. Ich hatte schon vor einiger Zeit bemerkt, dass mir unser Zusammensein ebenso guttat, wie es bei Oliver umgekehrt genauso der Fall war. Erschreckend war jedoch, wie oft ich an ihn dachte und wie sehr er mir fehlte. Ich hatte mich doch nicht in ihn verliebt, oder? Nein, sicher nicht. Auch wenn ich es kaum erwarten konnte, eine Nachricht von Oliver zu bekommen oder mit ihm zu telefonieren und seiner Stimme zu lauschen. Und ja, ich fühlte mich unglaublich wohl mit ihm an meiner Seite. Doch nur weil mein Puls sich beschleunigt, wenn ich seinen Namen auf dem Display meines Smartphones las, hatte das noch lange nichts zu sagen. Das bedeutete doch nicht, dass ich mich in ihn verliebt hatte. Dass da mehr als Freundschaft im Spiel war.

Zudem hatte ich nicht das Gefühl, dass es Oliver genauso ging. Wie auch? Wir sprachen nicht über so etwas. Es anzusprechen kam für mich jedoch auch nicht in die Tüte. Wozu sollte ich die Pferde scheu machen, wenn es am Ende gar keinen Grund dazu gab? Wahrscheinlich würde ich mich mit so einem Gespräch noch bis auf die Knochen blamieren. Mit irgendwelchen Gesprächen über eventuell vorhandene Gefühle würde ich womöglich alles kaputtmachen, was wir hatten. Und dafür lief es einfach zu gut. Oliver musste doch so schon merken, dass ich mich bei und mit ihm wohlfühlte und ihn gerne um mich hatte. Wie sollte er das auch nicht mitbekommen? Allein der Sex mit ihm war genial. Anders als mit anderen. Selbst wenn ich mit Frauen und anderen Männern schlief, fühlte ich mich danach nur halb so befriedigt. Dabei tat Oliver noch nicht einmal etwas Besonderes.

Lag es vielleicht daran, mit welcher Leidenschaft er sich mir hingab? Wie er sich unter mir wand und seufzte, während ich ihn fickte? Oder wie er meinen Namen stöhnte, wenn er kam. Wie er auf jede meiner Berührungen reagierte? Vielleicht auch an seinem Geruch, der mir noch Tage nach seiner Abreise in der Nase hing. Ich wusste es nicht und konnte nur mit Gewissheit sagen, dass mit Oliver alles ein wenig anders war. Es war besser.

Um auf andere Gedanken zu kommen, schüttelte ich den Kopf. Was war nur los mit mir? Wieso musste ich auf einmal so viel über uns nachdenken? Wieso konnte ich das, was wir momentan hatten, nicht einfach genießen? Wer wusste denn schon zu sagen, wie lange es überhaupt halten würde? Außerdem würde eine Fernbeziehung über die Grenze hinaus nicht lange funktionieren. Das hatte ich schon mal versucht und war am Ende wegen der Liebe in die Niederlande gezogen. Nur um beinahe zwei Jahre später zu erfahren, dass Fenja die ganze Zeit zweigleisig gefahren war. Neben unserer Beziehung hatte sie sich noch etwas mit dem Junior-Chef der Firma, für die sie arbeitete, aufgebaut. Die Erkenntnis hatte mir den Boden unter den Füßen weggezogen und sie war sich noch nicht einmal einer Schuld bewusst gewesen.

Mein einziger Trost war, dass Felix als mein bester Freund ebenfalls in die Niederlande gezogen war. Es hatte mir vieles erleichtert, da ich die meiste Zeit nach der Trennung bei ihm und Ben verbracht hatte. Ohne ihn wäre ich wahrscheinlich wieder zurück nach Deutschland gegangen, zu meiner Familie. Aber seit dem Ende meiner Beziehung hatte ich festen Bindungen den Rücken gekehrt.

Und die Niederlande waren für mich mittlerweile genauso Heimat wie Deutschland. Auch wenn ich meine Familie oft vermisste. Vielleicht sollte ich doch überlegen, wieder nach Hause zurückzukehren. Aber konnte ich wirklich ohne meinen besten Freund umziehen? Wollte ich das? Ich konnte Felix und Ben doch nicht einfach allein lassen. Wer sollte ihnen denn sonst mal ordentlich den Kopf waschen, wenn sie wieder mal überreagierten? Um eine Entscheidung zu treffen, war ich einfach zu unschlüssig. Also würde ich es beibehalten, wie es im Moment lief.

Um Gottes willen! Ich saß hier auf meinem Bett und zerbrach mir den Kopf über ungelegte Eier! Und das noch vor meinem ersten Kaffee.

Ein Gespräch mit Felix würde sicher helfen, erklang eine Stimme in meinem Kopf. Das stimmte sogar. Aber Felix war jemand, der dem Ganzen dann wieder einen Namen geben wollte und es auch ohne langes Überlegen tun würde. Zudem hatte er schon öfter durchscheinen lassen, dass es ihm lieb wäre, wenn ich zumindest bi wäre, damit er mich mit Oliver verkuppeln konnte. Wenn Felix wüsste, dass seine Träumereien zumindest zum Teil wahr geworden waren. Nur warum konnte ich es ihm nicht einfach sagen? Er war mein bester Freund. Normalerweise hatten wir keine Geheimnisse voreinander.

Als mein Handy vibrierte, drehte ich mich zum Nachttisch, um zu schauen, wer etwas von mir wollte. Fünf ungelesene Nachrichten. Drei von Felix und zwei von Oliver. Als ich seinen Namen las, musste ich breit grinsen und mein Puls raste. Mein Herz machte einen kleinen aufgeregten Hüpfer. Die typische Vorfreude, obwohl ich noch nicht einmal wusste, was er eigentlich von mir wollte.

Oliver: »Schon wach?«
Und die zweite Nachricht: »Ich kann nicht mehr schlafen. Hatte gestern Physio und vorhin einen Krampf des Todes im Oberschenkel.«

Ich tippte ihm eine kurze Antwort und verkniff mir einen blöden Spruch bezüglich irgendwelcher Krämpfe. Oliver hatte es wirklich nicht leicht mit den Folgen des Autounfalls.

An manchen Tagen, wenn er hier zu Besuch war, konnte ich beobachten, wie sehr er sich mit seinen Schmerzen quälte. Oder mit den Einschränkungen, die der Unfall mit sich brachte. Noch zu gut war mir mein Besuch bei ihm in Erinnerung. Wie Oliver in der Küche zusammengebrochen war und hilflos auf dem Boden gesessen hatte. Ich musste immer wieder an seine Worte denken. Auch daran, dass es ihm scheinbar öfter zu passieren schien und nichts Neues mehr war. Je mehr ich über diesen Umstand nachdachte, desto größer wurde meine Wut auf Olivers sogenannte Freunde. Doch wo waren sie jetzt, wo er ihre Unterstützung mehr denn je gebrauchen könnte?

Müde rieb ich mir das Gesicht und beschloss erst einmal duschen zu gehen, um einigermaßen wach zu werden. Und vielleicht würde ich mir selbst endlich darüber klar werden, wieso ich mit meinem besten Freund nicht offen reden konnte.

Oliver

»Was machen wir heute Abend?«

Ich zog die Sonnenbrille von der Nase und betrachtete Felix. Wir hatten bei ihm daheim auf der Terrasse gegrillt und saßen jetzt zusammen mit Ben und Elias gemütlich beisammen. Ich genoss die letzten warmen Sonnenstrahlen des Abends bei meinen Freunden. Wenn es nach mir ging, mussten wir noch nicht einmal großartig weggehen, um Spaß zu haben. Mir genügte es voll und ganz, bei ihnen zu sein, mit ihnen zu reden und herumzualbern. Mich zog es in letzter Zeit noch weniger nach draußen als ohnehin schon.

Im Hintergrund lief leise Musik aus allen möglichen Genres. Elias hatte extra für heute Abend einen bunten Mix zusammengestellt und so einige Perlen der Musikgeschichte hatten wir schon entdeckt und mitgesungen. Einfach die Lieder mitzugrölen war irgendwie befreiend.

Bei meinen Freunden zu sein war erholsam wie ein einwöchiger Urlaub in der Karibik. Zumindest für mich. Allein schon, weil ich von meinen Problemen und Gedanken abgelenkt wurde und einfach die Seele baumeln lassen konnte. Auch wenn ich Elias ständig um mich hatte und ich mir meiner Gefühle für ihn immer bewusster wurde, war es einfach schön, hier zu sein. Mich komplett entspannen ... das war etwas, was ich kaum noch tat, obwohl ich genügend Zeit dazu hatte.

Aber wenn ich allein war, hatte mich die Einsamkeit zwischenzeitlich so in ihren Fängen, dass ich nur daran denken konnte, wie scheiße doch eigentlich alles war. Wie unfair das Leben mir mitspielte. So kannte ich mich gar nicht und so wollte ich auch nicht sein. Aber je mehr sich meine Freunde von mir zurückgezogen hatten, desto mehr war ich in meinem Gedankenkarussell gefangen. Es war schwer, sich daraus wieder hervorzukämpfen, wenn man den ganzen Tag allein war. Natürlich könnte ich zu meinen Eltern. Aber ich war nicht daheim ausgezogen, um dann meine Tage bei ihnen zu verbringen.

»Ich wäre dafür, weiter hier im Garten zu faulenzen«, antwortete Elias Felix und sprach damit das aus, was ich dachte.

Ich musste lächeln. Manchmal kam es mir so vor, als würde er genau wissen, was ich wollte. Ob er sich denken konnte, dass ich auf der Liege bleiben wollte?

»Wie? Willst du dir kein Date für heute Abend angeln?«

Felix' Frage versetzte mir einen Stich. Es tat weh, daran zu denken, wie sich Elias mit jemand anderem das Bett teilte, wenn ich nicht da war. Doch es war nun einmal unsere Abmachung und damit musste ich irgendwie klarkommen. Und wie sollte Felix auch wissen, wie sehr mich seine Frage verletzte? Auch wenn ich manchmal gerne mit jemandem darüber sprechen würde. Doch ich wollte mich an unsere Abmachung halten. Selbst Daniel sagte ich nichts davon, obwohl wir wieder regelmäßigeren Kontakt hatten. Aber ich konnte einfach noch nicht mit ihm darüber sprechen.

»Nein, heute nicht. Meine ungeteilte Aufmerksamkeit gilt nur euch.«

»Wow, wie gütig von dir«, zog Ben Elias auf und legte einen Arm um die Schultern seines Mannes.

Diese kleinen Zärtlichkeiten, die die beiden miteinander teilten, waren genau das, was ich auch mit Elias wollte. Ich hatte die Geheimniskrämerei langsam, aber sicher satt. Denn auf Dauer würde ich mit dieser Konstellation nicht glücklich sein, das war mir in den letzten Wochen erst richtig klar geworden. Auf kurz oder lang würde ich daran kaputtgehen und das war nichts, was ich mir für mich wünschte.

»Ich weiß. So bin ich eben.«

Ben und Felix lachten leise über die Bemerkung, doch es verebbte schnell wieder. Ich setzte meine Sonnenbrille wieder auf, legte den Kopf in den Nacken und schloss die Augen. Nach dem Essen hatte ich es mir auf der Liege gemütlich gemacht und spürte seitdem, wie die Müdigkeit immer wieder von mir Besitz ergriff.

»Oli, bei dir alles okay? Du bist so ruhig?«, wandte sich Felix an mich und ich nickte.

»Alles gut. Ich bin nur etwas schläfrig.«

»Dann ist es gut, dass wir heute hierbleiben.«

Etwas mühsam erhob ich mich von meiner Liege und holte mir noch etwas zu trinken. Der stechende Schmerz im Oberschenkel war gerade noch so auszuhalten und ich war jetzt schon froh, heute nicht mehr so viel laufen zu müssen.

Demnächst stand ein Termin im Krankenhaus an. Mein Bein musste noch einmal in Ruhe durchgecheckt werden, weil die Ärzte nach den ersten Erfolgen absolut nicht mit der weiteren Entwicklung zufrieden waren. Doch was sollte ich machen? Ändern konnte ich es nicht, nahm alle Termine beim Therapeuten wahr. Manchmal hatte ich das Gefühl, die Ärzte dächten, ich würde absichtlich dafür sorgen, dass es mit meinem Bein wieder schlechter wurde. Zumindest gaben sie mir an manchen Tagen das Gefühl, es wäre alles nur meine Schuld. Selbst meine Physiotherapeutin wusste nicht so recht, was sie noch mit mir machen sollte. Und dass sie mir das auch noch gesagt hatte, machte mir nicht gerade Mut. Auch wenn ich froh darüber war, dass sie ehrlich zu mir gewesen ist.

Mit einem neuen Bier in der Hand ließ ich mich wieder auf die Liege sinken und nahm einen großen Schluck davon. Elias, Ben und Felix unterhielten sich angeregt. Über was, wusste ich nicht. Ich hörte ihnen nicht so wirklich zu und ich hatte auch keine große Lust, mich an einer Unterhaltung zu beteiligen.

Wenn ich so weitermachte, würde ich noch zum Zyniker mutieren oder Depressionen bekommen. Aber was sollte ich tun? Mich mit der Situation anfreunden? Mir blieb ja nichts anderes übrig. Aber es kotzte mich an, dass es hoffnungslos schien und ich wieder mal auf die Hilfe anderer angewiesen war. Für Großeinkäufe musste ich beispielsweise meine Eltern um Hilfe bitten. Vielleicht sollte ich wieder bei ihnen einziehen? Ich meine, so wäre ich nicht allein und da sie sowieso ständig mit mir unterwegs waren und mein Taxi spielen mussten, könnte ich genauso gut auch wieder zu ihnen ins Haus ziehen. Doch ich wollte mir andererseits das bisschen Unabhängigkeit, das ich noch besaß, bewahren.

»Oli?«

»Mh?«

Drei besorgte Gesichter hatten sich mir zugewandt. Oh Gott, war ich etwa so weit abgedriftet mit meinen Gedanken? Verdammt. Dabei hatte ich mir doch nichts von meinen Sorgen anmerken lassen wollen. Das war mir scheinbar super gelungen. Immerhin war die Zeit mit meinen Freunden zu kostbar, um sie mit meinen Problemen zu überschatten.

»Ist wirklich alles okay bei dir?«, wollte Felix noch einmal wissen und ich war versucht erneut alles herunterzuspielen. Doch wozu? Sie waren meine Freunde. Vielleicht würde es helfen, wenn ich mit ihnen über meinen Gesundheitszustand sprach.

»Eigentlich nicht«, gestand ich schließlich und setzte mich auf. Ich spielte unschlüssig mit dem Etikett meiner Bierflasche, bis es anfing, sich abzulösen, weil ich selbst nicht genau wusste, wo ich beginnen sollte.

»Was ist los?«, wollte Felix wissen.

Ich warf einen Blick in die Runde. Elias sah aus, als wäre ihm angst und bange, dass ich unser Geheimnis ausplaudern würde. Wenn dem so war, musste ich mich fragen, was er eigentlich von mir dachte. Ob er mir wirklich so wenig vertraute. Immerhin lief das mit uns schon über ein Jahr.

»Hast du Liebeskummer?«, versuchte es Ben und ich lachte.

Jedoch war es ein bitteres Lachen, doch die anderen bemerkten es nicht. Wenn er wüsste, wie nah er an der Wahrheit war.

»Nein, hab ich nicht. Es ist wegen meines Beins.«

»Es wird wieder schlimmer, oder?«, hakte Elias nach und ich nickte.

»Jupp. Und keiner weiß wieso. Nach der Reha damals sah es ja so aus, als würde bis auf ein paar Kleinigkeiten alles gut verheilen. Ich meine, an das Humpeln hatte ich mich schnell gewöhnt und auch, dass ich eben nicht mehr so gut zu Fuß unterwegs bin. Aber in letzter Zeit habe ich immer wieder Krämpfe im Bein und kann es nicht richtig belasten oder habe sogar gar kein Gefühl drin. An manchen Tagen habe ich die ganze Zeit stechende Schmerzen im Oberschenkel, die manchmal bis in den Rücken ausstrahlen.«

Ich schnaufte einmal tief durch. Es tat ganz gut, wenigstens diese Sache angesprochen zu haben. Und einmal ausgesprochen fiel es mir leichter, weiter darüber zu reden.

»Meine Physiotherapeutin weiß nicht, was sie noch machen soll, was mir ehrlich gesagt ganz schön Angst macht. Ich meine, Elias war ja vor ein paar Wochen bei seiner Familie in Deutschland und kam auf einen Abstecher bei mir vorbei. Er hat selbst miterlebt, dass ich auf einmal kein Gefühl mehr im Bein habe und dann einfach umfalle. Wie ein nasser Sack.«

»Stimmt, ich erinnere mich noch daran. Es war echt ein Schock, weil ich erst dachte, es wäre dir irgendwas dabei passiert.«

»Selbst mein eigener Vater musste mich ab und zu schon tragen, weil ich nicht mehr laufen konnte.« Ich seufzte, wenn ich daran dachte, wie hilflos ich manchmal war. Die Sonnenbrille verdeckte Gott sei Dank meine Augen, die sich mit Tränen gefüllt hatten. »Ich soll demnächst wieder ins Krankenhaus. Sie wollen mich auf den Kopf stellen und herausfinden, was es ist. Aber sie vermuten, dass beim Unfall vielleicht ein Nerv beschädigt wurde, der nach und nach sozusagen abstirbt. Aber ob es das wirklich ist, wird sich zeigen, wenn sie mich untersucht haben.«

»Scheiße! Wieso sagst du uns das denn jetzt erst?«, wollte Elias von mir wissen und ich zuckte nur mit den Schultern.

»Keine Ahnung. Ich wollte hier nicht für schlechte Stimmung sorgen. Ich meine, wir sehen uns auch nicht ständig und da will ich nicht noch mit meinen Problemen ankommen.«

»Du bist doch ein Idiot«, meinte Ben und ich funkelte ihn an. Blöd, dass er es durch meine Sonnenbrille nicht sehen konnte. So hatte ich mir das nicht vorgestellt.

»Na, danke auch.«

»So meinte er das nicht«, verteidigte Felix seinen Mann. »Aber wir sind deine Freunde. Du hättest mit uns reden sollen.«

»Wie lange weißt du das schon?« Die Frage kam von Elias, der mich abwartend ansah.

»Seit ein paar Wochen. Sechs, vielleicht sieben.«

»So lange machst du das schon mit dir selbst aus?«

»Jap. Was sollte es auch an der Situation ändern, wenn ich es euch sage? So oder so muss ich abwarten, was die Untersuchungen ergeben. Wenn sie denn überhaupt etwas ergeben.«

»Mensch, Oli. Es geht einfach darum, für dich da zu sein. Keiner sollte mit so etwas allein bleiben«, tadelte mich Felix und ich musste lächeln. Er hatte ja recht. Ich würde es mir einfach zu Herzen nehmen und das nächste Mal direkt mit meinen Freunden reden.

»Im Gegensatz zu den Idioten, die du mal Freunde nanntest, lassen wir dich nicht einfach hängen. Aber wenn du nicht mit uns sprichst, kann dir auch keiner helfen. Hellsehen können wir nicht.«

»Danke.« Ich nickte und senkte den Blick, als ich merkte, wie mir die Tränen kamen. Schnell wischte ich sie weg und war froh, dass sie es dank der Sonnenbrille nicht sehen konnten.

Oliver

Als es an der Tür zum Gästezimmer klopfte, brummelte ich nur. Wer wollte denn schon so früh am Morgen was von mir? Wie spät war es überhaupt? Ich drehte mich herum und griff nach meinem Smartphone. In dem Moment kam auch schon Felix zur Tür herein und brachte mir einen Kaffee.

»Wie geht's dir heute?«

Da Elias arbeiten musste, hatte ich beschlossen, die letzte Nacht bei Felix und Ben zu verbringen. Vielleicht war es auch ganz gut, wenn wir nicht die ganze Zeit aufeinanderhingen, wenn ich hier war. Nachher schöpfte noch jemand Verdacht und das war das Letzte, was Elias wollte. Und ich? Na ja ... ich hatte eine Entscheidung zu fällen, darüber, was ich tun sollte.

Ich rieb mir die Augen und streckte mich. Bereute es jedoch sofort, als ich einen Krampf im Oberschenkel bekam. Gott sei Dank nicht so schlimm wie der letzte.

»Was denkst du denn? Wonach sieht es für dich denn aus?«, fuhr ich Felix an und knetete meinen krampfenden Oberschenkel. Ich bereute meine Worte sofort. »Sorry. Aber ... ich bin noch nicht wieder gelaufen. Das werde ich machen, wenn die Schmerzen nachlassen.«

Ächzend wie ein alter Mann setzte ich mich auf, sobald der Krampf nachgelassen und die Schmerzen kaum noch zu spüren waren. Ich griff nach der Kaffeetasse und nahm einen großen Schluck. Herrlich.

Nachdem ich meinen Freunden gestern von meinem Gesundheitszustand erzählt hatte, kam es natürlich, wie es hatte kommen müssen. Als wir gerade dabei waren, die Terrasse aufzuräumen, hatten meine Beine ihren Dienst versagt und ich war mitsamt der Kiste Leergut in mich zusammengesackt. Mir war es immer noch unangenehm, wenn ich daran dachte, wie besorgt sie waren. Ben und Felix hatten erst einmal geschaut, dass ich mir keine weiteren Verletzungen zugezogen hatte, während mich Elias auf seine starken Arme genommen und reingetragen hatte. Wäre ich mir nicht so schwach vorgekommen, hätte ich es sicherlich genossen, von ihm auf Händen getragen zu werden. Doch so kam ich mir einfach nur ... scheiße und nutzlos vor. Ich konnte meinen Freunden noch nicht einmal bei so einer Kleinigkeit helfen, ohne dass irgendwas passierte.

»Es ist dir unangenehm, oder?«

Ertappt wandte ich den Blick ab. »Ich weiß nicht, was du meinst.«

»Mensch, Oli. Ich bin's, Felix. Du kannst mit mir reden, okay?«

»Verdammt, ja, es ist mir unangenehm. Sogar richtiggehend peinlich. Ich bin 26 und nicht einmal in der Lage, einen ganzen Tag auf den Beinen zu bleiben wie jeder andere auch. Es fühlt sich an, als wäre ich eine Last. Nicht nur für euch, sondern auch für meine Eltern. Elias musste mich gestern sogar reintragen!«

Die Tränen, die ich gestern noch zurückgehalten hatte, liefen mir jetzt ungehemmt über die Wangen. Hier, allein mit Felix, konnte ich meinen Gefühlen einfach freien Lauf lassen. Tröstend legte mein Freund mir einen Arm um die Schulter und wartete, bis ich mich wieder beruhigt hatte.

»Lass mich dir eins sagen, Oli. Du bist ganz sicher keine Last für einen von uns und es muss dir auch nicht peinlich sein. Ich wette, deine Eltern würde mir zustimmen, wenn sie hier wären. Niemand hat ahnen können, welche Folgen der Unfall doch noch nach sich zieht. Gerade nachdem es auch so gut für dich aussah. Ganz sicher hast du es dir nicht ausgesucht, dich so hilflos zu fühlen. Aber du solltest aufhören, so schlecht von uns zu denken. Bei uns musst du dich nicht um deinen Gesundheitszustand sorgen. Wenn es dir schlecht geht, dann ist es eben so. Oder wenn du etwas nicht machen kannst. Sag es uns einfach und dann ist das völlig in Ordnung für uns. Aber steck uns nicht in eine Schublade mit den anderen Idioten. Versprichst du mir das?«

»Ja. Okay. Sorry, wirklich. Ich kann mich nur an manchen Tagen einfach selbst nicht mehr leiden.«

»Ist schon gut.« Er drückte mich noch einmal an sich und erhob sich dann vom Bett. »Ich lass dich noch einen Moment allein. Wenn was ist oder du etwas brauchst, dann ruf mich bitte oder schreib mir.«

»Felix!« An der Tür hielt er inne. Wenn es sich schon so gut anfühlte, mit ihm über meine gesundheitlichen Sorgen zu reden, wie würde es dann wohl sein, mit ihm über die andere Sache zu sprechen? Konnte ich wagen, es zumindest anzudeuten?

»Ja?«

»Ich … wegen Bens Anspielung gestern, auf den Liebeskummer–«

»Nimm ihn nicht allzu ernst. Manchmal weiß er selbst nicht, was er eigentlich sagt. Zumindest denkt er nicht immer darüber nach, was aus seinem Mund kommt.«

»Na ja, er hat ja nicht ganz unrecht.«

»Was? Erzähl mir mehr«, forderte er und sah mich neugierig an. Setzte sich wieder zu mir aufs Bett. »Wer ist es? Wie heißt er? Wie sieht er aus?«

»Er ist ein toller Mann und er sieht wirklich gut aus. Wir verstehen uns einfach blendend und manchmal glaube ich sogar, er weiß genau, was ich will. Aber das Problem ist … wir führen im Prinzip eine heimliche Freundschaft plus, und das schon ziemlich lange. Etwas länger als sechs Monate. Er will es seinen Freunden nicht sagen und bei allem Verständnis, das ich die ganze Zeit über hatte, hab ich langsam die Schnauze voll. Ich kann das nicht mehr länger und weiß nicht, was ich tun soll.«

»Rede mit ihm. Sag ihm, was du fühlst und was du willst. So hat er die Chance, es jetzt zu beenden und ehrlich zu dir zu sein. Wer weiß, wie es in ihm aussieht? Vielleicht hast du Glück und es wird mehr draus. Liebst du ihn denn?«

Unsicher biss ich mir auf die Lippe. »Ich weiß es nicht genau. Ich denke schon«, spielte ich meine Gefühle herunter.

Sanft lächelte Felix mich an. »Klopft dein Herz wie wild, wenn du nur an ihn denkst oder seinen Namen auf deinem Display liest? Rast dein Puls? Kannst du an fast nichts anderes denken als an ihn? Wärst du am liebsten immer nur bei ihm? Dann ja, würde ich sagen, du hast dich verliebt.«

»Was, wenn er es nicht erwidert?«

»Dann, Oli, wird es wehtun. Es wird sich anfühlen, als würde jemand dein Herz in tausend kleine Stücke reißen. Du wirst dir wünschen, dich nie verliebt zu haben. Aber es wird auch mit der Zeit besser werden. Doch noch länger an etwas festzuhalten, was euch nirgendwo hinführt, macht dich auf Dauer kaputt und auch irgendwann krank. Und willst du das? Ich denke nicht. Ich glaube, es ist besser, ein gebrochenes Herz und Gewissheit zu haben, als ständig in Ungewissheit leben zu müssen. Meiner Meinung nach kann es sowieso nicht sehr gesund sein, eine Beziehung zu verstecken.«

Felix hatte recht. Und zwar mit allem, was er sagte, und tief in mir wusste ich das auch. Aber sollte ich es wirklich wagen, Elias zu sagen, was ich fühlte und wollte? Natürlich hatte ich schon mit dem Gedanken gespielt, es ihm noch vor meiner Abreise zu sagen. Aber der Tag war schneller gekommen als gedacht und wenn ich es wirklich tun sollte, musste ich das heute Abend tun. Das war die Entscheidung, vor der ich mich schon die ganze Zeit drückte. Doch ich musste sie endlich fällen.

»Danke«, rief ich Felix noch hinterher, der das Gästezimmer schon längst verlassen hatte.

Ich wagte es, aufzustehen und ein paar Schritte zu gehen. Zwar war ich noch ein bisschen wacklig auf den Beinen, aber ich hatte mal keine Schmerzen, abgesehen von dem kleinen Krampf vorhin. Vielleicht war das ja ein Zeichen dafür, dass der Tag ein guter werden würde.

***

Der Tag blieb auch tatsächlich ziemlich ereignislos und mir war es ganz recht so. Felix schrieb nebenbei immer mal wieder an seinem neuen Manuskript, wenn er eine zündende Idee hatte. Das merkte man immer daran, dass er auf einmal wie von der Tarantel gestochen aufsprang, alles andere stehen und liegen ließ und sich ohne Erklärung an seinen Laptop setzte. Und ich verbrachte meine Zeit mit dem Spielen irgendwelcher Spiele auf meinem Smartphone und damit, meine Tasche zu packen. Alles in allem war ich ziemlich entspannt. Wenn ich mir nicht die eine Million verschiedenen Reaktionen ausmalte, wie Elias auf mein Geständnis reagieren würde. Einen Rückzieher zu machen kam für mich jedoch nicht mehr in frage. Nach dem Gespräch mit Felix heute Morgen war ich mir sicher, dass ich offen mit Elias sprechen musste. Noch länger aufschieben wollte ich es ebenfalls nicht. Sonst würde ich den Mut verlieren und es ihm nie sagen. Und weiterhin dabei zusehen müssen, wie er mit anderen flirtet, während ich dabei war.

Denn mit einem hatte Felix durchaus recht. Auf Dauer würde es mich kaputt und krank machen, wenn ich dieses Versteckspiel weiter mitmachte. Und sollte ich es mir nicht auch wert sein? Es gab keinen triftigen Grund, dass man mich vor anderen verstecken musste. Außer ... außer wenn ich ihm peinlich war.

Nein, sicherlich war es das nicht. So war Elias nicht, zumindest da war ich mir sicher. Heute Abend hätte ich zumindest Klarheit, ob ich als Single, aber mit einer Freundschaft nach Hause fahren würde oder in einer Beziehung wäre.

***

»So, ich muss los. Mein Taxi ist da.«

Schweren Herzens verabschiedete ich mich wieder einmal von meinen Freunden. Wieso konnten sie nicht einfach in meiner Nähe wohnen? Oder ich in ihrer? Hauptsache, es waren keine sechshundert Kilometer mehr zwischen uns. Das Pendeln nervte an manchen Tagen nur noch.

»Komm gut nach Hause und schreib uns zwischendurch«, forderte Felix von mir, als er mich umarmte.

»Mach ich.«

Auch Ben zog mich in eine kurze Umarmung, ehe ich meine Tasche nahm und zu meinem Taxi ging. Ich winkte ihnen noch einmal zu, bevor ich einstieg, und nannte dann dem Fahrer die Adresse von Elias. Nervös knetete ich meine Finger.

Meine Freunde wussten nicht, dass ich mich von ihm auch noch verabschieden würde. Geschweige denn, was ich ihm sagen wollte. Wie sie wohl reagieren würden, wenn sie es erfuhren? Oh Mann, warum machte ich mir darüber überhaupt Gedanken? Ich wusste doch, dass Felix schon seit unserem Kennenlernen davon träumte, mich und Elias zusammenzubringen. Wollen wir mal hoffen, dass unser gemeinsamer Traum in Erfüllung ging. Meine Hände waren vor Aufregung feucht und ich hatte das Gefühl, mir würde gleich schwindelig. Warum konnte ich es nicht schon hinter mir haben?

»Egal wie lange es dauert, warten Sie bitte auf mich, okay? Ich muss noch etwas klären. Aber es dürfte nicht lange dauern.«

Der Fahrer schien kurz zu überlegen, nickte dann schließlich. Erleichtert atmete ich auf. Wenigstens das war geregelt. Ich hoffte, es würde nicht allzu lange dauern und es würde vor allem nicht in einer Katastrophe enden.

Mit klopfendem Herzen klingelte ich an der Haustür. Ich wollte schon ein zweites Mal die Klingel betätigen, als endlich Elias' Stimme durch die Gegensprechanlage zu hören war.

»Ja?«

»Ich bin's, Oli. Ich ... ich wollte noch Tschüss sagen.«

»Kannst du kurz hochkommen?«

»Ja, aber nicht lange. Mein Taxi wartet.«

Der Türöffner summte und ich stolperte vor lauter Nervosität auf dem Weg nach oben mehrmals über meine eigenen Füße. Angespannt knetete ich meine Finger. *Bitte lass es gut ausgehen.* Immer und immer wieder betete ich diesen Satz herunter. Hoffentlich brachte es was.

»Hey.« Elias stand im Türrahmen und lächelte mich an. Zog mich direkt in eine herzliche Umarmung. Ich genoss sie einen Moment länger als unbedingt nötig. »Schön, dass du dich noch persönlich verabschiedest.«

»Hör zu, ich ... ich bin nicht nur deswegen hier. Ich muss dir noch etwas sagen und ich will es tun, bevor ich wieder zu Hause bin.«

»Ist irgendwas passiert?« Besorgt musterte er mich und ich atmete mehrmals tief durch. Löste mich aus der Umarmung. »Komm erst mal rein.«

Ich folgte ihm in den Flur und zog die Tür hinter mir zu. Mein Gewissen plagte mich direkt, weil ich den Taxifahrer nur noch länger warten ließ. Doch ich musste das einfach hinter mich bringen.

»Nein. Ja. Keine Ahnung, es ist kompliziert. Es ...« In einem tiefen langen Atemzug, sammelte ich all meinen Mut zusammen. »Ich liebe dich.«

So, jetzt war es raus. Mein Herz klopfte wie verrückt und ich wartete. Doch es folgte keine Reaktion.

Ich nutzte sein Schweigen und sprach weiter, solange ich noch den Mut dazu hatte. »Ich weiß, wir wollten nur etwas Lockeres ohne Verpflichtungen, aber es ist eben nun mal passiert. Ich kann nichts dafür. Ich hab mich in dich verliebt und ich hab die Geheimnistuerei so satt. Es ist kaum noch auszuhalten für mich. Das mit uns will ich nicht länger verschweigen müssen. Am liebsten würde ich es in die Welt hinausschreien, weil ich so glücklich bin, wenn wir zusammen sind. Aber ... ach, keine Ahnung, was ich sagen wollte. Ich musste es dir nur sagen und wissen, wie du darüber denkst.«

Elias schien aus seiner Lethargie zu erwachen und sah alles andere als erfreut aus. Er wich einen Schritt zurück, als hätte ich plötzlich etwas an mir, das ihn abstieß.

Es war ein Fehler gewesen, herzukommen.

Das wusste ich, noch bevor er den Mund aufmachte, um etwas zu erwidern.

»Oli ...« Er schnaufte und strich sich mit den Fingern durch die Haare. »Mensch, ich weiß nicht, was ich sagen soll. Ich bin ehrlich gesagt schockiert. Ich meine, immerhin hatten wir eine Abmachung. Oder etwa nicht? Nur Sex, keine Gefühle. Nur ein bisschen Spaß und keiner sollte es erfahren. Hast du das etwa vergessen?«

»Natürlich nicht. Aber Gefühle halten sich nicht an Vereinbarungen. Sie lassen sich nicht steuern.«

Stöhnend warf er die Arme in die Luft und fasste sich an die Schläfen. Massierte sie in kleinen, kreisenden Bewegungen, als hätte er Migräne. »Und da dachtest du, du überfällst mich einfach damit und stellst Ansprüche? Willst alles ausplaudern, obwohl du ganz genau weißt, was ich davon halte – nämlich gar nichts? Du hast kein Recht, irgendwelche Ansprüche zu stellen.«

Elias brauste richtig auf und ich war geschockt von seiner Reaktion. Wieso war er auf einmal so sauer? War das, was ich von ihm verlangte, wirklich so unmöglich für ihn? Konnte er es sich nicht einmal im Ansatz vorstellen? Dabei war ich mir so sicher gewesen, dass er meine Gefühle erwiderte.

»Sag es mir, wie stellst du es dir vor?«, wiederholte er und ich fühlte mich auf einmal mehr als unwohl. Ich wünschte, ich wäre nie hergekommen. »Soll ich einfach so meine Prinzipien über Bord werfen? Weil du es so möchtest? Du weißt verdammt noch mal, dass ich es nicht an die große Glocke hängen will, dass ich auch auf Männer stehe. Scheiße noch mal, du weißt es! Und jetzt vor deiner Abreise denkst du, du kommst einfach her und knallst mir so was vor den Latz? Verlangst frech im gleichen Atemzug, dass ich mir jetzt noch mal alles anders überlege und mich frisch und fröhlich vor allen oute? Als wäre es nichts? Mein Gott, wenn ich wollte, dass jemand darüber Bescheid weiß, hätte ich es Felix doch schon längst erzählt! Was willst du? Dass ich meine Zelte hier abbreche, weil uns ja nur läppische 600 Kilometer trennen? Vergiss es! Nicht für dich und auch für keinen sonst!«

Ich war nicht fähig, ihm zu antworten. Zu sehr verletzte es mich, was er mir sagte. Vor allem aber, wie er es sagte. Aus jedem seiner Worte troff Verachtung und Zorn. Die Kälte, mit der er mir seine Worte entgegenschleuderte, ließen mich frösteln. Hatte ich mich so in Elias getäuscht? War er einfach nur ein verdammt guter Schauspieler?

»Was hätte ich denn tun sollen? Mh?«, wollte ich leise von ihm wissen. »Einfach alles für mich behalten und meine Gefühle unterdrücken? Als wären sie nicht da?«

»Ja. Es wäre mir lieber gewesen, du hättest mich mit dieser Gefühlsduselei in Ruhe gelassen. Gott, Oli! Wenn das alles auffliegt, dann ...« Er unterbrach sich und ballte die Fäuste. »Verdammt!«

»Ist das alles, was dir hieran wichtig ist? Dass ja keiner erfährt, dass du bisexuell bist? Du tust gerade so, als wäre es eine schlimme Krankheit.«

»Hör zu, nur weil du Gefühle hast, muss das bei mir nicht auch gleich der Fall sein, oder? Ich bin dir nichts schuldig, nur weil du dich verliebt hast. Wie gesagt, wir hatten eine Abmachung. Nur kannst du sie nicht mehr einhalten, okay. Dann lassen wir es in Zukunft bleiben. Aber dass du dich zu mir traust, um mir dann auch noch unterschwellig zu drohen, es in die Welt hinauszuschreien ...«

»Es war keine Drohung«, unterbrach ich ihn mit belegter Stimme. »Ich wollte einfach nur ...« Einfach nur sagen, wie wichtig du mir bist und wie sehr ich das mit uns will. Aber wir haben uns wohl beide nur etwas vorgemacht.

Ich kämpfte gegen die aufsteigenden Tränen und wollte gehen. Denn vor ihm zu weinen, würde ich mir nicht geben. Ich hatte mich schon genug vor ihm entblößt. Frische Luft. Ich brauchte dringend frische Luft.

»Vergiss einfach, dass ich hier war«, meinte ich mit erstickter Stimme und drehte mich um, um zu gehen.

Bereits an der Haustür drehte ich mich noch einmal um, sah Elias auf dem Treppenabsatz stehen. Was ich mir erhofft hatte, konnte ich nicht sagen, aber ganz sicher nicht den wütenden Blick. Das war nicht der Mann, in den ich mich verliebt hatte.

»Ich rate dir, mach mir bloß keine Schwierigkeiten, Oli«, rief er und ich war mir sicher, dass ich nicht hören wollte, was er mir zu sagen hatte. »Das wäre es nicht wert, glaub mir das. Du würdest den Kampf verlieren.«

Ich flüchtete zur Tür hinaus, fiel die letzten beiden Treppenstufen herunter und fluchte laut. Tränen rannen meine Wangen herunter. Mein Bein pochte und gab mir so zu verstehen, dass das eben ganz und gar nicht gut war. Mühsam rappelte ich mich wieder auf und stieg ins Taxi.

Unter Tränen sagte ich dem Fahrer, er solle mich zum Bahnhof bringen, ignorierte seinen irritierten Blick auf mein verweintes Gesicht. Ich wollte nur noch hier weg. Sechshundert Kilometer Abstand zwischen Elias und mir klangen auf einmal viel zu wenig. Auswandern auf den Mond klang da schon viel verlockender.

Wieso war ich nur so dumm gewesen, anzunehmen, ich wäre ihm ebenfalls wichtig? War es wirklich nötig gewesen, mir all diese Sachen zu sagen? Gab es ihm so etwas wie Genugtuung, nachdem er mich jetzt nicht mehr als Betthäschen hatte?

Sollte er mir doch gestohlen bleiben. Nur wie erklärte ich Ben und Felix glaubhaft, dass ich in nächster Zeit nicht zu ihnen kommen konnte? Felix hatte recht behalten. Es fühlte sich wirklich so an, als würde man mein Herz in tausend kleine Fetzen reißen.

Und wieso musste es so verdammt wehtun, jemanden zu lieben?

Kapitel 5

Elias

Was zur Hölle war nur in mich gefahren? All die Sachen, die ich Oliver an den Kopf geworfen hatte, hatte ich nicht so gemeint. Die Worte waren aus mir herausgesprudelt, bevor ich überhaupt hatte darüber nachdenken können. *Du hattest Angst, deshalb hast du das gesagt. Weil du Angst vor dem hast, was du willst.* Ja, okay. Ich hatte ein wenig Schiss gehabt, als ich begriffen habe, was er bei mir und vor allem von mir wollte.

Wieso tauchte er aber auch hier auf, gestand mir seine Liebe und sagte mir, dass er gern was Festes hätte? Fiel es ihm denn so schwer, einfach unsere Freundschaft plus fortzuführen? Warum konnte er das, was wir hatten, nicht einfach genauso genießen und locker sehen, wie ich es tat? Sobald Gefühle im Spiel waren, ging das ganze Drama doch erst richtig los. Machte die Sache kompliziert und war mit Erwartungen verbunden. Mit seinem Geständnis hatte Oliver alles kaputtgemacht.

Ich seufzte und setzte mich aufs Sofa. Nein, das war nicht fair ihm gegenüber. Nichts, was in der letzten Stunde passiert und gesagt worden war, war fair ihm gegenüber gewesen. Nicht er hatte alles kaputtgemacht, sondern ich, mit meinen saudämlichen Bemerkungen.

Noch deutlich hatte ich das Bild vor Augen, wie er vor mir geflüchtet war. Wie Oliver vor dem Haus auf dem Boden gesessen hatte, nachdem er auf den letzten Stufen der

Treppe gestürzt war. Seine Tränen hatte er nicht vor mir verbergen können und mir hatte es die Eingeweide zusammengezogen, ihn so zu sehen. Selbst wenn ich jetzt daran dachte, was ich gesagt hatte, und mir alles ins Gedächtnis rief, wurde mir ganz anders zumute. Am liebsten wäre ich zu ihm geeilt und hätte ihm aufgeholfen, doch er hätte mich sicherlich nicht gelassen. Nicht nachdem ich ihn ... ja, nicht nachdem ich seine Gefühle so mit Füßen getreten hatte. Anders konnte man es nicht nennen. Was musste er jetzt von mir denken?

Dass du ein riesiges Arschloch bist, vielleicht? Natürlich dachte er das von mir. Ich hatte ihm vorhin ja auch keinen Anlass gegeben, noch etwas anderes von mir zu denken. Sollte ich noch einmal versuchen ihn anzurufen? Die letzten Versuche hatte er alle weggedrückt und ignoriert. Nachrichten an ihn blieben ungelesen und so langsam gingen mir die Ideen aus, was ich machen konnte.

Was erwartete ich jedoch von Oliver? Er hatte jedes Recht dazu, sauer zu sein und mich zu ignorieren. Mich sogar zu hassen. Auch wenn mir nicht wohl war bei dem Gedanken. Wahrscheinlich würde er mich sogar blockieren und nie wieder ein Wort mit mir wechseln. Oh Gott. Was, wenn er wegen mir Felix und Ben nicht mehr besuchen käme? Wieso schaltete sich mein verdammtes Hirn erst jetzt ein, wo vielleicht alles schon zu spät war, weil ich es verbockt hatte?

Verzweifelt fuhr ich mir mit den Händen durch die Haare. Es war zum Verrückt werden! Ich hatte eigentlich nie vorgehabt, mit Felix über Oliver zu reden. Gut, vielleicht nicht niemals, aber zumindest hatte ich noch ein wenig damit warten wollen. Bis ein Zeitpunkt da war, an dem es mir passender erschien. Doch wenn ich mit jemandem über die

Scheiße reden konnte, die ich gebaut hatte, dann wohl mit meinem besten Freund. Entschlossen öffnete ich den Messenger.

Elias: »Hast du Zeit? Bist du zu Hause?«
Schlechter Einfluss: »Was ist los? Ist was passiert?«
Elias: »Ich muss mit dir reden.«
Schlechter Einfluss: »Wir sind daheim.«
Elias: »Dann bis gleich.«

Ich steckte mein Smartphone ein, schlüpfte in meine Schuhe und schnappte mir meine Autoschlüssel. Die Worte, die ich zu Oliver gesagt hatte, hallten immer noch in meinem Kopf wider. Was war nur in mich gefahren, so etwas laut auszusprechen? Allein es zu denken, wäre schon schlimm genug gewesen. Aber nein, ich habe ja meine große Fresse nicht halten können und Oliver Dinge gesagt, die ich nicht so meinte. Wirklich nicht, aber das würde er mir in diesem Leben nicht mehr glauben. Ob es half, wieder klar im Kopf zu werden, wenn man seinen Schädel nur oft genug gegen die Hauswand schlug? Vielleicht sollte ich es mal ausprobieren.

Als ich mein Auto vor dem Haus meines besten Freundes parkte, öffnete sich schon die Haustür. War ja klar, dass Felix ungeduldig auf mich gewartet hatte. Gott, er würde mir so was von die Hölle heißmachen, ich wusste es jetzt schon. Trotzdem musste ich mit ihm reden. Oder genau deshalb. Einen gewaltigen Tritt in meinen dummen Arsch konnte ich gebrauchen.

»Was ist los?«

»Hey, hallo, wie geht's dir? Wie wäre es mit sowas?«, versuchte ich, die Stimmung zu lockern, doch Felix nahm es mir nicht ab. Das war einer der Nachteile, wenn der beste Freund einen so gut kannte.

»Was ist passiert? Ist bei dir alles in Ordnung?«, wollte er erneut wissen und ich schüttelte den Kopf.

»Nein, ich habe Scheiße gebaut. Aber lass mich doch erst mal rein, was hältst du davon?«

»Na klar, entschuldige.« Er trat zur Seite und ließ mich eintreten.

Ich steuerte sofort das Sofa im Wohnzimmer an, schnappte mir eins der Kissen und knautschte es in meinem Schoß zusammen.

»Das Kissen hat dir nichts getan. Oder?«

»Nein. Aber ... oh Mann ...« Ich versenkte meinen Kopf in dem Kissen und verfluchte mich abermals.

»Elias, brauchst du einen Arzt? Ist es das, was du mir sagen möchtest?«

»Ich wünschte, es wäre so einfach. Aber nein. Alles gut. Glaube ich.«

»Jetzt erzähl schon, was los ist.«

»Ich habe große Scheiße gebaut. Und mit groß meine ich riesig. Einen unglaublichen Haufen Scheiße!« Seufzend setzte ich mich auf und sah meinen besten Freund an. »Es geht um Oliver. Er war vorhin bei mir, um sich zu verabschieden, und ich habe vielleicht ein paar unglaublich dumme Kommentare von mir gegeben.«

»Elias, ich bitte dich, sprich in klaren Sätzen mit mir. Ich kenne dich zwar verdammt gut, aber ich kann noch keine Gedanken lesen. Was ist mit Oliver und was hast du zu ihm gesagt?«

»Dazu muss ich ein bisschen weiter ausholen.«

Felix nickte. »Ich hol uns mal was zu trinken.«

Er kam mit einer Flasche Cola, Gläsern und zwei Flaschen Bier zurück.

»Schieß los.«

»Bevor ich anfange, musst du mir hoch und heilig versprechen, dass du mich ausreden lässt und mich vor allem nicht anschreist. Okay?«

Misstrauisch verengte er die Augen und ich spürte, wie ich auf meinem Platz immer kleiner wurde. Er musste wissen, dass ich ganz schön was ausgefressen hatte. Aber er nickte dennoch. Ich nahm noch einen großen Schluck von meinem Bier, bevor ich ganz am Anfang begann.

»Irgendwann im letzten Jahr haben Oliver und ich eine kleine Affäre angefangen. Nein, nennen wir es doch lieber Freundschaft plus.« Felix starrte mich an, als wäre mir ein zweiter Kopf gewachsen, aber ich sprach einfach weiter. »Wir waren uns beide von vornherein einig, dass wir nichts Festes wollen und es war auch okay für uns, wenn wir mit anderen ausgingen und Sex hatten. Es lief wunderbar. Wann immer er hier war und es sich ergab, haben wir gevögelt. Ich meine, er kam mich sogar besuchen, ohne dass er es euch gesagt hat. Bevor er die letzten Tage mit uns allen verbracht hat, war er bei mir. Oder wenn ich zu meiner Familie gefahren bin und einen Abstecher zu ihm gemacht habe. Teilweise habe ich sogar bei ihm übernachtet und bin eben an zwei Tagen dann mal zu meinen Eltern gefahren. Es war super. Unkompliziert und ohne irgendwelche Ansprüche oder Verpflichtungen.«

Ich pausierte kurz und nahm noch einen Schluck von dem Bier. Als Felix etwas sagen wollte, legte ich ihm die Hand auf den Mund. Hoffentlich würde er sie mir nicht abbeißen. So wie er mich aus verengten Augen anfunkelte, war ich mir da gerade nicht so sicher.

»Es lief super. Ich meine, besser konnte es doch nicht laufen. Gerade auch, weil es wieder so ein Fernbeziehungsding geworden wäre und darauf hatte ich wirklich keine Lust. Gerade nach dem Desaster mit Fenja.«

Felix drehte den Kopf und befreite sich von meiner Hand. »Klar, da Oli ja wie Fenja ist, die den Junior-Chef gebumst hat. Aber sprich weiter. Ich will wissen, was genau du angestellt hast.«

Ahnte er schon etwas? Bestimmt. »Als er vorhin bei mir war, dachte ich wirklich, er wollte sich nur persönlich von mir verabschieden. Doch er stand vor mir, total unsicher und nervös. Und auf einmal sagte er mir, dass er sich in mich verliebt und keine Lust mehr auf dieses Versteckspiel hätte. Er wollte es nicht länger verschweigen. Als er wissen wollte, wie ich darüber denke, ist mir wohl eine Sicherung durchgeknallt oder so. Vielleicht hatte ich auch einen Schlaganfall oder einen Anflug von Arschloch-Tourette. Vielleicht habe ich auch den Verstand verloren, keine Ahnung!« Ich hatte das Gefühl, mich um Kopf und Kragen zu reden. Aber es tat gut, alles auszusprechen, was mir im Kopf herumging. »Nachdem ich ihn endlich nicht mehr nur fassungslos angestarrt habe, habe ich das Dümmste gesagt, was aus meinem Mund kommen konnte. Gott, wäre doch nur jemand da gewesen, der mich k.o. geschlagen hätte, damit ich den Mund halte. Aber stattdessen habe ich ihn gefragt, wie er sich das denn vorstellt. Ob ich denn nicht klar genug gemacht hätte, dass ich keine Beziehung mit ihm will. Ob er mir drohen wollte und dass er es nicht herausfordern sollte.

So oder so würde er den Kampf verlieren. Er hat mich so geschockt und todtraurig angesehen, Felix.«

»Du hast–«

»Das ... ist noch nicht alles«, unterbrach ich meinen besten Freund und er sah mich entsetzt an.

»Da kommt noch mehr? Willst du mich auf den Arm nehmen?«

Beschämt nickte ich und sah auf das Kissen in meinem Schoß. »Er ging und ich ihm hinterher, wieso auch immer. An der Tür drehte er sich noch einmal nach mir um. Aber anstatt mein dummes Maul wenigstens da zu halten ...«

Ich stockte und schüttelte den Kopf über mich selbst. Die Worte waren noch so klar in meinem Kopf. Und ich schämte mich dafür, sie überhaupt auch nur gedacht zu haben. Jedoch sie ausgesprochen zu haben, machte es noch einen Ticken schlimmer.

»Ich sagte wörtlich zu ihm: Ich rate dir, mach mir bloß keine Schwierigkeiten, Oli. Das wäre es nicht wert, glaub mir das.«

»Du hast *was* zu ihm gesagt? Elias, sag mir, dass du mich verarschst. Sag mir bitte, dass du dir einen scheißverdammten Witz mit mir erlaubst!«

»Leider nein«, gab ich zerknirscht zu und rieb mir über das Gesicht.

»Das kann nicht dein scheißverdammter Ernst sein, was du mir hier erzählst!«

»Was ist denn hier los?« Ben war zu uns gekommen und sah verständnislos zwischen uns hin und her. Wahrscheinlich hatte ihn schlussendlich Felix' Geschrei angelockt.

»Ich erzähl es dir später, Liebling. Ich muss Elias erst mal einen Kopf kürzer machen. Und dann überlege ich, was ich mit dem Rest von ihm anstelle.«

»O-kay. Ich lass euch einfach wieder allein. Sollte irgendwer Hilfe brauchen, schreit einfach.« Damit verschwand er auch schon wieder im Büro.

»Was hast du dir denn dabei gedacht, Elias?«

»Gar nichts. Wirklich nicht. Mein Mund war viel schneller als mein Hirn. Es war eine Kurzschlussreaktion. Ich versuche ihn seit vorhin zu erreichen, aber er reagiert auf nichts. Was mach ich denn jetzt?«

»Verständlicherweise.« Felix seufzte und setzte sich wieder zu mir. »Gestern noch hat er erzählt, wie ihn sein Zustand belastet und wie er sich fühlt. Und dann kommst du mit so was um die Ecke? Da kannst du jetzt nichts machen, außer abzuwarten. Du hast es gewaltig verbockt, mein Freund.«

»Ich weiß und es tut mir auch leid. Doch da hat er mir ja auch noch nicht gesagt, dass er mich liebt! Aber wie soll ich ihm das sagen, wenn er mich ignoriert?«

»Gib ihm ein wenig Zeit. Oder auch mehr. Ich weiß nicht, wie Oliver in solchen Situationen ist. Vielleicht wird er auch nie drüber wegkommen. Es kann aber auch sein, dass er sich deine Entschuldigung irgendwann anhören wird. Aber es kann natürlich auch passieren, dass er nie wieder mit dir reden wird.« Felix sah mich an und leerte sein Bier. »Jetzt ergibt auch unser Gespräch von heute Morgen Sinn.«

»Was für ein Gespräch?«, hakte ich nach.

»Oliver sprach mich noch mal darauf an, dass Ben gefragt hatte, ob er Liebeskummer hätte. Er meinte, es wäre so und er wüsste nicht, was er tun sollte. Ich hätte am liebsten alles über den Kerl gewusst und er hat ganz schön von dir geschwärmt. Und er war sich so unsicher. Also riet ich ihm dazu, Klartext zu reden und für Gewissheit zu sorgen. Denn auf kurz oder lang wäre er daran kaputtgegangen, seien wir doch mal ehrlich. Es ist einfach nicht gesund, wenn einer von beiden sich mehr erhofft und aus diesem Grund zwar mit dir zusammenbleibt, aber nie so richtig glücklich sein kann.«

»Du hast ja recht. Und du konntest ja auch nicht ahnen, dass es um mich ging.«

»Nein, ganz sicher nicht. Woher auch? Und selbst wenn ich es gewusst hätte, hätte ich ihm genau denselben Rat gegeben. Du hast nie mit mir darüber geredet, dass du auch auf Männer stehst. Wieso eigentlich? Warum hast du es mir nicht gesagt?«

»Keine Ahnung. Ich kann es mir selbst nicht erklären. Ich musste wahrscheinlich selbst erst mal damit klarkommen und habe deshalb nichts zu dir gesagt. Mein ganzes Leben lang hielt ich mich für hetero und dann ... Erinnerst du dich noch an mein etwas anderes Date vor fast zwei Jahren?«

»Sag mir nicht, dass du da schon wusstest, dass du bi bist.«

»Doch. Und als ich dich in Graal-Müritz besucht hatte und du deine Scherze darüber machtest, wie schade es doch wäre, dass du mich und Oli nicht verkuppeln könntest, hoffte ich, du würdest den Braten nicht riechen. Oli gefiel mir da schon und ja ... es hat sich eben einfach so ergeben. Oli ist jemand, der super mit lockeren Geschichten umgehen kann und genauso wenig ein Kostverächter ist wie ich. Ich konnte doch nicht ahnen, dass er sich in mich verliebt.«

»Mit so was muss man aber immer rechnen, du Doofi. Nur weil man sich am Anfang einig war, kann man nicht per Knopfdruck einfach alle Gefühle abstellen.«

Ich schnaufte. »Was mach ich denn jetzt? Ich wollte ihm nicht so wehtun.«

»Liebst du ihn denn auch?«, stellte Felix mir eine Gegenfrage und ich fing an zu grübeln.

»Keine Ahnung. Ich ... es macht mir irgendwie Angst, über die Liebe zu einem Mann nachzudenken. Das ist komplettes Neuland für mich.«

»Vor was hast du Angst? Bens und meine Reaktion wirst du dir wohl denken können. Glaubst du, deine Familie würde irgendwas sagen? Oder dein Arbeitgeber, wenn er es mitbekommt?«

»Nein, das nicht. Aber ... ich weiß ehrlich gesagt nicht, ob ich mit den Anfeindungen von außerhalb klarkommen würde. Und ohne Oliver zu nahe treten zu wollen, aber Menschen sind grausam. Sie würden sich wahrscheinlich nicht nur auf uns stürzen, weil wir zwei Männer wären, sondern auch wegen seines Beins.«

Felix nickte verstehend. »Ich weiß, was du meinst. Aber all das, sollte deine Gefühle nicht beeinflussen. Wenn man liebt, ist es einem egal, was das Umfeld denkt. Immerhin liebt man den Menschen und nicht die Meinung der anderen. Sonst wäre ich wohl kaum mit Ben verheiratet, oder?«

Da musste ich Felix recht geben. Weder ich noch seine Eltern waren begeistert gewesen und trotzdem hatte er sich für Ben und die Liebe entschieden. Er hatte den Mut gehabt, auf sein Herz zu hören, und war dafür belohnt worden.

»Gib Oli ein wenig Zeit. Vielleicht ist er irgendwann bereit dazu, dir zuzuhören und sogar deine Entschuldigung anzunehmen. Und du solltest dir die Zeit nehmen, herauszufinden, was du willst. Willst du ihn nur als Freund oder als festen Partner an deiner Seite? Je länger du vor dir selbst flüchtest und vor dem, was dein Herz will, desto schlimmer wirst du es in Zukunft machen. Jedes Mal, wenn ihr aufeinandertrefft, wird es unangenehm für euch. Glaub mir, das ist nicht gut. Weder für dich noch für ihn. Wenn du ihn liebst, darfst du keine Angst haben, auch dazu zu stehen.«

»Ist es nicht eigentlich egal, ob ich ihn liebe oder nicht? Ich habe so oder so verkackt bei ihm.«

»Gerade du müsstest wissen, was man aus Liebe alles bereit ist zu vergeben. Sieh dir Ben und mich an. Es läuft nicht perfekt, aber immer besser. Die Therapie hilft uns beiden. Es geht alles, wenn man will und bereit ist, zu kämpfen. Und vor allem, wenn man weiß, *was* man will.«

Ich würde mir seine Worte zu Herzen nehmen und mich mit meinen eigenen Gefühlen auseinandersetzen. Auch wenn ich ein bisschen Angst vor dem hatte, was ich herausfinden würde, wenn ich in mich hineinhorchte.

Oliver

Ich hasse dich.

Wie gerne würde ich das Elias sagen. Doch ich konnte es nicht, weil es nicht stimmte. In den letzten Tagen hatte ich mir immer wieder gewünscht, alles sei nur ein Albtraum gewesen. Dass ich nicht bei ihm gewesen wäre, um ihm meine Liebe zu gestehen, und er nicht all diese ekelhaften Sachen zu mir gesagt hätte.

Soll ich einfach so meine Prinzipien über Bord werfen? Weil du es so möchtest? Du weißt verdammt noch mal, dass ich es nicht an die große Glocke hängen will, dass ich auch auf Männer stehe.

Mein Gott, wenn ich wollte, dass jemand darüber Bescheid weiß, hätte ich es Felix doch schon längst erzählt! Was willst du? Dass ich meine Zelte hier abbreche, weil uns ja nur läppische 600 Kilometer trennen? Vergiss es! Nicht für dich und auch für keinen sonst!

Dachte er wirklich so über mich? Dass ich verlangen würde, sich nur noch nach mir und meinen Terminen zu richten? Hatte er mir die ganze Zeit über nur vorgemacht, es würde ihm nichts ausmachen, dass ich nun mal eingeschränkt war? Oder hatte es ihm nur solange nichts ausgemacht, so lange er zu nichts verpflichtet war und tun und lassen konnte, was er wollte?

War ich ihm als Bettgefährte genehm, aber nicht gut genug für eine Beziehung? Schämte er sich vielleicht sogar für mich?

Nicht für dich und auch für keinen sonst!

Ich schloss die Augen und begann wieder zu weinen. Es tat so unglaublich weh und ich wollte nur noch, dass es endlich aufhörte. Wollte nicht mehr daran denken, wie er mich angesehen hatte. Hören, was er mir voller Verachtung entgegengeschleudert hatte. Wann hörte es endlich auf? Ich ertrug es nicht länger.

Das waren Gedanken, die mich den ganzen Tag beschäftigten und die mir nicht aus dem Kopf gingen. Lag es auch daran, dass ich durch mein Bein einfach eingeschränkt war und ihn ausbremste?

Mir war klar, dass ich in Vielem gehandicapt war und nicht mehr so oft weggehen konnte wie früher. Dass man auf mich ein wenig mehr Rücksicht nehmen musste als auf andere. In Clubs ging ich kaum noch, seit meine Beine zwischendurch einfach das Gefühl verloren. Die Peinlichkeit, mitten beim Tanzen einfach in mich zusammenzusacken, wollte ich mir ersparen. Nach One-Night-Stands stand mir nicht der Sinn, seit ich wieder aus dem Krankenhaus war, und ich hatte zudem nur wenig Lust, ständig erklären zu müssen, was mit meinen Beinen war. Oder wo die Narben herkamen. Wie sollte ich Elias böse sein, wenn es ihm scheinbar so ging? Wenn er sich für mich schämte und er sich die Peinlichkeiten ersparen wollte.

Doch was ich ihm nicht verzeihen konnte, war das, was er zu mir gesagt hatte. Und vor allem, wie er es gesagt hatte. Wie er mich angesehen hatte, so voller Verachtung. Schon wieder kamen mir die Tränen. Hier in meinen eigenen vier Wänden konnte ich ihnen einfach freien Lauf lassen. Immer wenn ich die Augen schloss, sah ich sein Gesicht vor mir. Hörte die Worte, die er gesagt hatte. Wie schwer war es ihm gefallen, das Wort Krüppel nicht auszusprechen? Dachte er in Wahrheit so von mir? War ich ihm einfach nur lästig geworden und mein Liebesgeständnis der perfekte Ausweg für ihn gewesen?

Ich schniefte und zog die Bettdecke über meinen Kopf. Genau aus diesem Grund hatte ich mich nie auf die Liebe einlassen wollen. Seit ich wieder daheim war, war ich nur noch ein Häufchen Elend. Ständig kamen mir die Tränen und ich wollte weder jemanden sehen noch sprechen oder etwas essen. Warum hatte ich mich in Elias verlieben müssen? Und wieso musste es so wehtun?

Genervt von mir selbst und meinen nicht versiegen wollenden Tränen schlug ich die Bettdecke zurück und setzte mich auf. Mit dem Handrücken wischte ich mir über die feuchten Wangen. Zu gerne würde ich mit Felix reden und mich bei ihm auskotzen. Vielleicht hatte er ja irgendeinen Rat für mich. Aber er war der beste Freund von Elias und hatte sicherlich Besseres zu tun, als mir zuzuhören. Konnte ich Ben und Felix überhaupt noch besuchen?

Je länger ich über alles nachdachte, desto bewusster wurde mir, dass ich außer meinen Eltern niemanden mehr hatte. Auf einmal fühlte ich mich einsam und alleingelassen. So wie es aussah, musste ich das, was mich beschäftigte, mit mir selbst ausmachen. Die Erkenntnis lag wie Blei auf mir. Es schien, als würde auf einmal alle Energie aus mir weichen. Stattdessen spürte ich eine tiefe Müdigkeit in mir. Ich sollte mich mit meinem Schicksal abfinden.

Merkwürdig. Noch vor zwei Jahren war ich ständig von meinen Freunden umgeben und auf irgendwelchen Partys und in Clubs gewesen. Und heute war keiner von ihnen mehr da. Ob sie wenigstens ab und zu an mich dachten und daran, dass sie mich einfach vergessen hatten? Erinnerten sie sich wenigstens an die gute Zeit, die wir mal miteinander gehabt hatten? Die Partys, die im Haus meiner Eltern gestiegen waren?

Kopfschüttelnd versuchte ich aufzustehen und rieb mir den schmerzenden Rücken. Es brauchte drei Anläufe, bis ich endlich aus dem Bett kam. Duschen sollte ich auch mal wieder. Ich rümpfte angeekelt die Nase, wenn ich daran dachte, dass ich die letzten Tage einfach nur herumgelegen und nichts getan hatte außer das Nötigste. Aber für wen sollte ich mich schon groß fertig machen?

Mein Smartphone vibrierte und ich sah genervt darauf. Seit Tagen gab es keine Ruhe. Doch ich weigerte mich, auch nur nachzusehen, wer mir schrieb und mich anrief. Seinen Namen zu lesen würde genügen, um mich wieder komplett aus der Bahn zu werfen. Mit meinen Eltern telefonierte ich Gott sei Dank über das Festnetz und da mein Vater heute mit mir einkaufen fahren wollte, sollte ich auf jeden Fall sehen, dass ich unter die Dusche kam. So, wie ich im Moment aussah, würde er mich sicherlich nicht mitnehmen.

Ich war überrascht, auf dem Display Nachrichten von Felix zu sehen. Neugierig öffnete ich sie. Die erste Nachricht war noch von dem Abend, als ich nach Hause gekommen war. Stimmt, ich hatte ganz vergessen, mich bei Felix zu melden, dass ich gut daheim angekommen war. Sicherlich hatte er sich Sorgen gemacht.

Felix: »Bist du gut durchgekommen?«
Felix: »Wie geht's dir? Melde dich bitte mal.«
Felix: »Okay, vielleicht meldest du dich ja, wenn ich dir sage, dass Elias uns alles erzählt hat. Wenn du reden willst, bin ich da, ja? Wir sind Freunde, vergiss das nicht.«
Felix: »Ich mache mir wirklich Sorgen, Oli.«

Die letzte Nachricht war von eben. Was sollte ich ihm antworten? Ich meine, er wusste über alles Bescheid, immerhin hatte Elias sich ihm endlich anvertraut.

Schon merkwürdig. Noch vor Kurzem ließ er mich wissen, dass er es nicht erzählen wollte. Und jetzt auf einmal konnte er wohl mit seinem besten Freund sprechen, oder was? War wohl doch alles nicht so schwer für ihn, wie er mich glauben lassen wollte. Verarschen konnte ich mich auch allein.

Ob er ihm wenigstens auch gesagt hatte, was er mir an den Kopf geworfen hatte? Oder hatte er Felix verschwiegen, wie ekelhaft er mir gegenüber geworden war? Ich beschloss Felix einfach ehrlich auf seine Nachrichten zu antworten. Er konnte immerhin nichts dafür, dass Elias sich wie ein dummer Esel benommen hatte.

Oliver: »Hey, sorry, dass ich vergessen habe, mich zu melden. Mir geht's ziemlich beschissen, aber das kannst du dir sicherlich denken. Was Elias gesagt hat, muss sich erst noch setzen und ich muss es irgendwie verdauen. Es war ... ziemlich heftig. Danke für dein Angebot, und ich werde vielleicht noch darauf zurückkommen. Nur jetzt auf jeden Fall noch nicht. Momentan will ich einfach nur allein sein, okay? Ich werde auch die nächste Zeit nicht mehr zu euch kommen. Elias jetzt zu sehen könnte ich einfach nicht ertragen. Sorry. Aber wenn ihr mich sehen wollt, könnt ihr mich gerne mal wieder besuchen kommen. Wer weiß, wie lange ich noch so mobil bin wie jetzt? Immerhin habe ich am Montag den Termin im Krankenhaus und habe noch keine Ahnung, wie es in Zukunft weitergehen soll. Also ja, mir geht's tatsächlich sehr beschissen. Und sorry, ich wollte nicht, dass du dir Sorgen machst.«

Ich las mir die Nachricht noch einmal durch und schickte sie dann ab. Felix gegenüber konnte ich so ehrlich und offen sein. Er würde es sicherlich auch verstehen, dass ich meine Ruhe haben wollte.

Als ich aus unserem Chat rausging, fiel mir die Anzeige wieder ins Auge. Ich hatte über zwanzig ungelesene Nachrichten von Elias. Kurz haderte ich mit mir. Sollte ich sie lesen? Sollte ich mir seine ganzen fadenscheinigen Entschuldigungen wirklich antun? Nachdem er mich angesehen hatte, als wäre es eine schlimme Krankheit, bisexuell zu sein und sogar dazu zu stehen? Kurz entschlossen löschte ich den Chat, blockierte ihn für die App und löschte sogar seine Nummer. Sogar in den sozialen Netzwerken entfernte ich ihn. Konsequent und bedingungslos entfernte ich ihn aus meinem Leben.

Nein, ich wollte jemanden, der so über mich und meinen Gesundheitszustand dachte, weder als Partner noch als Freund.

Oliver

»Magst du endlich darüber reden, wieso du so mies drauf bist?«

Ich drehte mich zu meinem Vater um, der gerade eine der Getränkekisten abstellte. »Ist es so schlimm?«

»Na ja, lass mich kurz überlegen.« Er legte die Stirn in Falten und zwei Finger an sein Kinn. Tat so, als müsse er angestrengt nachdenken. »Du hast kaum einen Ton gesagt und wenn doch, hast du dich so kurz gehalten, dass ich mir nicht sicher war, ob du wirklich mit mir gesprochen hast oder ob es Einbildung war. Du hast, im Gegensatz zu sonst, über keinen meiner schlechten Witze gelacht und du hast noch gar nicht erzählt, wie es bei deinen Freunden war. Ach ja, dass du den Typen hinter uns, der dir aus Versehen in die Hacken gefahren ist, nicht in der Luft zerfetzt hast, ist wirklich alles.«

»Sorry, Pa. Es ist schwer, zu erklären. Und ich will auch eigentlich gar nicht drüber reden.«

»Was auch immer es ist, Junge. Denk dran, dass deine Mutter und ich immer da sind. Du kannst jederzeit zu uns kommen, wenn was ist.«

Ich nickte und machte mich daran, die Einkäufe weiter einzuräumen. Mein Vater ging wieder nach unten ans Auto und holte die restlichen Kisten und Tüten nach oben. Mein schlechtes Gewissen nagte mal wieder an mir und wieder einmal fühlte ich mich absolut nutzlos.

»Nervt dich das nicht?«, wollte ich schließlich von ihm wissen.

»Was meinst du?«

»Na, das hier.« Ich machte eine ausschweifende Geste auf die Einkäufe. »Nervt es dich nicht, dass du mein Chauffeur sein musst? Dass du bei jedem meiner Einkäufe dabei sein musst? Du hast doch sicherlich auch Besseres zu tun, als darauf zu warten, ob ich anrufe und mal wieder deine Hilfe brauche.«

Streng sah mein Vater mich an und ich zog den Kopf ein.

»Wo hast du den Mist denn her? Sehe ich so aus, als würdest du mich nerven? Herrje, wenn ich das deiner Mutter erzähle!«

Er kam zu mir und nahm mich kurz in den Arm. Der Moment dauerte nicht lange, aber ich genoss es dennoch. Mein Vater war für gewöhnlich nicht der Typ für Umarmungen. Doch wenn er es tat, kam es von Herzen. Und ich genoss den Moment des tröstenden Gefühls.

»Oliver, du bist unser Sohn und unser einziges Kind noch dazu. Was wären wir für Eltern, wenn wir die Zeit, die wir mit dir haben, nicht genießen würden? Du brauchst nun einmal unsere Hilfe und wir tun es gerne. Dafür sind wir da. Ich gebe zu, ich bin stinksauer, wenn ich sehe, was der Unfall für Folgen hat und dass sich der Mistkerl nie wieder gemeldet hat, nachdem er dir ins Lenkrad gegriffen hat. Ich bin stinksauer auf deine *Freunde*, von denen ich seit Monaten keinen mehr hier gesehen habe, die sich aber früher problemlos bei uns durchgefressen haben. Ich bin traurig, wenn ich sehe, wie es dir damit geht. Deine Mutter und ich wollten immer nur, dass es dir gut geht und wenn wir mit solchen Kleinigkeiten dazu beitragen können, dann tun wir das gerne. Was ist schon ein Einkauf oder eine Fahrt zum Arzt? Klar, wir würden es gern sehen, wenn du endlich mal einen festen Partner hättest statt … na, du weißt schon. Aber es ist dein Leben und du musst glücklich sein. Da ich aber nicht blind bin, sehe ich dir an, dass du es nicht bist, und ich würde gerne wissen wieso. Doch ich werde dich auch nicht dazu drängen, wenn du nicht darüber reden willst. Ich kann nur noch einmal betonen, dass du immer zu uns kommen kannst, wenn du was auf dem Herzen hast.«

Gerührt umarmte ich meinen Vater fest. Die Umarmungen von Pa hatten mir als kleiner Junge schon oft über Kummer hinweggeholfen. In meinen Augen war nie jemand so stark gewesen wie er. Hoffentlich würde es auch dieses Mal helfen, irgendwie mit dem Schmerz fertigzuwerden. Er hielt mich fest, länger als es sonst für ihn üblich war, und ließ mich erst los, als ich mich aus seinen tröstenden Armen löste.

»Danke, Pa.«

»Nicht dafür. Ich kenne das Gefühl, wenn man unglücklich verliebt ist.«

»Was? Aber … ich hab doch gar nichts –«

»Musst du auch nicht«, winkte er ab und lächelte mich an. »Ich erkenne ein gebrochenes Herz. Bevor ich deine Mutter kennenlernte, ging es mir genauso. Aber Ma blieb hartnäckig und irgendwann erkannte ich, dass ein gebrochenes Herz durchaus heilen und jemand anderen hineinlassen kann. Es wird besser, du wirst sehen.«

Als mein Vater später nach Hause fuhr, tat er etwas, was noch seltener war als eine Umarmung von ihm. Er gab mir einen Kuss auf die Stirn und sagte mir, dass er mich lieb habe. Das Gespräch mit ihm hatte wirklich gutgetan und es war irgendwie schade, dass er schon wieder weg war. Ich hätte ihn durchaus bitten können, noch ein wenig bei mir zu bleiben und mit mir zu reden. Aber ich wollte nicht seine ganze Zeit in Anspruch nehmen. Doch allein sein wollte ich heute Abend auch nicht.

Ob ich Daniel schreiben sollte? Vielleicht war es nicht fair, mich nur bei ihm zu melden, weil ich nicht allein sein wollte. Aber ich wollte auch mal egoistisch sein und das ganz ohne schlechtes Gewissen. Wenigstens einmal im Leben wollte ich es mir herausnehmen, eigennützig zu handeln.

Oliver: »Hey Daniel, hast du Zeit? Magst du vorbeikommen?«
Daniel: »Klar, gerne. Ich bin in einer halben Stunde da.«

So schnell hatte ich nicht mit einer Antwort gerechnet, aber mir war es nur recht. Ich beschloss, die Zeit zu nutzen und ein wenig aufzuräumen und Bier kalt zu stellen. Viel konnte ich jedoch nicht machen, weil die Rückenschmerzen vom Morgen sich wieder bemerkbar machten. Wahrscheinlich kamen die Schmerzen von der permanent falschen Körperhaltung, die ich seit dem Unfall hatte.

Im Bad füllte ich mir schnell noch meine Wärmeflasche mit heißem Wasser auf. Es war zwar nichts im Vergleich zu der Wärmebehandlung, die ich während der Physio bekam, aber immer noch besser als nichts. Eine Massage wäre jetzt auch nicht schlecht. Elias – nein, daran sollte ich jetzt nicht denken. Es würde mich nur noch weiter runterziehen.

Ich war froh, als es endlich an der Tür klingelte und Daniel sich ankündigte.

»Hey, schön, dass du Zeit hast«, begrüßte ich meinen ehemals besten Freund steif. »Du hast Alkohol mitgebracht?«

»Jap. Einmal als Danke für die Einladung und auf der anderen Seite hoffe ich, dass wir dann endlich wieder lockerer werden und normal miteinander umgehen können.«

»Es ist tatsächlich ziemlich merkwürdig, findest du nicht?«

Daniel zuckte die Schultern und ich schloss die Wohnungstür hinter ihm. »Schon, aber mehr, als mich bei dir zu entschuldigen, kann ich ja auch nicht tun. Ich hätte einfach gern, dass wir sozusagen dort weitermachen könnten, wo wir aufgehört haben.«

»Wir können es ja versuchen. Es wäre schade um die vielen gemeinsamen Jahre. Aber es fällt mir halt schwer, einfach dort wieder anzuknüpfen. Das habe ich dir beim letzten Mal ja schon gesagt.«

»Oh Gott, werde bitte nicht sentimental«, zog er mich auf und ging voran in die Küche. Er stellte den mitgebrachten Schnaps kalt und nahm sich dafür ein Bier aus dem Kühlschrank. »Was dagegen, wenn ich mich ein bisschen durch deine Schränke wühle?«

»Tu dir keinen Zwang an. Aber ich muss mich mal setzen.«
»Ja, ja, mach du nur, ich komm gleich zu dir.«
Es war die reinste Wohltat, zu sitzen und die Füße hochlegen zu können. Ganz kurz hatte ich den Anflug eines schlechten Gewissens. Doch wenn ich an die Schmerzen dachte, die mich daran erinnerten, dass es keine gute Idee wäre, noch länger auf den Beinen zu bleiben, ignorierte ich es einfach. Daniel war schon ein großer Junge, er konnte ja Bescheid geben, wenn er etwas brauchte.
»Hier, ich habe dir auch einfach mal was mitgebracht.«
Er stellte Gläser und eine Flasche Eistee auf den Wohnzimmertisch und reichte mir ein Bier. In der eigenen Wohnung bedient zu werden hatte auch was für sich.
»Danke. Daran könnte ich mich glatt gewöhnen.«
»Glaub ich dir sofort.«
Wir stießen miteinander an und auf einmal herrschte wieder diese unangenehme Stille zwischen uns. Vielleicht reichte es auch nicht aus, dass wir uns wünschten, es wäre wieder so wie vor meinem Unfall. Eventuell verschwendeten wir unsere Zeit miteinander und am Ende führte es zu rein gar nichts.
»Das ist doch bescheuert, oder? Wir eiern hier herum, als wären wir Fremde«, meinte Daniel schließlich und ich nickte.
»Ich hab einfach keine Ahnung, was ich sagen soll. Wir hatten so lange keinen Kontakt … und ich weiß, dass wir beschlossen hatten, einen Neuanfang zu wagen, aber es fällt mir schwer. Ich komme mir ehrlich gesagt alleingelassen vor. Und ich habe nur wenig Lust, mir Hoffnungen darauf zu machen, meinen besten Freund wiederzubekommen, nur um am Ende schon wieder enttäuscht zu werden.«

»Ich würde dir gern versprechen, dass ich dich diesmal nicht enttäuschen werde. Aber ich denke, Versprechungen werden uns beiden nicht helfen.«

»Nein, das ist richtig«, stimmte ich ihm zu und spielte mit dem Etikett meiner Bierflasche.

»Die Jungs haben übrigens nach dir gefragt.«

»Wirklich?«

Daniel nickte. »Sie wollten wissen, wie es dir geht und was du so machst.«

»Wieso auf einmal wieder das große Interesse an mir? Habt ihr euch genug ausgetobt und seid jetzt bereit, euch wieder mit mir abzugeben?« Es klang gemeiner, als es sollte. Aus mir sprach immer noch der Schmerz über das, was Elias zu mir gesagt hatte. Und ich ließ es ausgerechnet an Daniel aus. »Entschuldige. Es ... ich hätte es nicht sagen sollen. Ich hab es nicht so gemeint.«

»Doch, hast du, aber es ist okay. Obwohl ich gerne wissen würde, seit wann du so gemein sein kannst.«

»Ach ...«

Sollte ich ihm von Elias erzählen? Konnte ich es wagen? Zu gerne würde ich einfach mal alles loswerden und eventuell wäre es ein Grundstein für unseren Neuanfang, wenn ich ihm so viel Vertrauen entgegenbrachte. Mehr als nach hinten losgehen konnte es nicht. Wen oder was hatte ich denn schon zu verlieren? Elias hatte ich immerhin schon verloren und ob ich überhaupt noch mal in die Niederlande fahren würde, war noch unklar. Ob es klüger wäre, die Freundschaft zu Felix und Ben einfach zu beenden?

»Da ist dieser Kerl, Elias.«

»Sag bloß, du hast dich doch endlich mal verliebt?«

»Ja, aber soll ich dir was sagen? Es ist Scheiße, es tut weh und ich wünschte, wir hätten einfach wieder dieses lockere Freundschaft-plus-Ding am Laufen. Aber nein, ich musste mich ja in ihn verlieben.«

Ich seufzte.

»Weißt du, wir kennen uns schon seit über einem Jahr und er gefiel mir direkt. Ich wusste aber von seinem besten Freund, dass er hetero ist. Also habe ich ihn immer nur angeschmachtet, wenn ich mir sicher war, er kann es nicht sehen. Wir landeten irgendwann im Bett und Elias erzählte mir, dass er schon länger wüsste, dass er auch auf Männer stünde. Aber es wusste noch niemand außer mir zu diesem Zeitpunkt. Felix und sein Mann sind Freunde von uns beiden und ich besuche sie öfter in den Niederlanden«, erklärte ich Daniel weiter. »Immer wenn ich bei ihnen bin, haben Elias und ich einen Weg gesucht, wenigstens einmal miteinander vögeln zu können. Und ich kann dir sagen, er ist wirklich gut. Nicht nur der Sex ist genial, wir haben auch viel gemeinsam. Wir mögen dieselben Filme, können über dasselbe lachen und auch einfach mal schweigend nebeneinandersitzen. Es war ein tolles Arrangement, das wir hatten. Wenn wir wollten, konnten wir auch mit anderen ins Bett. Am Anfang hab ich das auch noch gemacht, aber die letzten zwei Monate habe ich einfach gemerkt, dass da mehr ist. Dass ich mich verliebt habe. Aber mit wem hätte ich darüber reden sollen? Elias wollte nichts von Gefühlen hören und Felix wusste von allem nichts. Und hier …« Ich ließ den Satz unvollendet. Es tat verdammt gut, einfach mal alles loswerden zu können. Das hatte mir wirklich gefehlt. Daniel wusste sicherlich, auf was ich hinauswollte.

»Na toll, jetzt fühl ich mich mies, weil ich nicht da war und alles mitbekommen habe. Vor allem aber, weil ich nicht für dich da war.«

Ich zögerte weiterzusprechen, nahm einen tiefen Schluck vom Bier und hätte ihn am liebsten sofort wieder ausgespuckt. Es schmeckte nach Galle, so bitter, wie sich mein Leben vor mir ausbreitete. »Oh, es geht noch weiter. Keine Sorge«, flüsterte ich. »Ich habe nämlich vor meiner Abreise all meinen Mut zusammengenommen und ihm meine Liebe gestanden. Ich meine, er war für mich da, er hatte mir geholfen, er war bei mir, wenn ich seine Nähe am nötigsten brauchte. Ich konnte ihn mit allem nerven, Tag und Nacht. Vielleicht dachte ich deshalb, dass es auf Gegenseitigkeit beruht. Aber als ich es ihm sagte ...« Ich schluckte schwer. Daran zu denken war schon schwer genug. Es auszusprechen, schien mir fast unmöglich. »Es war eine Katastrophe.«

»Was hat er gesagt?«

»Nachdem er wusste, dass ich ihn liebe und ich keine Lust mehr auf die Geheimniskrämerei habe, fragte er mich, wie ich mir das vorstelle. Um es kurz zu machen, er hat keine Lust, sich wegen mir zu outen. Weder für mich noch für jemand anderen. Scheinbar liebt er sein geheimes Leben mehr als alles andere. Ich weiß es nicht. Glaub mir, er hat mich angesehen, als sei es nicht normal, bisexuell zu sein.« Langsam, aber sicher hasste ich mich dafür, dass mir jedes Mal die Tränen über die Wangen liefen, wenn ich an Elias dachte oder von ihm sprach. Hörte das denn nie auf? Aus Frust nahm ich eins der Kissen und schlug ein paar Mal mit der Faust darauf. Es half ein wenig, mich abzureagieren. Doch wirklich besser fühlte ich mich nicht.

»Hat er nicht gesagt! Spinnt der Typ denn völlig? Gib mir seinen Namen, seine Nummer oder seine Adresse. Am besten alles. Ich würde ihm gern mal die Meinung geigen und ihn fragen, für wen er sich eigentlich hält!«

»Es ist schon okay.« Ich schniefte und wischte die Tränen von den Wangen. »Ich denke, ich werde damit klarkommen. Irgendwann. Hey, es liegen sechshundert Kilometer zwischen uns, da wird er wohl kaum einfach hier auftauchen. Was will ich mehr?«

»Aber sieh dich doch an. Da hast du endlich mal einen Mann gefunden, den du behalten willst, und dann das. Es ist eine Sache, wie arschig die Jungs und ich uns verhalten haben. Und wir wissen, dass es nicht richtig war. Aber was Elias getan hat, ist wirklich unter aller Sau. Gerade er, der doch weiß, was du für Probleme hast, sollte wissen, wie weh er dir mit so einer Äußerung tut.« Daniel stoppte seine Tirade und legte dann einen Arm um meine Schultern. »Ich bin immer noch dein bester Freund. Und wir haben uns mal geschworen, dass wir nicht zulassen, dass dem anderen wehgetan wird. Also, wann genau hast du gesagt, kann ich ihm die Nase brechen?«

Auch wenn mir gar nicht danach zumute war, musste ich lachen. »Hör auf. Er ist eigentlich ein anständiger Kerl.«

Daniel warf mir einen skeptischen Blick zu.

»Wirklich. Ich bin ihm scheinbar nur lästig geworden und so konnte er sich sicher sein, mich nicht mehr sehen zu müssen. Zumindest versuche ich mir das so einzureden. Das macht es zwar nicht unbedingt leichter, aber es fällt mir einfacher, das zu akzeptieren. Statt daran zu denken, dass er sich nur nie mit mir als Paar zeigen wollte, weil er sich für mich schämt.«

»Ach Mann, Oli. So einer hat dich eh nicht verdient. Wir finden schon noch den Richtigen für dich. Einer, der zu schätzen weiß, was er an dir hat. Und jetzt will ich, dass du mir erzählst, was sich bei dir so im letzten Jahr getan hat. Wie geht es dir seit der Reha?«

Während ich anfing ihm alles zu erzählen, was sich seit meiner Reha getan hatte, keimte in mir wirklich die leise Hoffnung, dass ich nach allem zumindest meinen besten Freund wieder hatte.

Kapitel 6

Elias

Das kalte Wasser tat verdammt gut. Noch einmal benetzte ich mir das Gesicht und rieb mir über die Schläfen. Seit ich mich mit Oliver gestritten hatte, waren die Kopfschmerzen mein ständiger Begleiter geworden. Zudem war ich nur noch müde, abgespannt und gereizt.

Das lag jedoch weniger an Oliver, sondern viel mehr an der Tatsache, dass ich jeden Abend ausging und jemand anderen mit nach Hause nahm. Dementsprechend kaum dazu kam, zu schlafen oder mir irgendwie Ruhe zu gönnen. Seit zwei Wochen ging das jetzt schon so und es half mir ganz gut dabei, nicht zu viel nachzudenken. Zum Beispiel darüber, was für ein Idiot ich bin. Oder den Anblick, als Oliver die Stufen heruntergefallen und dann mühsam ins Taxi gehumpelt war. Dachte nicht daran, wie gern ich ihm aufgeholfen und ihm gesagt hätte, dass es mir leidtut und ihm dabei die Tränen weggewischt hätte. Oder auch nicht daran, dass ich ihm nicht mehr schreiben konnte, da er mich überall gelöscht und blockiert hatte. Olivers Statement war eindeutig. Er wollte nichts mehr mit mir zu tun haben. Ich hatte ja schon mit so etwas gerechnet. Das zu akzeptieren fiel mir jedoch schwer und es traf mich, dass er mich komplett aus seinem Leben gestrichen hatte.

Besonders deshalb, weil mir jetzt mehr denn je bewusst wurde, wie sehr mir seine Anwesenheit fehlte. Und wie sehr ich mich nach ihm sehnte. Ich weigerte mich jedoch weiterhin vehement, meinen Emotionen für ihn näher auf den Grund zu gehen. Denn mit unerwiderten Gefühlen wollte ich mich jetzt nicht auch noch auseinandersetzen müssen. Es reichte schon, dass ich mir vor Augen halten musste, was für ein Arschloch ich gewesen bin.

Genervt rieb ich mir die Stirn. Mir graute es schon vor der nächsten Woche. Ich hatte Nachtschicht und wäre somit meinen Gedanken hilflos ausgeliefert. Solange ich die Früh- oder Tagschicht hatte, ging es. Da konnte ich abends für genug Ablenkung sorgen und war auf der Arbeit oft zu müde, um an irgendwas denken zu können. Da ich dann gezwungen war, mich so auf meine Arbeit und das Nicht-Einschlafen zu konzentrieren, war für Oliver kaum Platz.

Nach einem Blick auf die Uhr entschied ich mich dazu, mich noch mal hinzulegen. Drei Uhr war definitiv zu früh, um aufzustehen. Hoffentlich würde mein One-Night-Stand von letzter Nacht bald verschwinden. Wie war eigentlich noch mal ihr Name? Anna? Lena? Janine? Keine Ahnung. Ich hoffte nur, sie würde kein Frühstück und mehr erwarten, so wie der Typ vor zwei Tagen. An die Szene, die er mir an dem Morgen gemacht hatte, erinnerte ich mich leider noch zu gut. Was fiel vielen so schwer daran, einen One-Night-Stand, als das zu akzeptieren, was er eben war? Eine einmalige Sache.

Seufzend legte ich mich wieder ins Bett und drehte meiner Eroberung den Rücken zu. Sie schlief selig und leise schnarchend und schien sich von mir nicht stören zu lassen. Als um sieben mein Wecker klingelte, war, wie auch immer sie hieß, schon weg. Wenigstens etwas, was wie gewollt lief.

Nachdenklich runzelte ich die Stirn, als es an meiner Wohnungstür klopfte. Hatte sie was bei mir vergessen? War sie noch mal zurückgekommen? Konnte ich es einfach ignorieren? Vielleicht, wenn ich mir die Decke über den Kopf zog. Als das Klopfen aber immer energischer wurde, stand ich auf. Im Vorbeigehen schnappte ich mir meine Hose und schlüpfte hinein.

»Ja, verdammt! Ich komm ja schon«, grummelte ich missgelaunt.

Wie konnte man um die Uhrzeit schon so nerven?

»Was – Oh. Felix? Was machst du denn hier?« Ich gähnte herzhaft und strich mir durch die verwuschelten Haare. »Ist irgendwas passiert?«

»Ja! Du bist passiert.«

Bevor ich darauf auch nur in irgendeiner Art und Weise reagieren konnte, war mein bester Freund schon an mir vorbei in meine Wohnung gestürmt.

»Hast du mal auf die Uhr geguckt? Was schnauzt du mich überhaupt so an? Hast du keine Hobbys?«

»Hast du vielleicht mal auf dein Handy geguckt?«, antwortete er mit einer Gegenfrage. »Ich versuche seit drei Tagen dich zu erreichen.«

Ups. Jetzt wusste ich wieder, was ich die ganze Zeit hatte tun wollen, aber immer wieder vergessen hatte.

»Ähm.« Verlegen kratzte ich mich am Hinterkopf.

»Ja, *ähm*«, äffte Felix mich nach. »Du vergisst vor lauter Rumficken, dass es auch noch was anderes gibt. Es wundert mich, dass du überhaupt noch gehen kannst. Du erscheinst nicht zu Verabredungen, meldest dich nicht mehr. Ich mache mir einfach Sorgen.«

»Ach was«, winkte ich ab. »Das musst du nicht. Kaffee?« Den brauchte ich zumindest jetzt ganz dringend.

»Ja, bitte«, antwortete er und folgte mir in die kleine Küche.

»Ich genieße gerade nur die Unabhängigkeit«, versuchte ich Felix abzuspeisen.

»Glaubst du dir den Mist eigentlich selbst? Mensch, Elias, ich weiß, dass du dich nur ablenken willst. Ich kenne das. Den Mist mit Unabhängigkeit kannst du aber bitte wem anders auf die Nase binden. Aber nicht mir. Du und Oli wart auch unabhängig. Immerhin habt ihr euch auch mit anderen getroffen, während ihr etwas miteinander am Laufen hattet.«

Sobald der Kaffee durchgelaufen war, schenkte ich ihn in eine Thermoskanne um und wir setzten uns mit allem Benötigten ins Wohnzimmer.

»Okay, gut. Du hast recht. Ich habe halt einfach ein bisschen Spaß am Sex, das ist alles.«

»Aha. Und wie oft hattest du diesen Spaß schon in den letzten zwei Wochen?«

Angestrengt überlegte ich. Versuchte mir alle Typen und Tussis ins Gedächtnis zu rufen, die mir beim Vergessen von Oliver geholfen hatten.

»Siebzehn? Achtzehn? Keine Ahnung. Auf jeden Fall oft genug.«

Wenn ich selbst darüber nachdachte, war das wirklich nicht mehr normal. Aber im Moment war es die beste Möglichkeit, vor der Realität zu fliehen. Vielleicht sollte ich mir langsam, aber sicher mal ein anderes Hobby suchen?

»Bitte? Findest du das noch normal, was du da treibst?«

»Was willst du denn überhaupt von mir, Felix?« Seine unterschwelligen Vorwürfe gingen mir langsam gewaltig auf den Sack. Mir am frühen Morgen schon so querzukommen, konnte er gleich vergessen. »Du bist auch kein Unschuldslamm! Wenn ich dich daran erinnern darf, hast du auch nicht gerade wenige One-Night-Stands gehabt.«

»Ja, stimmt«, gab er mir recht. »Da war ich aber noch nicht mit Ben zusammen und habe mich ausgetobt. Gut, ich habe noch mit Oliver und Patrick geschlafen. Aber das war es auch schon.«

Es versetzte mir einen Stich, als er Oliver erwähnte. Es war nicht die Tatsache, dass sie auch mal miteinander geschlafen hatten, die mich beschäftigte. Sondern vielmehr der Wunsch, nach ihm zu fragen. Zu erfahren, wie es ihm ging.

Und wenn ich sogar den Mund aufbekommen und fragen würde, würde mir mein bester Freund sicherlich eine Antwort darauf geben können. Doch über meine Lippen kam nichts dergleichen. Ich war mir durchaus bewusst, dass ich mich gerade wie ein bockiges Kleinkind benahm.

»Willst du mir sagen, ich verhalte mich wie eine Schlampe?« Fest schlossen sich meine Finger um die Tasse. In mir wuchs der Wunsch, mich zu streiten. Ich wollte irgendwen anschreien, toben und alles, was sich in mir angestaut hatte, einfach nur rauslassen.

»Das habe ich nicht gesagt. Hör auf, so einen Stuss von dir zu geben. Aber wenn du es so interpretierst, scheint ja was dran zu sein, oder?« Stirnrunzelnd stellte er seine Tasse beiseite. Ich konnte ihn nur mit offenem Mund anstarren. Hatte er das gerade wirklich gesagt?

»Willst du mich gerade verarschen? Verdammt, du bist mein Freund und solltest mir zuhören und mich nicht beleidigen!« Fuchsteufelswild stand ich auf und schleuderte den erstbesten Gegenstand, der mir in die Finger kam, auf den Boden. Felix ließ mich toben und schimpfen, bis ich mich wieder beruhigt hatte. Schwer atmend betrachtete ich das Chaos, welches ich angerichtet hatte, und lenkte dann den Blick auf meinen besten Freund.

»Ich mache mir nur Sorgen um dich«, meinte Felix, als sei das eben nicht passiert. »Man erreicht dich nicht mehr, weil du entweder arbeiten oder am Vögeln bist. Ben und ich würden gern mal wieder mit dir reden oder einfach mal wieder etwas zusammen unternehmen. Zum Beispiel könnten wir darüber reden, ob du endlich weißt, was Oliver für dich ist? Und ja, auch Ben sorgt sich um dich. Und wenn du dich mal dazu hinreißen lässt, mir zu antworten, sind es nur kurz angebundene Sätze. Hättest du dich mal dazu bequemen können, zu uns zu kommen, hätten wir dir berichten können, was es bei Oliver Neues gibt. Und du weißt, dass du dich bei uns hättest über alles auslassen können, was dir durch den Kopf geht.«

Das schlechte Gewissen nagte sofort an mir. Er hatte ja recht. Ich hatte ihn wirklich ganz schön vernachlässigt in den letzten Wochen.

»Weißt du, ich hab einfach ... Angst«, gestand ich ihm. »Nicht nur davor, dass Oliver mir nicht vergeben kann. Sondern auch vor meinen eigenen Gefühlen. Wenn wir ehrlich sind, weiß ich es schon, seit er weg ist. Und du kannst es dir sicherlich auch schon denken. Ich vermisse ihn einfach. Alles an ihm. Wie er mich angelacht hat, wenn ihm irgendwas unangenehm war. Sein verträumter Blick, wenn er einfach nur aus dem Fenster in den Himmel gesehen und an nichts gedacht hat. Wir können beide über denselben Scheiß lachen, mögen dieselben Filme und auch bei der Musik sind wir uns meistens einig. Ich vermisse sogar das Lächeln, das er mir ins Gesicht gezaubert hat, wenn er mir eine einfache Nachricht geschrieben hat. Das Kribbeln im Bauch. Die Aufregung, wenn ich wusste, er ist auf dem Weg hierher. Und der Sex mit ihm ist irgendwie anders. Dabei machen wir wirklich nichts Außergewöhnliches oder Besonderes. Es ist genauso Sex wie der, den ich mit anderen hatte. Nur ... anders. Besser eben.« Hilflos zuckte ich die Schultern. Mein Seelenstriptease war mir irgendwie ein bisschen unangenehm. Mit solchen Problemen schlug ich mich zum ersten Mal herum. Ob ich Fenja je richtig geliebt hatte? Selbst bei ihr hatte sich alles nicht so angefühlt wie mit Oliver. Sie zu vergleichen brachte mir nichts, denn Oliver war ganz anders als sie. Und das lag nicht nur am Geschlecht, sondern auch an seiner Art.

»Ich weiß, was du meinst. Es braucht nicht viel, damit der Sex mit dem Richtigen etwas Besonderes ist.« Mein bester Freund schien in Erinnerungen zu schwelgen, so wie er grinste. Und ein wenig beneidete ich ihn um das Glück, was er mit Ben hatte.

»Du weißt selbst, was das alles bedeutet. Ich muss es dir sicherlich nicht sagen«, fuhr Felix fort und ich nickte.

»Ich liebe ihn.« Es war keine Frage, sondern eine simple Feststellung, die mich eigentlich glücklich machen sollte. Doch es machte mir irgendwie Angst, es laut ausgesprochen zu haben. Denn so einfach es klang, es war von großer Bedeutung. »Was, wenn es aber wieder so schiefgeht wie mit Fenja? Sechshundert Kilometer trennen uns. Wie soll das funktionieren? Und ...«

»Was?«, hakte Felix nach, als ich nicht weitersprach.

»Es ist blöd, das weiß ich selbst, aber ich kann mir eine Beziehung mit einem Mann irgendwie nicht so richtig vorstellen. Sex schon, aber eine Beziehung nicht. Also, nicht für mich. Irgendwie ... keine Ahnung, wie ich es dir erklären soll.«

»Das ... ist das Dümmste, was ich je von dir gehört habe.«

»Keine Ahnung, Felix. Sex ist das eine, aber eine Beziehung?«

»Du zweifelst, ob du dir eine Beziehung mit Oliver wünschst, obwohl du ihn liebst?« Felix zog fragend eine Augenbraue hoch und schüttelte den Kopf. »Du wirst es nicht gerne hören, aber ganz ehrlich, Elias. Wenn du so denkst, ist es vielleicht besser, dass das mit euch vorbei ist. Ich weiß, es hört sich hart an, aber versetz dich mal in seine Lage. Stell dir vor, das mit euch wäre noch weitergelaufen. Er hätte sich die ganze Zeit über weiter an eine Hoffnung geklammert, die du nicht bereit wärst zu erfüllen. Mit der Zeit hätte ihn selbst das Zusammensein mit dir unglücklich gemacht. Du solltest aber vor allem bedenken, dass Oliver nicht Fenja ist und erst eine einzige Beziehung hinter sich hat. Er würde nicht mit dem Juniorchef vögeln, während du dein Zuhause und alles, was du kanntest, hinter dir lässt. Ihr hättet euch gemeinsam auf etwas Neues eingelassen und zusammen einen Weg finden können. Wenn du es zugelassen hättest. So hat Oliver wenigstens die Chance, über dich hinwegzukommen und vielleicht irgendwann jemand anderen kennenzulernen.«

Eine ganze Weile schwiegen wir und ich dachte über seine harten, aber ehrlichen Worte nach. Vor allem dachte ich darüber nach, wie eifersüchtig ich nur bei dem Gedanken an einen anderen Mann an Olivers Seite wurde. Natürlich wäre es unfair von mir gewesen, Olivers Gefühle weiterhin für mein Vergnügen zu nutzen. Aber alles in mir schrie danach, so egoistisch zu sein, nur damit er bei mir wäre. Damit kein anderer ihn haben konnte und das mit ihm teilte, was ich die letzten Monate mit ihm genossen hatte. Doch nein, das hätte ich ihm nicht antun können. *Aber ihn durch deine Worte zu verletzen ging, ja?*

»Ich hab's echt vermasselt.«

»Und wie. Du musst dir klar werden, was du willst, Elias, und dann dafür kämpfen.«

»Ist es nicht schon zu spät dafür?«

Felix nickte verstehend. »Lieber zu spät für etwas kämpfen, als für immer zu bereuen, es nicht getan zu haben. Denk an Ben und mich. Irgendwie haben wir es doch noch mal geschafft. Und ich habe keinen Tag davon bereut.«

»Warum musst du immer recht haben?«, wollte ich von ihm wissen, legte den Kopf in den Nacken und fuhr mir mit den Händen übers Gesicht.

»Übertreib mal nicht. Ich mache auch Fehler.«

»Aber es klingt logisch, was du sagst«, meinte ich und leerte meine mittlerweile dritte Tasse. »Wie geht's ihm?«, fragte ich und musste nicht sagen, wen ich meinte.

»Nicht gut. Er redet kaum noch von dir oder von dem, was passiert ist. Ich denke, es tut noch zu sehr weh. Generell ist er nicht sehr gesprächig und man muss ihm so ziemlich alles aus der Nase ziehen. Ich mache mir auch um ihn große Sorgen.« Felix zuckte die Schultern und sah mich entschuldigend an. Er konnte ja nichts dafür, dass ich es verbockt hatte. Trotzdem tat es weh, zu hören, wie schlecht es Oliver mit der Situation noch immer ging. »Und er war doch im Krankenhaus wegen seiner Schmerzen. Warte ... ich muss überlegen, was er gesagt hat. Er hat eine Bandscheibenpro ... ach, keine Ahnung. Auf jeden Fall kann eine falsche

Bewegung zu einem Bandscheibenvorfall führen. Aber der Arzt war sich nicht sicher, ob es nicht doch schon ein Vorfall ist, weil seine Schmerzen und die restlichen Symptome dazu passen. Oli muss in ein paar Wochen noch mal zu einem Spezialisten. So lange muss er langsam machen und aufpassen, was und wie viel er hebt. Er verflucht den Unfall und den Typen, der ihm ins Lenkrad gegriffen hat, nur noch. Auf der anderen Seite ist er froh, dass es nicht so ist wie zuerst vermutet und ihm die Nerven nach und nach absterben. Ben und ich wollten ihn nächste Woche besuchen und ihm ein wenig Gesellschaft leisten. Aber ... kann ich dich hier denn guten Gewissens allein lassen?«

»Klar, ich bin schon groß. Was soll auch passieren?«

»Keine Ahnung. Im Moment trau ich dir alles zu.«

»Na, danke.« Ich lachte und warf einen Blick auf die Uhr. »Ich werfe dich ungern raus, aber wenn ich noch pünktlich auf der Arbeit erscheinen will, muss ich langsam mal in die Pötte kommen.«

»Ist ja schon gut, ich verschwinde. Mein Bommelchen vermisst mich sicherlich schon.« Mit einem neckischen Zwinkern stand Felix auf.

»Hat er heute keinen Unterricht?«

»Ich glaube nicht. Wegen irgendwas fällt er heute aus, das heißt, wir haben ein langes Wochenende zusammen. Aber ich kann mich nicht mehr erinnern, weswegen. Er hat es mir nach dem Sex gesagt. Da war ich nicht aufnahmefähig.«

»Okay.« Das erste Mal seit Wochen konnte ich wieder lachen.

Auch wenn Felix und ich uns manchmal Sachen sagten, die wir nicht immer hören wollten, war er doch der beste

Freund, den ich mir wünschen konnte. Und waren wir nicht genau deswegen noch immer befreundet?

Als sich die Wohnungstür hinter Felix schloss, blieb ich kurz ratlos im Flur stehen. Es nagte an mir, dass Oliver kaum noch von mir sprach. Würde er irgendwann aufhören, über mich zu reden? Wollte er mich komplett aus seinem Leben drängen? So, als hätte es mich nie gegeben?

Doch was hatte ich auch erwartet, nach der saudummen Aktion? Nichtsdestotrotz tat es weh. Ich hätte viel lieber von Felix gehört, dass Oliver mich vermisste. Dass es ihm ähnlich ging wie mir. Sicherlich hatte er gerade andere Sorgen. Und auch mir war nicht ganz wohl dabei, wenn ich mir seinen Gesundheitszustand vor Augen hielt. Hinzu kam noch, dass er in der Heimat außer seinen Eltern niemanden hatte, mit dem er sprechen konnte.

Ob er mir je verzeihen konnte?

Oliver

Was für ein Mistwetter. Seit dem Morgen regnete es in Strömen und so wie sich die Wolken verdunkelten, glaubte ich, dass uns noch ein Gewitter bevorstand. Ich sollte Paps vielleicht lieber Bescheid sagen, dass ich nach Hause wollte. Wenn es noch schlimmer wurde, sollte er nicht wegen mir draußen herumfahren. Das Wetter hier war manchmal unberechenbar.

Ich lag bei meinen Eltern im Wohnzimmer auf dem Sofa, den Blick dem Fenster zugewandt. Bis eben hatte ich immer wieder lustlos in irgendwelchen Zeitschriften geblättert.

Wirklich begeistern konnte mich nichts und mit jemandem reden wollte ich auch nicht. Mir war einfach nur nach Gesellschaft gewesen. Und da Daniel arbeiten musste, hatte ich meine Eltern belagert.

Ma saß in ihrem Sessel und strickte, während mein Vater gemütlich seine Pfeife rauchte und die Zeitung las. Alles war wie immer. Ob sich hier je was verändern würde? Ich hoffte nicht. Mein Zuhause war mein Rückzugsort, wenn mir die Welt zu viel wurde. Hier wusste ich, was mich erwartete und dass ich hier Geborgenheit fand. Nein, ich wollte nicht, dass sich irgendwas änderte. Zumindest hier nicht.

»Erzählst du uns irgendwann, wieso du so schlechte Laune hast? Oder müssen wir das noch länger aushalten?«

Irritiert sah ich meine Mutter an. Ich hatte doch keine schlechte Laune. Nur eben auch keine allzu gute. Es war mehr so ein Mittelding. Ich wollte zumindest nicht mehr jeden anschreien, der mich nur falsch ansah.

»Was?«

»Ach, Oli. Ich bin deine Mutter, ich weiß doch, dass du irgendwas auf dem Herzen hast. Du bist seit zwei Wochen wortkarg und guckst traurig. Und wann hast du das letzte Mal den ganzen Tag nur hier herumgelegen? So kenn ich meinen Jungen nicht.« Unbeirrt strickte sie weiter und ich war kurz davor zu überlegen, ob ich vielleicht anfing zu halluzinieren.

»Elisabeth, lass ihn doch. Wenn er es uns nicht erzählen will, dann ist es eben so. Er ist alt genug. Wenn er nur hier liegen und schweigen will, ist das auch in Ordnung.«

»Du könntest mich auch einfach mal unterstützen und nicht immer nur unserem Sohn den Rücken stärken.«

»Ma, bitte. Es ist alles okay.« Oh Mann, das nahm ich mir ja noch nicht einmal selbst ab. »Na gut, vielleicht nicht ganz okay. Aber es geht wieder. Mir ist nur so unglaublich langweilig. Ich würde gern wieder arbeiten gehen.«

»Und warum tust du es nicht? Hast du mal mit deinem Chef gesprochen? Da kann man doch sicher was von zu Hause aus machen, oder?«

»Du meinst Homeoffice?«, hakte ich nach und runzelte nachdenklich die Stirn. Das war natürlich eine Option, auf die ich selbst noch nicht gekommen war. »Ich sollte mal mit Axel darüber sprechen. Weil alles andere geht ja auch nicht. Die Busverbindungen passen nicht zu den Arbeitszeiten und ein Taxi wird auf Dauer zu teuer.«

»Ich könnte dich auch fahren«, wandte mein Vater ein, aber ich schüttelte sofort den Kopf.

»Ihr habt auch noch ein Leben. Das müsst ihr nicht nach mir ausrichten. Ich habe sowieso schon ein schlechtes Gewissen, weil ihr mich ständig durch die Gegend gurkt, wofür ich euch wirklich dankbar bin, aber –«

»Junger Mann«, unterbrach mich mein Vater. Ich drehte den Kopf in seine Richtung. »Wir hatten die Woche schon einmal darüber gesprochen und ich werde nicht wieder davon anfangen. Wenn es erforderlich ist, fahren wir dich überall hin. Ende der Diskussion, verstanden?«

Meine Mutter grinste zufrieden vor sich hin, während sie weiterhin mit Stricken beschäftigt war.

Ich ließ den Kopf wieder zurück auf die Armlehne sinken und starrte an die Decke. »Wisst ihr, da ist dieser Kerl. Und ich hab mich in ihn verliebt. Ich hab's ihm gestanden, er hat ... ein paar nicht so schöne Sachen gesagt und ja ... Ich hätte es ihm einfach nicht anvertrauen sollen. Ich frage mich die ganze Zeit, wie es weitergegangen wäre mit uns, wenn ich einfach die Klappe gehalten hätte.«

»Oli, ich war immer stolz darauf, dass du sagst, was du denkst und dein Herz am rechten Fleck trägst. Und es war richtig, es ihm zu mitzuteilen. Das erfordert viel Mut«, bekräftigte meine Mutter und mein Vater nickte. »Du wurdest enttäuscht und dein Herz gebrochen. Aber es wird mit der Zeit heilen. Du wirst sehen. Und irgendwann wird jemand kommen, der dir zeigt, wie es ist, wenn man wiedergeliebt wird.«

»Das ist alles so ätzend. Wieso muss die Liebe so kompliziert sein? Ich habe mir das viel leichter vorgestellt.«

»Das tun wir alle, mein Junge«, meinte Ma und lächelte mich an.

Ich nickte, wandte den Kopf wieder zur Seite und beobachtete den Regen, der am Fenster hinab rann. Jemand anderen an meiner Seite. Es fiel mir schwer, mir einen Mann vorzustellen, der nicht Elias war. Erschrocken zuckte ich zusammen, als es donnerte. Damit hatte ich jetzt nicht gerechnet.

»Pa, kannst du mich vielleicht nach Hause fahren, bevor das Unwetter noch schlimmer wird?«

»Aber natürlich.«

Sorgfältig faltete er die Zeitung zusammen und erhob sich aus seinem Sessel. Es sah bei ihm um einiges agiler und eleganter aus als bei mir. Ich kam mir vor wie ein angeschossenes, altersschwaches Reh.

Zum Abschied umarmte ich Ma und es schien, als wolle sie mich gar nicht mehr loslassen. Je länger sie mich umarmte, desto näher war ich den Tränen. Ihre Umarmungen hatten immer etwas Tröstendes. Und immer kam es mir so vor, als wolle sie mir sagen, dass alles wieder gut werden würde. Auch wenn ich nicht daran glauben konnte. Zumindest im Moment nicht.

»So ein Sauwetter«, schimpfte mein Vater, als wir ziemlich durchnässt im Auto saßen. »Wo kommt das Wasser denn auf einmal her?«

»Von oben. Weißt du? Wolken, Regen, nass.«

»Wie war das? Du wolltest nach Hause laufen, richtig?«

»Ähm ... ich hab dich lieb?« Schnell schnallte ich mich an und grinste meinen Vater unschuldig an.

»Mhm.«

Mit einem letzten zweifelnden Blick auf mich startete er den Motor und fuhr los. Die Fahrt war alles andere als angenehm. Wir konnten nur langsam fahren, da der Regen mittlerweile in Strömen floss und das Sehen bei den schlechten Lichtverhältnissen zusätzlich erschwerte. Ich war froh, als wir vor meiner Wohnung hielten.

»Danke, Pa. Steht das noch mit morgen?«

»Dreizehn Uhr Physio. Ich hab es nicht vergessen.« Er tippte sich mit dem Zeigefinger gegen die Stirn und winkte mir zum Abschied.

Die Autotür war noch nicht ganz ins Schloss gefallen, da fuhr mein Vater schon los und ich war einfach nur froh, als ich im trockenen Hausflur stand. Mit dem Aufzug fuhr ich hoch in meine Etage und merkte erst im Bad, als ich mich gerade umziehen wollte, dass ich gar nichts mehr zu essen dahatte. Seufzend schlüpfte ich noch mal in meine Schuhe, nahm den Regenschirm aus der Garderobe und machte mich auf den Weg. Keine zehn Gehminuten von hier gab es einen Inder, von dem ich bisher nur Gutes gehört hatte. Wieso sollte ich ihn heute nicht ausprobieren? Das Wetter bot sich ja geradezu dafür an, sich mit zu viel indischen Essen auf dem Sofa vollzustopfen und dabei einen Filmmarathon zu starten.

Ich hätte eine Jacke anziehen sollen. Das war das Erste, was ich dachte, als ich wieder auf die Straße trat. Aber gut, der Weg war nicht lang und ich würde es schon überleben. Ein paar Mal zuckte ich zusammen, wenn ein Blitz die Umgebung erhellte oder es donnerte. Sollte ich bei so einem Wetter noch einmal auf die Idee kommen, mir etwas zu essen holen zu wollen, hoffe ich, jemand würde mir eine Backpfeife geben. Für was gab es eigentlich einen Lieferdienst? Ich hätte wenigstens den Imbiss direkt vor meiner Haustür nehmen können, aber nein, das wäre ja viel zu einfach gewesen.

Den Schirm hätte ich eigentlich auch daheim lassen können. Meine Hosenbeine waren bis zu den Waden nass und der peitschende Wind wehte mir die Regentropfen ins Gesicht. Na ja, nur noch ein paar Meter, dann hatte ich es geschafft. Ich musste nur noch an der Kreuzung über die Straße.

Erneut blitzte es und ich betete, nicht vom Blitz getroffen zu werden. Im selben Moment hörte ich Reifen quietschen, sah Scheinwerfer aufblitzen und dann spürte ich auch schon einen stechenden Schmerz. Etwas Hartes traf mich am Bein und meinem Kopf. Schreie ertönten und ich konnte nicht sagen, ob es meine eigenen waren oder die von jemand anderem.

Mein Körper schien nur noch aus Schmerz zu bestehen, sobald ich auf dem nassen Asphalt zum Liegen kam. In meinen Ohren klingelte es und mein Gesicht war nass. War es Blut? Wieder ertönten Rufe. Irgendjemand redete mit mir, doch ich konnte kaum was erkennen. Meine Sicht war verschwommen und mir war schlecht. Und dieser Schmerz! Was war passiert?

»Hilfe ... unterwegs ... jemanden anrufen?«

Jemand griff nach meiner Hand und hielt sie einfach nur fest. Ein Zweiter fluchte laut, als er mich sah, und wieder war da diese Stimme, die mit mir sprach.

»Können Sie mich hören?« Angestrengt nickte ich, bereute es jedoch sofort, als der Schmerz wie ein Blitz durch meinen Kopf schoss. »Hilfe ist unterwegs. Bewegen Sie sich nicht. Ich bleibe bei Ihnen, bis sich jemand um Sie kümmert. Soll ich jemanden für Sie anrufen?«

»Ma ...«

Tränen rannen mir über die Wangen. Vermischten sich mit dem Regen und meinem eigenen Blut. Zumindest dachte ich, dass es sich um Blut handelte. Es war auf jeden Fall eine warme Flüssigkeit auf meinem Gesicht zu spüren. Ich wollte den Kopf heben, doch die Schmerzen, die augenblicklich einsetzten, sobald ich mich bewegte, ließen mich aufschreien. Meine Wirbelsäule fühlte sich an, als würde sie in Flammen stehen. Und wieso konnte ich mein Bein nicht spüren? Irgendwer ging an meine Hosentasche. Wurde ich ausgeraubt? Und wieso lag ich eigentlich auf der Straße?

Alles in meinem Kopf machte keinen Sinn mehr. Bevor es schwarz um mich wurde, galt mein letzter Gedanke meinen Eltern. Sie würden sich wieder nur Sorgen um mich machen.

Oliver

»Elias?«

Ich streckte den Kopf über den Stapel Ordner, den ich vor mir aufgebaut hatte. Das Archiv für unsere alten Akten bei uns im Wareneingang war das reinste Chaos. Mindestens eine Stunde war ich schon hier und suchte eine bestimmte Bestellung, die aber nicht dort war, wo sie sein sollte. Ich war zwischenzeitlich wirklich am Überlegen, den ganzen Haufen einfach anzuzünden.

»Was denn?«

»Wo bist du?« Suchend sah mein Kollege sich um.

Ich hob meine Hand und hörte dann Schritte, die sich mir näherten.

»Hat hier eine Bombe eingeschlagen?« Thomas sah sich in dem Durcheinander um und schüttelte den Kopf.

»Nope. Das ist Normalzustand, glaub mir.« Während ich darauf wartete, dass Thomas mir mitteilte, was er von mir wollte, blätterte ich weiter im Ordner. Doch es kam nichts von ihm. Stattdessen sah er sich das Chaos an, welches hier herrschte. »Was wolltest du denn von mir?«

»Ach so. Hier, dein Handy. Das vibriert wie verrückt und ich hab Angst, dass das Regal gleich abhebt, wenn das so weitergeht. Muss wichtig sein.«

»Danke.« Mit einem Stirnrunzeln nahm ich mein Smartphone entgegen, dass schon wieder vibrierte. Felix. »Hey, was ist denn los?«

»Endlich gehst du dran! Bist du arbeiten? Kannst du reden?«

»Ja und ja.« Bei mir schrillten alle Alarmglocken, als ich die Panik in seiner Stimme hörte. »Ist bei dir alles okay? Ist Ben was passiert?«

So aufgelöst hatte ich ihn das letzte Mal erlebt, als er vor dem Flugzeugabsturz von Bens Affäre erfahren hatte. Mir wurde unwohl, denn jede Situation, die mir durch den Kopf ging, gefiel mir nicht. Ich winkte Thomas zum Abschied, der sich wieder an seine Arbeit machte und mich mit meinen Ordnern allein ließ.

»Nein, uns geht es gut. Es ist ... Oliver. Oli hatte einen Unfall. Er ist angefahren worden.«

Ich war mir sicher, dass alles Blut aus meinem Körper wich. Mir wurde schlecht und ich konnte nichts sagen. Nicht reagieren. Gar nichts.

»Elias?«

Mühsam schluckte ich. »Was ...«

»Ich habe mit seinem Vater telefoniert. Oder besser gesagt, Ben hat das übernommen, weil ich mich nicht hatte konzentrieren können. Oliver kam vor ein paar Stunden aus dem OP. Ich ... ich reiche dich an Ben weiter. Er kann dir besser Bericht erstatten.«

Natürlich konnte Felix es nicht sehen, aber ich nickte. Zu mehr war ich nicht fähig. Was war passiert? Wie ging es Oliver? Warum hatte er operiert werden müssen? Alles Fragen, die ich mich nicht traute zu stellen. Denn ich hatte Angst vor den Antworten, die ich bekommen würde.

»Hey, ich bin's.« Bens dunkle Stimme zu hören, beruhigte mich irgendwie ein wenig. »Pass auf, es geht ihm scheinbar so weit gut. Sein Vater meinte, er hat sich den Oberschenkel gebrochen, deshalb mussten sie ihn auch operieren. Damit der Knochen wieder normal zusammenwachsen kann. Leider hat Oliver durch den Unfall wohl endgültig einen Bandscheibenvorfall bekommen. Eine Platzwunde an der Schläfe musste genäht werden und er hat einige Schrammen und böse Blutergüsse davongetragen. Sein Vater meinte irgendwas von fast schwarzen Verfärbungen. Den Hals stützen sie mit einer Krause, damit die Verletzungen an der Wirbelsäule nicht noch schlimmer werden. Er steht unter starken Schmerzmitteln, damit er die nächsten Tage liegen kann. Seine Eltern sind logischerweise ziemlich durch den Wind.«

Olivers Eltern waren nicht die Einzigen, die durch den Wind waren. Ich wusste nichts mit mir anzufangen. Meine Hände zitterten, mir war heiß und kalt und ich war wie paralysiert. Mein Herz schien kurz stehenzubleiben. Klopfte dann wie wild weiter. Fühlte sich an, als würde man es in tausend kleine Teile zerstückeln. Kein Ton kam über meine Lippen. Ab und zu schnappte ich nach Luft, wie ein Fisch auf dem Trockenen. Das musste ein Albtraum sein. Bitte, das durfte nicht wahr sein. Ich schniefte. Wann hatte ich angefangen zu weinen?

»Ich sag es auch nur ungern, aber ... An der Unfallstelle war eine Frau, die bei ihm blieb, bis der Krankenwagen da war. Sie muss sich mit ihm unterhalten haben, so gut es ging. Wenn er denn einmal wach war. Oliver schien kein Gefühl im Bein zu haben. Die Ärzte wissen nicht, welches der Beine, und müssen abwarten, bis er wieder vollständig ansprechbar ist. Sie hoffen, dass es nur durch den Unfall bedingt war und alles wieder normal ist, sobald auch die Schwellungen zurückgegangen sind. Aber noch kann man nichts Genaueres sagen.«

»Und jetzt? Ich ... ich kann nicht denken!«

»Hey, er wird das schaffen.«

Felix war wieder am Smartphone und versuchte mich irgendwie zu beruhigen. Doch bei den Bildern, die sich in meinem Kopf abspielten, war das unmöglich. Gott, Oliver war so schon unglücklich mit seiner Situation. Was, wenn er tatsächlich nie wieder Gefühl in seinem Bein bekommen würde?

»Wir wollten zu ihm fahren. Je nachdem, wie lange er im Krankenhaus bleiben muss, besuchen wir ihn dort oder eben daheim. Aber ich will dich auch nicht allein lassen.«

»Ist schon gut. Ich muss sowieso arbeiten«, wiegelte ich ab. Sie sollten auf jeden Fall zu ihm fahren. Er würde Freunde an seiner Seite brauchen.

Gleichzeitig überlegte ich, ob es irgendwie möglich war, Urlaub zu bekommen und ebenfalls zu Oliver zu fahren. Doch durch diverse Personalausfälle konnte ich mir das von vornherein abschminken. Scheiße!

»Nichts ist gut, Elias, und das weißt du. Kommst du allein klar bis Feierabend?«

»Muss ich ja, irgendwie.«

»Wenn was ist, schreib mir oder ruf mich an. Egal ob du einfach nur jemanden am anderen Ende hören willst, ohne selbst was zu sagen. Oder ob du dich ausheulen willst. Ich hab mein Handy immer griffbereit. Sozusagen steh ich auf Abruf bereit, okay?«

»Versprochen. Danke.«

Noch immer saß ich wie erstarrt auf dem Boden, mit dem Haufen Ordner vor mir und meinem Smartphone in der

Hand. Wieso? Warum hatte das passieren müssen? Was hatte Ben über Olivers Bein gesagt? Er hatte kein Gefühl darin gehabt? Was, wenn das so blieb? Oliver würde noch mal ganz von vorne anfangen und sich schon wieder an eine neue Situation gewöhnen müssen.

Ich wusste jetzt schon, dass ich keinen Schlaf finden würde, bis ich wusste, wie es Oliver ging. Ob noch irgendwas passiert war. Was, wenn er innere Blutungen hatte, die man zu spät entdecken würde? An so etwas konnte man auch sterben. Oder eine unentdeckte Hirnblutung, wie bei Felix damals. Ihn hatte es sein Gedächtnis gekostet. Aber auch das konnte tödlich enden. Alles, was ich mir ausmalte, könnte lebensgefährlich sein. Ich sollte aufhören, über so etwas nachzudenken. Aber ich konnte nicht aufhören.

Als ich Schritte vernahm und hörte, wie mein Name gerufen wurde, trocknete ich mir schnell die Wangen. Hoffentlich war es hier oben dunkel genug, damit man nicht sehen konnte, dass ich geweint hatte. Ich hatte nur wenig Lust, mich meinen Kollegen zu erklären.

»Hast du die Bestellung gefunden?« Es war wieder Thomas.

»Nein. Ich glaube auch nicht, dass das heute Nacht noch was wird. Vielleicht können wir es morgen weiter versuchen. Ein bisschen Hilfe wäre dabei sicherlich nicht schlecht.«

»Das klingt nach einem Plan. Geht's dir gut?«

»Ich bin nur etwas müde, das ist alles.«

»Kein Wunder, du hast fast die ganze Schicht hier oben verbracht. Es ist gleich Feierabend.« Er streckte den Arm aus und reichte mir die Hand. »Komm, wird Zeit für einen Kaffee. Du hast dir genug Ordner angesehen für heute.«

Ich griff nach seiner Hand und ließ mir hochhelfen. Gleichzeitig fragte ich mich jedoch, wie lange ich hier oben gesessen hatte, ohne irgendwas zu tun, außer meinen Gedanken nachzuhängen? Hatte ich wirklich Stunden damit verbracht, über Oliver nachzudenken? Mit weichen Knien und ein wenig wie in Trance folgte ich Thomas in die Kantine. An sich klang der Vorschlag eines Kaffees gar nicht so übel. Aber als mein Kollege seinen Kaffee hatte, hob sich mir allein vom Geruch der Magen. Eilig hielt ich mir die Hand vor den Mund und rannte zum nächsten Mülleimer. Ich würgte, musste mich jedoch nicht übergeben. Dafür fühlte ich mich auf einmal wie ausgekotzt.

»Und dir geht es wirklich gut?«

»Ich denke schon. Ich glaube, das war das viele Durchlesen der Lieferscheine und Bestellungen. Und dann auch noch bei dem miserablen Licht da oben.« Ich zuckte die Schultern und hoffte, dass Thomas meine Erklärung hinnehmen würde, ohne weitere Fragen zu stellen. Er sah mich jedoch zweifelnd an und hob eine Augenbraue.

»Mh. Verstehe. Geh nach Hause. Ich kann meinen Kaffee auch allein trinken. Und morgen überlegen wir uns was anderes. In dem Chaos da oben kann ja keiner arbeiten.«

»Danke. Schönen Feierabend!«

Eilig lief ich zu meinem Spind, hörte das »*Ebenfalls*« von Thomas nur noch halb. Ich holte meine Jacke und meine privaten Sachen heraus, buchte mich an der Stechuhr aus und machte mich auf den Weg zu meinem Auto.

Ich stockte und musste zweimal hinsehen. Da standen Ben und Felix und schienen auf mich zu warten.

»Was macht ihr denn hier?« Immer noch verblüfft nahm ich meinen besten Freund in die Arme.

»Du glaubst doch nicht, dass wir dich allein lassen, oder?«

»Aber –«

»Kein Aber«, unterbrach mich Ben. »Wir haben alles schon durchgeplant. Du gibst mir jetzt deine Autoschlüssel und dann fährst du bei Felix mit. Wir treffen uns dann bei dir.«

»Aber, du –«

»Ich weiß, dass ich nachher noch auf die Arbeit muss. Wir trinken gemeinsam Kaffee, frühstücken zusammen und reden über alles, was dir im Kopf herumgeht. Und da mein Auto bei dir steht, fahre ich von dir aus auf die Arbeit. Felix kann bei dir bleiben, so lange dir danach ist.«

Ich drückte meinen besten Freund fester an mich. Schon wieder hatte ich Tränen in den Augen und auch Ben umarmte mich, bevor ich ihm meine Schlüssel in die Hand drückte.

Als wir uns auf den Weg zu meiner Wohnung machten, war ich mehr als froh darüber, nicht allein sein zu müssen. Meine Freunde waren wirklich die Besten. Sie ließen mich nicht allein, weil sie ahnten, wie schlecht es mir ging. Und so sehr ich mich darüber freute, so traurig machte es mich gleichzeitig. Hoffentlich hatte Oliver auch noch jemanden – außer seinen Eltern –, der ihn ab und zu besuchte. Der sich um ihn kümmerte und ihm beistand, wenn ich schon zu unfähig dazu war.

Oliver

»Wie geht's dir?«

Felix setzte sich zu mir auf das Sofa und reichte mir einen frisch aufgebrühten Tee. Schon komisch, mich in meiner eigenen Bude bedienen zu lassen. Aber seit Ben weg war, war ich wie lethargisch. Beim gemeinsamen Frühstück hatte ich kaum einen Bissen herunter bekommen und auch nach reden war mir nicht zumute gewesen. Meine Gedanken drehten sich nur um Oliver und wie es ihm ging. Was er machte und wie es weitergehen sollte. Wie war die Prognose der Ärzte? Alles Fragen, die ich nicht beantwortet bekommen würde. Zumindest nicht jetzt.

»Ziemlich beschissen.«

»Willst du darüber reden, was dich beschäftigt?«

»Keine Ahnung, was ich sagen soll, Felix. Ich meine ... ich fühle mich so schuldig an allem. Was, wenn ich all das nicht zu ihm gesagt hätte? Wäre er dann hier gewesen statt daheim? Hätte das Auto ihn nie angefahren? Da sind so viele Fragen und Vorwürfe in meinem Kopf.«

»Das ist totaler Schwachsinn. Dich trägt keine Schuld an dem Unfall und das weißt du selbst.«

»Wieso fühlt es sich dann so an?«, wollte ich von Felix wissen und trank von meinem Kaffee.

»Weil du eine Erklärung für alles haben willst, deshalb. Aber Schuld allein an dem Unfall trägt der Fahrer und vielleicht sogar ein wenig Oliver, aber das wissen wir erst, wenn er wieder ansprechbar ist und in zusammenhängenden Sätzen reden kann.«

»Ich mache mir Sorgen um ihn. Was passiert, wenn er vielleicht für immer an den Rollstuhl gefesselt ist? Er hat doch so schon genug zu knabbern und jetzt noch das?« Schon wieder kamen mir die Tränen und ich versuchte dagegen anzukämpfen. Jedoch erfolglos. »Denkst du, er wird das durchstehen? So ganz allein?«

»Er ist nicht allein. Oliver hat seine Eltern, die ihn unterstützen und auf ihn aufpassen. Und wir werden wohl demnächst öfter mal Urlaub an der Ostsee machen müssen.«

Ich nickte und wusste, dass diese Urlaubspläne mich nicht beinhalteten. Ob er mir je verzeihen wird? Bekam ich überhaupt noch mal eine Chance, ihm zu sagen, was er für mich ist? Dass ich ihn liebte?

»Elias? Hör auf, dir so den Kopf zu zerbrechen. Er wird es schaffen. Oli ist ein Kämpfer.«

»Das bezweifle ich auch nicht. Aber ich wünschte, ich wüsste, dass er Freunde hat, die ihn von seinen Problemen ablenken. Freunde, die keine sechshundert Kilometer entfernt wohnen. Was soll ich denn machen, Felix? Ich meine, ich liebe ihn. Daran besteht kein Zweifel mehr. Denn so, wie ich mich fühle, muss es einfach Liebe sein. Aber ... die ganze Zeit male ich mir aus, was wäre, wenn ... wenn er bei dem Unfall –« Ich brach ab und schniefte. Ich konnte den Gedanken noch nicht einmal zu Ende führen, geschweige denn aussprechen.

»Hey.« Die Arme meines besten Freundes schlossen sich um mich und nur zu gern ließ ich es zu. Es fühlte sich gut an, nicht allein sein zu müssen. »Denk nicht an sowas. Du machst es dir selbst nur unnötig schwer. Wir müssen alle daran glauben, dass es ihm bald besser gehen wird. Und dass er dann zumindest nach Hause darf.«

»Kannst du ihm liebe Grüße ausrichten, wenn ihr zu ihm fahrt?«, fragte ich mit erstickter Stimme.

»Ich weiß noch nicht so recht, ob wir überhaupt fahren sollen, Elias. Wenn ich mir dich so ansehe, wäre es vielleicht besser, wir bleiben hier.«

»Was? Nein!« Erschrocken setzte ich mich auf und sah meinem besten Freund ins Gesicht. Das konnte er nicht machen. »Fahrt zu ihm, bitte. Er wird sich freuen euch zu sehen und ich komm schon klar. Wirklich. Du musst mir nur versprechen, mich jeden Tag anzurufen und mir zu sagen, wie es ihm geht, okay?«

»Das kann ich dir versprechen. Aber trotzdem mache ich mir auch Sorgen um dich.«

»Ach was.« Ich zuckte mit den Schultern. »Ich habe genug auf der Arbeit zu tun, was mich ablenken wird, und auch so werde ich schon irgendwas finden.«

Zweifelnd sah mich Felix an.

»Keine Angst. Ich werde mich nicht wahllos durch die Betten vögeln.« Ich versuchte mich an einem Lächeln, aber es gelang mir nicht wirklich. »Wenn ich nur Urlaub nehmen könnte. Ich würde gern zu ihm fahren. Und ihm alles sagen, was mir im Kopf herumgeht.«

»Du meinst, wie in so einer abgedroschenen Liebesschnulze?«

Jetzt musste ich doch lachen. »Ja, ungefähr so. Denkst du, er würde mir überhaupt zuhören, wenn ich mitkommen würde?«

»Ganz ehrlich? Ich glaube nicht. Er hat jetzt erst einmal andere Probleme und ich denke auch, er braucht noch ein wenig Zeit. Ich würde dir gerne sagen, dass du hinfahren sollst. Dass du kämpfen sollst. Denn ich seh dir an, wie sehr du leidest. Aber es würde nichts bringen.«

»Du machst mir ganz schön Mut.« Dabei wusste ich, dass Felix recht hatte. Aber das war nun einmal nicht das, was ich hatte hören wollen.

Aber ich würde Oliver noch ein wenig Zeit lassen. Zumindest so lange, bis ich Urlaub nehmen und zu ihm fahren konnte. Ich musste einfach mit ihm reden und alles auf eine Karte setzen. Hoffentlich war er dann auch gewillt, mir zuzuhören und mir zu vergeben. Das wäre immerhin schon mal ein Anfang und darauf würde man eventuell aufbauen können. Ob er mich dann überhaupt noch wollte, stand auch noch in den Sternen.

Was, wenn er in der Zwischenzeit jemanden kennengelernt hatte, der ihn nicht versteckte und es nicht für nötig hielt, ihn zu beleidigen? Hätte ich doch nur schon viel früher mit Felix gesprochen. Wieso waren Zeitreisen noch nicht möglich? Dann würde ich zurückreisen und mir selbst in den Arsch treten und mich warnen.

Am liebsten hätte ich über mich selbst gelacht bei dem, was mir im Kopf herumging. Wenn man verliebt war und zu jemandem wollte, kam man wohl auf die wildesten Ideen.

»Wann fahrt ihr zu Oliver?«, wollte ich schließlich von Felix wissen und gähnte. Langsam sollte ich ins Bett kommen, damit ich für die Schicht später fit war.

»Ich weiß es noch nicht. Wenn es klappt, telefoniere ich später mal mit ihm oder seinen Eltern. Je nachdem, wer dran geht. Und je nachdem entscheiden wir dann. Aber ich denke, in den nächsten Tagen machen wir uns auf den Weg. Ben hat nächste Woche sowieso Urlaub wegen der Ferien und dann könnten wir am Freitag losfahren, wenn er von der Arbeit nach Hause kommt.«

Ich nickte und hoffte, dass ich mich an mein eigenes Versprechen halten und nichts Dummes anstellen würde. Wie hatte Felix mal zu mir gesagt? *Im Moment traue ich dir alles zu.*

Kapitel 7

Oliver

»Home Sweet Home«, murmelte ich, als Daniel die Tür zu meiner Wohnung hinter uns schloss.

Er hatte mich aus dem Krankenhaus abgeholt und sich bereit erklärt, nicht nur mit mir ein paar Kleinigkeiten einzukaufen, sondern auch noch alles zu tragen. Aber gut, wie sollte ich das auch machen? Ich war noch ziemlich unsicher auf meinen Krücken und in Gedanken immer noch bei der Tatsache, dass mein rechtes Bein zum Teil immer noch taub war. Ständig kreisten meine Gedanken darum, was ich tun sollte, wenn der Zustand sich nicht besserte.

»Ich räum schnell alles weg und dann schauen wir mal, was wir mit dem angebrochenen Tag anfangen.«

Matt nickte ich und ließ mich auf dem Sofa nieder, lehnte die Krücken am Tisch an. Mein Rücken tat mehr weh als sonst, durch das viele Liegen und den Zusammenprall mit dem Auto. Wie hatte mein Arzt gesagt? Durch den Unfall hatte ich endgültig einen Bandscheibenvorfall. Er hatte mir zu einer Operation geraten, aber erst, wenn die Schwellungen durch den Unfall verheilt waren. Super, noch eine auf der Liste.

»Bringst du mir bitte was zu trinken mit?«, rief ich in die Küche und kurze Zeit später stand Daniel vor mir und reichte mir eine kleine Flasche Wasser. Ich war ihm dankbar dafür, dass er mir, ohne zu fragen half und gerade jetzt für mich da war. Schon komisch, wie das Schicksal meinen besten Freund und mich wieder zusammengebracht hatte.

»Sollen wir einen Film gucken?«, richtete sich Daniel an mich und setzte sich in den großen Ohrensessel, den ich mir noch vor dem zweiten Unfall angeschafft hatte.

Ich zuckte nur mit den Schultern. »Von mir aus. So bekommen wir wenigstens die Zeit rum, bis Ben und Felix kommen.«

Meine Freunde hatten sich jeden Tag bei mir gemeldet und gefragt, wie es mir ging. Als ich ihnen sagte, dass ich heute wieder nach Hause durfte, hatten sie sofort darauf bestanden, herzukommen und mich zu unterstützen. Da ich wusste, dass jede Widerrede zwecklos war, hatte ich zugestimmt. Und ich freute mich schon darauf, Zeit mit ihnen zu verbringen. Wobei es mir auch sehr guttat, dass Daniel wieder in mein Leben getreten war und ich zumindest so immer einen Freund in der Nähe hatte.

»Lass den Kopf doch nicht so hängen. Der Unfall hätte auch schlimmer ausgehen können.«

»Ich weiß.« Ich seufzte und legte mich hin. Erleichtert atmete ich auf. Schon gleich viel besser. »Aber es nervt. Du kannst dir nicht vorstellen, wie sehr ich es leid bin, mich so abhängig von anderen zu fühlen. Ich hatte eigentlich mit meinem Chef reden wollen, ob ich wenigstens im Homeoffice für ihn arbeiten könnte. Aber ... na ja.«

Ich zuckte mit den Schultern und beobachtete Daniel dabei, wie er vor dem Schrank stand und einen Film aussuchte. Er griff nach einer DVD und legte sie ein. Welcher Film es war, wusste ich nicht, aber ich würde es ja gleich erfahren.

»Du bist nicht nutzlos«, widersprach er mir schließlich, schnappte sich die Fernbedienungen und machte es sich wieder im Sessel gemütlich. Mittlerweile kam er mich so oft besuchen, dass er sich in meiner Wohnung genauso gut auskannte wie ich.

»Bin ich nicht? Sieh mich doch an. Ich liege den ganzen Tag nur dumm rum und kann mich kaum noch schmerzfrei bewegen. Ich geh an Krücken und kann nichts selbst heben. Meine Eltern müssen meinen ganzen Haushalt schmeißen!«

Ich atmete tief ein und aus, um nicht vor lauter Frustration das Schreien anzufangen. So hatte ich mir mein Leben in der eigenen Wohnung nicht vorgestellt.

»Hör doch auf dich zu beschweren, Oli! Sei froh, dass du jemanden hast, der das alles für dich macht, und das auch noch gerne. Dass es Menschen gibt, denen du genug bedeutest, damit du nicht auch noch auf fremde Hilfe angewiesen bist. Bist du freiwillig vor das Auto gelaufen? Nein. Hast du dem Fahrer gesagt, er solle sich alkoholisiert bei dem Wetter hinters Steuer setzen? Ganz sicher nicht. Du solltest langsam mal anfangen, positiv zu denken. So wie früher.«

Ich schnaubte und fing an freudlos zu lachen. Verwirrt sah Daniel mich an. »Was denkst du eigentlich, was ich im letzten Jahr versucht habe? Ich habe so lange daran geglaubt, dass es besser wird, und dann waren alle Fortschritte für die Katz. Natürlich weiß ich, dass ich den Kopf in den Sand gesteckt habe, aber mal ehrlich: Was hättest du an meiner Stelle getan? Meine Freunde hatten mich hängen lassen und ich hatte eigentlich nur meine Eltern. Es war pures Glück für mich, Felix in der Reha kennengelernt zu haben.« Als ich das betroffene Gesicht meines besten Freundes sah, bekam ich ein schlechtes Gewissen. »Tut mir leid, ich habe nicht darauf herumreiten wollen, dass –«

»Schon gut. Es stimmt ja, oder nicht? Wir haben dich wirklich hängen lassen. Aber jetzt bin ich ja zumindest wieder da. Und du kannst es noch so oft erwähnen, es wird nichts an den Tatsachen ändern. Es ist nun einmal passiert. Wenn unsere Freundschaft funktionieren soll, dann darfst du mir das nicht immer wieder vorhalten.«

»Ich weiß, sorry. Es nagt nur so sehr an mir. Aber es tut auch gut, das zu wissen. Aber weißt du, Daniel, ich bin es an manchen Tagen leid, positiv denken zu müssen. Ich will mich einfach nur noch verbuddeln oder mir die Decke über den Kopf ziehen und in meinem Selbstmitleid baden. Seit einem Jahr mache ich schon mit dem Scheiß rum und es zerrt an meinen Nerven. Ich drehe noch durch.«

»Ich kann es auch verstehen, aber die Prognosen vom Arzt sind doch gut. Sobald die Schwellungen durch die Blutergüsse weg sind, solltest du dein Bein wieder komplett spüren können, und dann können sie dir auch die Bandscheibe operieren. Und danach sollte es für dich wieder bergauf gehen. Auch was das Laufen angeht. Oder habe ich ihn falsch verstanden?«

»Nein, hast du nicht«, gab ich zu und rollte mit den Augen. »Nur bei dem Scheiß, der in den letzten Wochen passiert ist, glaube ich nicht, dass es so einfach sein wird.«

Es wäre auch zu schön, um wahr zu sein.

»Von einfach war auch nie die Rede.« Daniel zwinkerte mir zu, schaltete mit der Fernbedienung den Fernseher und den DVD-Player ein. Als der Film startete, spürte ich ein schmerzhaftes Ziehen im Rücken. Noch war es auszuhalten, aber für den Fall der Fälle hatte mir mein Arzt starke

Schmerzmittel verschrieben, die ich wirklich nur mit Vorsicht einnehmen sollte und wenn es nicht mehr anders ging. Was war ich froh, wenn diese Odyssee endlich vorbei war.

***

»Ich mach auf«, meinte Daniel, als es an der Tür läutete, und erhob sich im selben Moment schon aus dem Sessel.

Ich hatte Mühe, mich aufrecht hinzusetzen und mithilfe der Krücken auf die Beine zu kommen. Aber Ben und Felix liegend zu begrüßen kam für mich auch nicht in die Tüte. Auch wenn sie sicherlich nichts dagegen und Verständnis gehabt hätten. Daniel stellte sich kurz meinen Freunden vor. Felix warf mir einen fragenden Blick zu und ich stellte ihnen Daniel vor. Ja, das war mein bester Freund. Ich würde es ihnen später erzählen, wie wir uns über den Weg gelaufen waren, denn bisher hatte ich ihnen noch nicht erzählt, dass Daniel wieder ein Teil meines Lebens war. Was daran lag, dass ich selbst erst einmal hatte sehen wollen, wie sich unsere Freundschaft entwickelte oder ob ich mir unnötig Hoffnungen machte. Doch es stand alles unter einem guten Stern und ich war glücklich, wenigstens ihn wieder als Teil meines Lebens bezeichnen zu können.

»Hey, ihr beiden.«

»Na, du? Was machst du denn für Sachen?« Felix nahm mich in die Arme, sobald ich eine der Krücken zur Seite gestellt hatte. Es tat gut, ihn und Ben zu sehen.

»Sorry, das Auto war doch stärker als ich. Ich bin eben doch nicht Hulk«, versuchte ich es mit einem Scherz.

Auch Ben umarmte mich und ich stellte ihnen ohne Umschweife noch einmal Daniel vor.

»Felix und Ben, das ist Daniel, mein bester Freund. Und Daniel, das sind meine Freunde aus den Niederlanden.«

Zuerst beäugte Felix Daniel genau, bevor er ihm schließlich mit einem breiten Lächeln sagte: »Schön, dich endlich persönlich kennenzulernen.«

»Ganz meinerseits«, erwiderte Daniel. »Oli hat mir schon viel von euch erzählt.«

»Hoffentlich nur die guten Sachen«, meinte Ben und kratzte sich am Kinn.

Meine Freunde schlugen den Weg ins Wohnzimmer ein und ich war erleichtert, nicht noch länger herumstehen zu müssen. Zwar hatte es geheißen, ich könnte das Bein langsam, aber sicher wieder normal belasten, aber es war trotzdem anstrengend. Und teilweise noch schmerzhaft. Gerade wenn die Schmerzen bis in den Rücken ausstrahlen.

»Ich würde euch gern noch ein paar Sitzplätze anbieten, aber, na ja ...« Entschuldigend hob ich die Schultern. Ich Idiot hatte gar nicht daran gedacht, dass ich keinen Platz für meine Freunde hatte. Daniel hatte wieder im Ohrensessel Platz genommen und ich würde mich wieder hinlegen müssen. Folglich hatte ich, außer ein paar Stühlen, keine Sitzgelegenheiten mehr.

Doch Felix winkte ab. »Kein Problem. Wenn du mir sagst, wo du noch eine Decke oder Kissen hast, dann machen wir es uns auf dem Boden bequem.«

»Im Kleiderschrank im Schlafzimmer. Irgendwo rechts in einem der Fächer«, wies ich Felix an, der nach ein paar Minuten mit einer Decke wiederkam. Er breitete sie aus und legte sie dann auf den Boden. Den Couchtisch verschoben wir kurzerhand ein Stück zur Seite, damit er nicht im Weg stand. Ben und er nahmen darauf Platz und schienen wirklich zufrieden mit ihren Plätzen zu sein.

»Wie geht's dir?«, wollte Ben wissen und streichelte abwesend den Rücken seines Mannes.

»Beschissen, wenn ich ehrlich sein soll. Wobei, mittlerweile kann ich mein Bein wieder zum Teil spüren. Yay. Aber in circa zwei Wochen soll die Bandscheibe auch noch operiert werden. Mein Arzt hofft, dass bis dahin die Blutergüsse verschwunden sind und somit auch die Taubheit im Bein. Angeblich soll es nach der Operation dann insgesamt besser werden. Keine Ahnung. Ich werde es ja sehen.«

»Aber das klingt doch gut, oder?« Fragend sah Felix mich an. Ben und Daniel nickten.

»Das habe ich auch gesagt«, stimmte Daniel Felix zu. »Er denkt einfach zu negativ.«

»Fängst du schon wieder damit an? Ich gelobe Besserung, okay? Können wir jetzt über was anderes reden?« Ich hatte nur wenig Lust, mich weiter mit meinem Gesundheitszustand zu beschäftigen. Egal was ich sagen würde, ich würde auf mich zukommen lassen müssen, wie es nach der Operation weitergehen würde. »Wie war die Anfahrt? Und wie ist euer Hotel?«

»Na ja«, Ben warf Felix einen Blick zu, den ich noch nicht so recht deuten konnte. »Der Herr neben mir ist gefahren, als wäre der Teufel hinter ihm her.«

»Was? Ich muss es ausnutzen, dass ich in Deutschland mal richtig Gas geben kann. Bei uns ist ja überall ein Tempolimit von 130.«

»Ich glaube, das ist auch ganz gut so.«

»Spießer«, konterte Felix und streckte seinem Mann die Zunge heraus.

Daniel und ich mussten über den Schlagabtausch der beiden lachen. Ich war froh, dass sie hergekommen waren, um mich zu besuchen. Das würde die Zeit bis zur Operation um einiges angenehmer machen.

Elias

Ich sagte Dinge, die ich nicht so meinte.
Habe weitergemacht, obwohl ich dein Herz bluten sah.
Ruinierte das Einzige, an das ich je wirklich geglaubt habe.
Und auch wenn du jetzt fort bist, versichere ich allen, dass alles gut ist.
Lege jedes Mädchen flach, das mir über den Weg läuft.
Alles ist besser, als mich mit der Realität auseinanderzusetzen.

Ich drehte die Musik auf und lauschte weiter dem Text. Er sprach mir irgendwie aus der Seele. Immerhin hatte ich auch Dinge gesagt, die ich so nicht gemeint hatte, und alles ruiniert. Und auch alles gevögelt, was bei drei nicht auf dem Baum war, wenn man es so sagen wollte.

Seufzend schielte ich auf die Anzeige. Nicht mehr lange und ich wäre an meinem Ziel. Sechs Stunden Fahrt lagen hinter mir und noch immer hatte ich dreißig Kilometer zu fahren. Langsam wurde ich doch etwas nervös, denn ich wusste nicht, wie Oliver auf meinen Besuch reagieren würde. Ob er überhaupt bereit war, mich zu empfangen, ohne mir eine Backpfeife zu geben. Verdient hätte ich es allemal, das stand außer Frage.

Das Klingeln der Freisprechanlage riss mich aus meinen Gedanken. Sofort nahm ich den Anruf entgegen.

»Hey«, begrüßte ich Felix.

»Bist du noch unterwegs?«

»Ja, aber ich habe nur noch dreißig Kilometer vor mir. Ich dürfte in einer halben Stunde bei ihm sein.«

»Das ist gut.«

»Denkst du? Ich weiß nicht.« Zweifelnd zog ich eine Augenbraue nach oben.

»Schon, ja. Es spricht doch nur für dich, dass du so viel Arsch in der Hose hast, um zu ihm zu fahren und noch mal mit ihm zu reden. Meinst du nicht?«

»Es hat aber nicht zu heißen, dass er mir zuhört, geschweige denn mir verzeihen will. Ich habe wirklich schlimme Dinge zu ihm gesagt. Und wenn ich so darüber nachdenke, würde ich mir selbst auch nicht zuhören wollen.«

»Also willst du lieber einfach wieder umkehren und nach Hause fahren? Dann mach das.«

»Was?« Hatte ich mich gerade verhört? Ich glaubte, Felix hatte den Verstand verloren. »Natürlich, ich fahre einfach mal so sechshundert Kilometer. Da ich ja Geld zum Scheißen habe, wie ihr beide. Nein, ich zieh das jetzt durch.«

»Hey, ich hab für meinen Erfolg hart gearbeitet, also bitte«, rügte mich Felix und ich musste ihm recht geben. Er hatte wirklich hart dafür gearbeitet, das stimmte. Aber er wusste auch, dass meine Bemerkung nicht böse gemeint war.

»Keine Ahnung, wenn er mir nicht zuhören wird, dann fahre ich bei meinen Eltern vorbei. In irgendeiner Art und Weise muss sich der weite Weg ja gelohnt haben. Und mein

Urlaub ist nicht einfach verplempert worden.« So ganz gefiel mir der Gedanke jedoch nicht, weiterhin im Streit mit Oliver zu liegen.

»Ich drück dir die Daumen und hoffe, dass ihr wenigstens wie normale Menschen miteinander reden könnt.«

»Glaub mir, das hoffe ich auch, Felix. Ich habe wirklich Bammel, dass er mir ohne Umschweife die Tür vor der Nase zuschlägt oder mich zum Teufel wünscht. Oder beides.«

»Du weißt, ich würde dir gern sagen, dass das nicht passieren wird. Aber dazu kenne ich Oliver zu wenig, um ihn in so einer Situation einschätzen zu können. Du musst einfach mit allem rechnen.«

Ich seufzte und folgte den Anweisungen meines Navis. Nur noch ein paar Kilometer, dann hatte ich mein Ziel erreicht.

»Ich muss es einfach versuchen«, meinte ich schließlich.

»Du kannst dich ja melden, wenn du bei ihm warst.«

»Mach ich. Bis dann.«

Es knackte und dann hatte Felix auch schon aufgelegt. Als ich um die nächste Kurve bog, konnte ich schon das Wohnhaus sehen, in dem Olivers Wohnung war. Wie die letzten Male war es gar nicht so einfach, einen Parkplatz bei ihm in der Nähe zu finden. Ein paar Mal fuhr ich um den Block, bis schließlich ein Auto ausparkte. Ich nutzte die Gunst der Stunde und schnappte mir den Parkplatz, bevor es jemand anderes tun konnte.

Mein Puls fing an zu rasen, als ich ausstieg und auf das Haus zuging. Wischte mir die schwitzigen Hände an meiner Jeans ab und versuchte mich ein wenig zu beruhigen. Doch es wollte nicht so recht funktionieren. Vor dem Hauseingang blieb ich stehen, atmete noch einmal tief durch und fuhr mir mit den Händen durch die Haare. Erschrocken zuckte ich zusammen, als sich die Tür öffnete und mir eine ältere Dame entgegenkam. Sie hielt mir die Tür auf und ich schlüpfte ins Haus. Natürlich nicht, ohne mich bei ihr zu bedanken. So würde Oliver mir auf jeden Fall die Tür aufmachen müssen, wenn er wissen wollte, wer bei ihm klingelte. Perfekt.

Bitte, lass ihn mich nicht gleich wieder wegschicken. Dieser Satz ging mir unaufhaltsam im Kopf herum, bis ich die Treppen bis zur dritten Etage erklommen hatte. Ich hätte auch den Fahrstuhl nehmen können, aber mir waren die Treppen lieber. So konnte ich die Konfrontation noch ein wenig aufschieben. Verdammt, wann hatte ich das letzte Mal so einen Schiss gehabt? Mir war richtiggehend schlecht vor Aufregung. Hoffentlich kotzte ich Oliver nicht vor die Füße.

Ich nahm all meinen Mut zusammen und klingelte. Schritte waren zu hören und jemand rief: »Moment.« Dann endlich öffnete sich die Tür und er stand vor mir. Überrascht und aus großen Augen sah er mich an. Doch die Überraschung wich sehr schnell aus seinem Gesicht und er zog die Augenbrauen missbilligend zusammen. Freude sah definitiv anders aus.

»Elias.«

»Oli, ich –«

»Was willst du hier?«, unterbrach er mich und öffnete die Tür gerade weit genug, dass ich ihn ganz sehen konnte.

Mein Blick glitt über ihn. Würde er nicht an Krücken gehen und hätte er nicht noch ein paar blaue Flecken, würde man ihm den Unfall gar nicht ansehen. Ich war froh, ihn halbwegs munter anzutreffen. Wie gerne würde ich ihn in meine Arme ziehen und einfach küssen. Doch ... das konnte ich mir nicht erlauben. Nicht nach allem, was ich ihm an den Kopf geworfen hatte.

»Was du hier willst, Elias.«

Ich schluckte. Seine Laune ließ keinen Zweifel daran, dass er nicht mit mir reden wollte. »Mit dir reden und sehen, wie es dir geht.«

»Wieso? Hast du nichts mehr zum Ficken und dachtest, du siehst mal nach dem armen Krüppel? Immerhin ist der arme Tropf ja hoffnungslos in dich verschossen!« So zynisch kannte ich ihn nicht und es tat weh, dass er so über mich dachte. »Es geht mir gut, danke. Du kannst also wieder gehen.«

»Warte!« Ich hielt die Tür auf, die er gerade im Begriff war, wieder zu schließen. Jetzt war es ganz gut, dass er noch gehandicapt war und nicht so schnell reagieren konnte. »Lass mich doch bitte –«

»Für was?«, unterbrach er mich erneut. Mir sank das Herz in die Hose und ich überlegte wirklich, kampflos aufzugeben und einfach zu gehen.

»Jetzt lass mich doch endlich ausreden!«

»Und was, wenn ich darauf keine Lust habe? Was, wenn ich genug von dir gehört habe?«

»Dann hast du Pech gehabt«, konterte ich und wir lieferten uns ein kleines Starrduell. Schließlich gab Oliver nach und ich atmete auf.

»Gut, dann rede.«

»Darf ich –« Ich unterbrach mich selbst, als er den Kopf schüttelte. Dann würden wir das eben in der Tür klären müssen. Wunderbar. »Was ich zu dir gesagt habe, war so nicht gemeint.«

»Nein? Mh, komisch.« Er sah mich an und legte den Kopf schief. »Ich bin nicht dumm, Elias, auch wenn du das scheinbar glaubst. Wie schwer ist es dir gefallen, mir nicht auch noch das Wort Krüppel an den Kopf zu werfen? Mh?«

»Ich –«

»Gib wenigstens zu, dass du es gedacht hast!«, schrie er mich an und ich zuckte zusammen. Seine Augen glänzten feucht und es brach mir das Herz, zu sehen, wie nah es ihm immer noch ging. Die Wunden, die ich ihm zugefügt hatte, waren tiefer, als es bei einem Unfall jemals der Fall sein könnte.

Erneut schluckte ich. Er hatte mich ertappt. »Nein, das habe ich nie von dir gedacht«, wehrte ich mich. »Aber du musst mir glauben, wenn ich dir sage, dass mir einfach alles leidtut. Ich wollte nicht, dass es so endet.«

»Wieso sollte ich das, Elias?«, hakte er misstrauisch nach und ich konnte ihn verstehen.

»Willst du die Wahrheit hören?«, erwiderte ich mit einer Gegenfrage und wartete seine Antwort gar nicht erst ab. »Ich hatte einfach großen Schiss. Und wenn man Angst hat, macht man eben schon mal dumme Sachen. Warst du denn noch nie in so einer Situation? Ich meine, was hast du denn bitte erwartet, als du einfach vor meiner Tür standest und mit deinem Liebesgeständnis herausgerückt bist?«

»Nicht viel«, antwortete er niedergeschlagen. »Natürlich habe ich mit dem Gedanken gespielt, was wäre, wenn es dir genauso geht. Aber ich habe mich auch auf eine Abfuhr gefasst gemacht. Doch dass du mich beleidigst und mir all diese Sachen an den Kopf wirfst, das hätte ich dir nicht zugetraut, Elias. Wirklich nicht. Das hat mich mehr getroffen, als eine Abfuhr es hätte tun können. Ich dachte, ich kenne dich zumindest ein bisschen. Aber dass du so tief sinken würdest, ist echt unter alle Sau. Du hältst dich vielleicht für einen ach so tollen Hecht, weil scheinbar alles und jeder auf deinen Schwanz springt, was bei drei nicht auf den Bäumen ist. Hältst dich wohl für unwiderstehlich. Aber deine Vögelei kann dein kleines Ego nicht überspielen. Zumindest nicht mehr bei mir.«

Oliver war in Rage. Nur kurz holte er Luft, bevor seine Worte wie ein Kanonenfeuer auf mich einprasselten. Ich konnte nichts tun, außer ihm zuzuhören und ihm in vielem recht zu geben.

»So oft es ging, war ich bei euch, weil mir die Zeit einfach gutgetan hat. Ich habe den Momenten entgegengefiebert, in denen wir endlich allein waren und ich dich berühren und küssen durfte. Und ja, am Anfang war ich mehr als einverstanden mit unserem Arrangement, denn es kam auch mir entgegen. Aber die Dinge haben sich nun mal geändert. Weißt du, wie viel Mut es mich gekostet hat, mit dir zu reden? Ehrlich zu dir zu sein und dir zu sagen, was ich fühle? Nein, sicherlich weißt du das nicht und es kann dir auch eigentlich egal sein. Ich hatte niemanden, mit dem ich über das Chaos in mir reden konnte und der mir irgendwie über alles hinweghalf. Und das Schlimmste ist, dass du genau wusstest, dass ich außer euch niemanden mehr hatte.«

Es fiel mir schwer, einfach nur dazustehen und Oliver reden zu lassen. Zuzusehen, wie ihm die Tränen über die Wangen liefen, während er mir all das sagte, was sich in den letzten Wochen in ihm aufgestaut hatte.

»Mit einer einfachen Abfuhr hätte ich gut leben können«, fuhr er fort. »Und du kannst deine Angst nicht allein als Ausrede benutzen. Du hast in dem Moment genau das gesagt, was dir durch wohl schon die ganze Zeit den Kopf ging, und mir absichtlich wehgetan. Dein Blick hat Bände gesprochen. Es war, als wäre das, was zwischen uns ist, wie eine Krankheit. Eine Seuche, der du dich entziehen willst. Und du hast damit erreicht, was du wolltest. Musstest mich nicht mehr sehen oder ertragen. Geschweige denn, dich mit mir und meinen Gefühlen auseinandersetzen. Weißt du, was ich mich frage, Elias? Wenn es dir scheinbar so zuwider war, mit mir zu tun zu haben oder mir als Freund helfen zu müssen, wieso hast du mich dann die ganze Zeit überhaupt noch gefickt? Hattest du es so nötig? War es das?«

»Du stellst mich hin, als sei ich das größte Arschloch auf der Welt! Ich verstehe, dass du sauer bist, aber das gibt dir nicht das Recht, so über mich zu reden! Es war nie meine Absicht, es so enden zu lassen! Wieso sonst sollte ich es so lange so laufen lassen? Ich habe es nicht nötig, mich auf jemanden einzulassen, den ich nicht leiden kann. Ich war gerne mit dir zusammen und bereue jedes einzelne Wort, das ich beim letzten Mal zu dir gesagt habe. Aber es bleibt dir überlassen, ob du mir das glaubst«, verteidigte ich mich. Es war nicht schön, zu hören, wie Oliver über mich dachte. Es tat verdammt noch mal weh.

»Du sagst es. Es bleibt mir überlassen. Und ich habe ehrlich gesagt keine Lust mehr, dir zuzuhören oder deine Entschuldigung anzunehmen. Ich will nur meine Ruhe und Abstand, verstehst du? Du warst es, der es so gewollt hat. Also bitte, leb damit. Es tut mir zwar weh, dass ich erst mal nicht in die Niederlande kommen kann, aber das braucht dich eigentlich nicht mehr zu interessieren. Weißt du, ich hatte gehofft, wenn wir schon nicht als Paar enden, dass wir trotzdem weiterhin Freunde sein könnten. Aber ich weiß ehrlich gesagt nicht, ob ich das jetzt noch will.«

»Oliver, bitte, lass den Streit nicht der Grund sein, wieso du Felix und Ben nicht besuchen kommst.«

Das Letzte, was ich wollte, war, ihm auch noch seine letzten Freunde zu nehmen, nur weil ich zu dumm gewesen war, um meiner Angst anders Ausdruck zu verleihen. Aber ich begriff, dass es keinen Sinn hatte, noch länger hierzubleiben und mit ihm reden zu wollen.

»Das sollte nicht dein Problem sein, Elias. Aber die nächsten Wochen wirst du mich auch nicht ertragen müssen. Es geht dich zwar nichts mehr an, aber du wirst es früher oder später sowieso mitbekommen. Die nächste OP steht an und danach muss ich noch mal in die Reha. Wann ich überhaupt wieder in die Niederlande kommen kann, steht in den Sternen. Also keine Angst, ich werde nicht mitbekommen können, wie du weiterhin eine – oder einen – nach der anderen abschleppst oder vor meinen Augen mit ihnen flirtest.«

Zu gerne hätte ich noch etwas gesagt, aber ich wusste nicht was. Mir fehlten die Worte, um auszudrücken, was ich dachte und fühlte. Ich wusste es ja selbst nicht.

Ich ließ zu, dass Oliver mir die Tür vor der Nase zuschlug, ohne ein Wort des Abschieds. Was sollte ich auch tun? In seine Wohnung eindringen und dort einen Sitzstreik anzetteln, bis er bereit wäre, endlich ruhig mit mir zu reden und mir wirklich zuzuhören? Nein, dazu war ich auch wieder zu stolz.

Ich hatte meine Chance vertan und musste mit den Folgen leben. Ob es mir gefiel oder nicht.

Oliver

Wieso hatte er herkommen müssen? Konnte er mich nicht einfach in Ruhe lassen? Musste er mich denn weiterhin so quälen?

Seit ich Elias die Tür vor der Nase zugemacht hatte, saß ich auf dem Sofa und versuchte wieder Herr meiner Sinne zu werden. Doch die Tränen wollten nicht aufhören zu laufen und immer wieder schluchzte ich.

Endlich war ich so weit, dass ich nicht jedes Mal beim bloßen Gedanken an Elias weinen musste, und dann stand er einfach vor meiner Tür. Wollte sich entschuldigen. Doch wozu das Ganze? Die Sache war gelaufen und es gab nichts, was es ungeschehen machen würde. Er hatte mir gesagt, was er damals zu sagen hatte, und gut war. Unsere Chance, als Freunde aus der Sache herauszugehen, war verstrichen. Oder?

Ich schüttelte den Kopf. Was fragte ich überhaupt? Ich wollte nicht wieder schwach werden, nur weil ich das Bedürfnis hatte, mich an ihn zu lehnen, sobald ich ihn gesehen hatte. Zu gerne hätte ich ihm geglaubt, dass er all die grässlichen Dinge nie hatte sagen wollen. Aber die Enttäuschung und der Schmerz saßen zu tief.

Hatte sein schlechtes Gewissen ihn zu mir getrieben? Sechshundert Kilometer, um sich zu entschuldigen? Lächerlich. Sagte er doch selbst, noch nicht einmal bereit zu sein, eine Fernbeziehung über dieselbe Distanz führen zu wollen, aber dann wegen einer Entschuldigung den Weg auf sich nehmen. Wem wollte er eigentlich etwas vormachen? War das alles nur ein Spiel für ihn? Dachte er wirklich, ich nehme seine Entschuldigung freudestrahlend an und vergebe ihm?

Gott, ich hatte vor ein paar Tagen noch zu Felix und Ben gesagt, dass ich nicht wüsste, wann ich bereit wäre, Elias wieder gegenüberzutreten, und auf einmal tauchte er hier auf. War es Zufall? Oder hatten meine Freunde ihre Finger im Spiel? Wahrscheinlich. Ich war so durcheinander, dass ich gar nicht mehr wusste, wo mir der Kopf stand.

Warum nur hatte ich mich verlieben müssen? So wie es zwischen mir und Elias gewesen war, war es gut. Aber nein, er hatte mein Herz im Sturm erobern müssen und ich Idiot hatte es ihm auch noch gesagt. Deshalb war ich der Liebe immer aus dem Weg gegangen und hatte Liebeleien beendet, bevor einer zu sehr verletzt werden konnte. Liebeskummer war scheiße und fühlte sich an, als würde einem das Herz in eine Million kleine Fetzen gerissen. Wenn es sich jedes Mal so anfühlte, dann verstand ich erst recht nicht, wieso sich so viele Menschen trotzdem auf die Liebe einließen. Und das sogar immer wieder, immer in der Hoffnung, dass es jetzt vielleicht der Partner fürs Leben sei. Das mussten doch alles Masochisten sein.

Oder sie sind nicht bereit, trotz allem die Hoffnung aufzugeben. Ja, vielleicht war das sogar so. Aber in diesem Moment, wo ich auf meinem Sofa saß und nur noch ein Häufchen Elend war, konnte ich es nicht nachvollziehen. Hieß es nicht immer, die Liebe sei das schönste Gefühl von allen? Die hatten doch alle keine Ahnung.

Ich hatte genug von Hoffnungen und Gefühlen. Sie waren nur dazu da, um am Ende zerstört zu werden.

Schwer seufzte ich. Wann genau war ich eigentlich so zynisch geworden? Ich hatte mich doch sonst nie wegen irgendwas so herunterziehen lassen. Aber im letzten Jahr hatte sich einiges getan und nicht alles davon war gut gewesen. Vielleicht wäre alles einfacher, wenn manche Dinge anders gelaufen wären. Wenn ich in der Reha nie Felix über den Weg gelaufen wäre. Doch wer wusste das schon?

Ein Ziehen im Rücken erinnerte mich daran, dass ich heute zu viel auf den Beinen gewesen war. Aber nur herumzuliegen wurde auf Dauer auch verdammt langweilig. Wenn Elias nicht gekommen wäre, dann würde ich jetzt unter der Dusche stehen. Stattdessen saß ich hier, heulte wegen ihm und dachte wieder viel zu viel nach. Aber eigentlich konnte ich das auch unter der Dusche machen. Das Wasser würde meine Tränen wegspülen. Als wäre nie etwas gewesen.

Als ich aufstehen wollte, um mein Vorhaben umzusetzen, durchzuckte mich die Pein wie ein Blitz. Schoss von meinem Rücken aus bis in meine Fußsohle. Die Krücken gingen mit einem lauten Krachen zu Boden und ich folgte ihnen kurz darauf. Ich biss die Zähne zusammen, krümmte mich vor Schmerzen und wünschte mir, irgendjemand wäre bei mir. Egal wer. Selbst Elias wäre mir recht. Wobei er sich sicherlich nicht mehr die Finger an jemandem wie mir dreckig gemacht hätte.

Das Elend ließ mich nur langsam aus seinen Klauen und mit der Zeit klärte sich auch mein Verstand. Mir fiel ein, dass ich mein Smartphone in der Hosentasche hatte. Es war schwer, zu denken, wenn der Schmerz in kurzen Abständen immer wieder durch den Körper fuhr. Ich schrieb Daniel eine Nachricht, in der nichts weiter stand als: »Hilfe«. Nach meinem Unfall hatte ich ihm in weiser Voraussicht für so einen Fall einen Schlüssel für meine Wohnung gegeben. Und selbst wenn er keine Zeit haben sollte, würde er meine Eltern informieren. So hatten wir es besprochen und hatte er es mir zumindest versprochen.

Ich konnte nur hoffen, dass ich nicht zu lange hilflos auf dem Boden liegen würde.

Elias

»Es ist schön, dass du uns mal wieder besuchen kommst«, meinte mein Vater, als ich mich zu ihm an den Tisch setzte.

Mama hatte Kuchen gebacken und natürlich blieb mir keine andere Wahl, als davon zu probieren. Aber wie könnte ich auch Nein sagen? Nach dem gestrigen Aufeinandertreffen mit Oliver konnte ich ein bisschen Seelenfutter mehr als gut gebrauchen.

»Ach, na ja, auf der Arbeit ist es momentan ein bisschen stressig. In den letzten Wochen sind uns durch Urlaub und Krankheit mehrere Mitarbeiter ausgefallen und du weißt ja, wie das ist. Der Rest der Angestellten muss zusehen, wie er die Mehrarbeit wuppt.«

Ich spießte ein großes Stück von dem Schokokuchen auf und schob es mir in den Mund. Der war verdammt lecker! »Auf jeden Fall müssen wir jetzt, wo alle wieder da sind, Überstunden abbauen. Und da dachte ich mir, ich komme euch mal wieder besuchen.«

»Wunderbar!« Mama klatschte in die Hände und sie sah wirklich begeistert aus. Was hatte sie ausgeheckt? »Deine Schwester wollte uns morgen die Kleine vorbeibringen.

Dann kannst du auch mal wieder ein bisschen Zeit mit ihr verbringen.«

Darauf freute ich mich tatsächlich schon. Ich hatte Emilia viel zu lange nicht mehr gesehen. Bei meinem letzten Besuch hier war meine Schwester ja im Urlaub gewesen. Wir hatten uns also nur knapp verpasst. Und der kleine Wurm wurde viel zu schnell groß.

»Hast du eigentlich schon mitbekommen, dass Fenja wieder nach Deutschland zieht?«, wollte mein Vater auf einmal wissen und ich sah ihn mit schief gelegtem Kopf an.

»Nein, aber es interessiert mich auch nicht wirklich.«

»Ich habe ihre Mutter vor Kurzem beim Einkaufen getroffen«, begann meine Mutter trotzdem. »Und da erzählte sie mir, dass sie wohl vorgehabt hatte, diesen Junior-Chef zu heiraten, aber jetzt alles geplatzt wäre, weil er sie betrogen hat. Natürlich hat sie sich fürchterlich über ihn aufgeregt.«

»Na ja.« Ich zuckte die Schultern. »Was soll ich dazu jetzt sagen?«

»Das geschieht ihr gerade recht.« Bekräftigend nickend untermauerte meine Mutter noch ihre eigene Aussage und sah uns auffordernd an. Wahrscheinlich wartete sie auf Zustimmung unsererseits. »Oder, Thomas? Sag doch auch mal was dazu.«

»Was soll ich denn dazu sagen, Maus? Sie hat damals Elias betrogen und jetzt geschieht ihr dasselbe. So spielt eben das Leben und jeder bekommt das, was er verdient. Das nennt man Karma.«

Mama schien mit seiner Antwort zufrieden zu sein und schnitt sich ebenfalls ein Stück Kuchen ab.

»Aber wo wir gerade von deinem Liebesleben reden, Elias ... Hey, hör auf, mit den Augen zu rollen!«

Sie fuchtelte gefährlich nahe mit dem Messer vor meinem Gesicht herum und ich rutschte mit meinem Stuhl lieber noch ein Stück nach hinten. In diesem Haushalt passierten oft Unfälle. Wobei ich mir manchmal nicht sicher war, ob es insgeheim Anschläge auf uns waren. Doch wann immer ich Mama mit meinem Verdacht konfrontierte, stritt sie es vehement ab.

»Müssen wir wirklich darüber reden, Mama?«

»Ich bin doch nur neugierig. Du bist jetzt schon wie lange von Fenja getrennt? Drei Jahre? Vier? Und seitdem hast du niemanden mehr mit nach Hause gebracht.«

»So kann man das auch nicht sagen. Ich habe so einige mit nach Hause genommen. Nur durften sie immer nur eine Nacht bleiben.«

Ich grinste und nahm mir noch ein großes Stück Kuchen, schenkte mir Kaffee nach. Es war schön, daheim zu sein. Hier wurde kein Blatt vor den Mund genommen und ich musste an Felix' ersten Besuch denken, als wir in die Pubertät kamen und beide sexuell aktiv wurden. Natürlich nie miteinander, wie meine Eltern erst vermutet hatten. Meine Eltern hatten sehr offen mit mir über das Thema Sex gesprochen, selbst in seiner Anwesenheit. Und während ich interessiert zugehört und Unmengen Fragen gestellt hatte, war Felix beinahe im Erdboden versunken vor Scham. Er hatte sogar meinen Eltern noch vor seinen eigenen erzählt, dass er schwul war. Allein das sprach schon davon, wie sehr er meine Eltern schlussendlich ins Herz geschlossen hatte.

»Du bist schlimm, mit deinen ganzen … wie nennt man das? Hilf mir doch mal, Thomas.«

»One-Night-Stands, Maus.«

»Genau. Hängt dir das nicht zum Hals heraus? Und was ist mit Verhütung? Ich habe keine Lust, Großmutter zu werden, ohne es überhaupt zu erfahren.«

»Mama, wenn du doch eh nicht davon erfahren würdest, dann wüsstest du doch auch folglich gar nicht erst, dass du Großmutter bist, oder? Aber um dich zu beruhigen: Pflichtbewusst, wie ich nun mal bin, verhüte ich natürlich.«

»Gut.« Sie zuckte die Schultern und ich hoffte, die Fragerei hätte nun ein Ende. »Wann bringst du mal wieder ein nettes Mädchen mit nach Hause?«

»Halt lieber die Klappe, wenn du nicht willst, dass sie sofort anfängt, deine Hochzeit zu planen«, warf Paps ein und grinste dabei seine Frau so verschmitzt an, dass ich annehmen musste, dass er eher von sich sprach als von Ma.

»Ich glaube, das kann ich verkraften.«

Mein Lachen klang in meinen Ohren verdammt gekünstelt. Doch meine Eltern schienen es nicht zu bemerken. Ich sollte ihnen sagen, was mit Oliver gelaufen war. Mich meiner Angst stellen, was andere vielleicht über meine Sexualität dachten. Es würde mir vielleicht Oliver nicht zurückgeben, aber ich musste anfangen, ganz zu mir zu stehen.

»Mama, ich enttäusche dich ja nur sehr ungern, aber ich denke nicht, dass ich so schnell ein Mädchen mit nach Hause bringen werde.«

»Irgendwann werden dir die Abenteuer zu den Ohren heraushängen, junger Mann«, tadelte sie und fing an den Tisch abzuräumen.

»Hör nicht auf sie. Wenn die Richtige kommt, sind die Abenteuer eh Schnee von gestern«, hielt Papa dagegen und zwinkerte mir zu.

Mehr als schief zu lächeln konnte ich nicht. Nervös drehte ich meine Tasse in den Händen und wartete, dass meine Mutter sich wieder zu uns setzte.

»Also, ich habe jemanden kennengelernt. Aber, na ja ...« Hilflos zuckte ich mit den Schultern. Das lief ja super.

»Also doch keine Abenteuer mehr?«

»Nein, Mama. Die Abenteuer gibt es immer noch. Aber mehr aus Frust, weil ich der Person wirklich wehgetan habe und das eigentlich nicht meine Absicht war.«

»Na komm, Elias. Spuck es aus. Rede nicht um den heißen Brei herum. Deine Mutter und ich sind auch nicht mehr die Jüngsten.«

Ich sah Papa an und atmete tief durch. »Er heißt Oliver und hat mir ganz schön den Kopf verdreht.« Gebannt wartete ich auf eine Reaktion seitens meiner Eltern, doch es kam nichts. Keine empörten Ausrufe oder entsetzten Gesichter. Sie schienen nur darauf zu warten, was ich ihnen noch zu erzählen hatte. »Wollt ihr denn nichts ... dazu sagen?«

»Was soll ich denn dazu sagen?«, wollte Papa wissen und trank von seinem Wasser. »Soll ich einen Priester rufen, weil mein Sohn schwul ist?«

»Nicht schwul. Bisexuell. Ich steh auf Frauen und Männer.« Es auszusprechen war doch leichter als gedacht.

»Mein Gott, dann eben bisexuell. Mir doch egal.« Er winkte ab und schnaubte. »Ich blicke eh nicht mehr durch, was es da so alles gibt.«

»Mich würde eher interessieren, was du angestellt hast.« Mama verschränkte die Arme und lehnte sich in ihrem Stuhl zurück. Fixierte mich mit ihrem Blick. Ein wenig unwohl wurde mir jetzt doch.

Ihre Reaktionen waren besser ausgefallen, als ich es mir je zu träumen gewagt hätte. Aber ich hatte Angst, dass Mama mich lynchte, wenn sie erfuhr, was ich Oliver an den Kopf geworfen hatte. Ich räusperte mich und sah mich nach dem besten Fluchtweg um. Da ich jedoch mit dem Rücken zur Wand saß, waren meine Chancen, flüchten zu können sehr gering.

Dann erzählte ich ihnen von dem Tag, als Oliver zu mir gekommen war und mir seine Liebe gestanden hatte. Und meine mehr als saudumme Reaktion darauf. Ich gab ihnen, so gut es ging, alles haargenau wieder und dass sie mich nicht einmal dabei unterbrachen, verhieß nichts Gutes.

»Und gestern war ich bei ihm und wollte mich entschuldigen. Ich erreiche ihn ja sonst nirgends mehr. Aber er wollte mir nicht zuhören und hat mich mehr oder weniger zum Teufel gejagt«, schloss ich meine Erzählungen.

Meine Eltern wechselten nur einen kurzen Blick miteinander, bevor meine Mutter das Wort ergriff. »Weißt du, Elias. Ich war immer stolz darauf, dass du und deine Schwester mit eurer Meinung nicht hinter dem Berg haltet und immer gesagt habt, was ihr denkt. Aber ich dachte eigentlich auch, wir hätten euch vermittelt, wie wichtig es ist, andere nicht zu verletzen. Seit ihr klein wart, predigten wir euch, dass man andere Menschen so behandeln sollte, wie man selbst gerne behandelt werden möchte. Und ich denke nicht, dass du es toll gefunden hättest, wenn dir jemand solche Sachen gesagt hätte.«

»Deine Mutter hat recht. Es ist eine Sache, für jemanden nicht dasselbe zu empfinden. Aber eine ganz andere, aus Angst vor den eigenen Gefühlen jemanden absichtlich zu verletzen.«

»Das weiß ich mittlerweile selbst«, meinte ich und hätte mir am liebsten die Haare gerauft. »Ich weiß, dass ich ihn liebe, und ich würde es gerne mit ihm versuchen, aber die Einsicht kommt viel zu spät. Und so blöd, wie es klingt, aber als er vor zwei Wochen von einem Auto angefahren wurde, ist mir erst wirklich bewusst geworden, wie dringend ich wieder alles geradebiegen muss. Ich kann verstehen, dass er noch immer sauer und verletzt ist, aber ich hatte irgendwie auf ein anderes Ergebnis gehofft.«

»Und was hast du jetzt vor? In Bezug auf Oliver, meine ich«, wollte Mama wissen und ich schüttelte den Kopf.

»Ehrlich gesagt habe ich absolut keine Ahnung. Was soll ich denn noch tun? Ich war bei ihm und habe versucht mit ihm zu sprechen. Aber er will nur seine Ruhe vor mir haben. Vielleicht sollte ich ihm diesen Wunsch einfach erfüllen und mich wirklich in Zukunft von ihm fernhalten?«

»Sagtest du nicht, dass er ein gemeinsamer Freund von Felix und dir ist? Wie willst du das dann machen, wenn Felix euch zum Beispiel beide einlädt? Einfach nirgends mehr hingehen?«

Papa hatte recht und ich fühlte mich mal wieder wie ein Volltrottel. Seit wann waren alle so viel klüger als ich?

»Und was soll ich eurer Meinung nach tun?«

»Was hattest du vorhin erzählt? Er muss noch mal zur Reha?«, hakte Mama nach und ich nickte. »Warte, bis er von dort wieder daheim ist. Bis dahin dürfte es sicher auch bei ihm etwas ruhiger sein und es sind noch mal ein paar Wochen vergangen. Dann würde ich erneut das Gespräch suchen. Auch wenn es schwer ist, wirst du dich noch ein wenig in Geduld üben müssen. Aber versuch es noch einmal, wenn er dir wirklich so wichtig ist, wie du sagst.«

Ich ließ mir ihre Worte durch den Kopf gehen und befand, dass sie recht hatte. Außerdem fühlte ich mich unglaublich erleichtert, ihnen von Oliver erzählt zu haben. Ihre Reaktion darauf hatte mir eine riesige Last von den Schultern genommen. Meine Eltern waren einfach unbezahlbar. Nur machte mir mein Besuch bei ihnen eine Sache nur noch bewusster: Nämlich, was ich tatsächlich für ein Idiot Oliver gegenüber gewesen bin.

Ob ich je die Chance bekommen würde, ihm zu sagen, was ich fühle?

Kapitel 8

Oliver

Ich fühlte mich gut. Oder zumindest besser als in den letzten Monaten.

Unglaublich, wie erleichternd es sein konnte, wenn man eine weitere notwendige Operation hinter sich hatte. Natürlich musste ich in Zukunft weiterhin auf meine Bandscheibe aufpassen, aber damit konnte ich gut und gerne leben. Bücken und schweres Heben würde erst einmal nur schwer bis gar nicht gehen. Aber da ich wohl bis an mein Lebensende einen Gehstock brauchen würde, war schweres Heben sowieso hinfällig.

Die Hoffnung, irgendwann wieder ohne Gehhilfe laufen zu können, hatte mir mein Arzt schnell genommen. Mein Bein würde weitestgehend steif bleiben. Der Gehstock war somit der einzige Wermutstropfen an der ganzen Sache. So gut, wie ich mich fühlte, und so froh ich darüber war, keine Krücken mehr zu brauchen, hatte ich insgeheim doch mit mehr Erfolg gerechnet.

Aber da mein Bein nie wieder so belastbar sein würde wie vor den Unfällen und das starke Humpeln trotz Physiotherapie bleiben würde, musste ich mich mit meinem neuen Begleiter anfreunden. Ob ich nun wollte oder nicht.

Fünf Wochen war die Bandscheibenoperation jetzt her und seit zwei Wochen befand ich mich in der Rehaklinik. Mein Antrag war erstaunlich schnell genehmigt worden und fast sofort hatte ich einen Platz in derselben Klinik bekommen, in der ich vor zwei Jahren schon gewesen war. Und wo ich Felix kennengelernt hatte. Schon komisch, wieder hier zu sein. Ich hatte gehofft, nie wieder herkommen zu müssen. Nicht weil es mir nicht gefallen hatte, sondern weil ich gehofft hatte, dass ich wieder vollständig gesunden würde. Dass mich jedoch erneut ein Autounfall hierherbringen würde, damit hätte ich niemals gerechnet.

Im Gegensatz zu meinem letzten Aufenthalt hatte ich niemanden hier, mit dem ich wirklich warm wurde und mit dem ich mich unterhalten konnte oder wollte. Längeres Laufen war für mich noch mit teilweise starken Schmerzen im Rücken verbunden, was jedoch normal war. Zumindest war so die Aussage von Ärzten und dem Pflegepersonal in der Rehaklinik. Vor lauter Verzweiflung hatte ich mir von meinen Eltern ein Paket mit Büchern schicken lassen, damit ich mich ein wenig beschäftigen konnte, wenn ich gerade nicht mit meinem ziemlich straffen Programm beschäftigt war. Denn das Wetter ließ auch zu wünschen übrig. Statt Sonnenschein war es trüb und regnerisch. Passend zu meiner allgemeinen Stimmung.

Ich saß auf dem Bett in meinem kleinen Zimmer und sah zum Fenster hinaus. Die Regentropfen klopften leise und stetig ans Fenster und ließen mich schläfrig werden. Aber ich musste noch ein wenig durchhalten, denn in einer halben Stunde musste ich erst zum Arztgespräch und dann zur Massage. Die kam mir nach der Rückengymnastik mehr als recht. Den Vortrag über gesunde Ernährung würde ich jedoch schwänzen, denn ich würde mit aller Wahrscheinlichkeit mittendrin einschlafen und vom Stuhl fallen.

Ich war schon gespannt auf das Gespräch mit meinem Arzt. Einmal die Woche unterhielt ich mich mit ihm über meine Fortschritte und darüber, wie ich mich fühlte. Ob mir meine Anwendungen halfen oder ob ich etwas daran ändern wollte. Es war toll, so viel Mitspracherecht zu haben. Bei meinem letzten Aufenthalt war das noch ein wenig anders gewesen. So fühlte man sich als Patient wenigstens ernst genommen und auch wohl.

Die letzten Wochen hatte ich versucht, nicht an Elias zu denken. Auch nicht daran, was er mir bei seinem Besuch gesagt hatte. Egal wie sehr ich versuchte mich abzulenken, er stahl sich immer wieder in meine Gedanken.

Es tat ihm leid und er hatte Angst gehabt. Doch wovor sollte er Angst gehabt haben, wenn er doch nicht dasselbe für mich empfand wie ich für ihn? Diese kleine Stimme in meinem Hinterkopf, die mir sagen wollte, dass er mich auch lieben würde, ignorierte ich vehement. Es änderte jedoch nichts daran, dass ich immer an ihn denken musste, wenn ich nicht gerade mit meinen Anwendungen oder den Büchern abgelenkt war.

Tat es ihm wirklich leid? Jetzt, fünf Wochen später, hatte ich einen anderen Blick auf das, was er gesagt hatte. Elias hatte wirklich reumütig gewirkt und so, als läge es ihm am Herzen, dass ich ihm vergebe. Es war auch ehrlich gesagt nicht fair von mir gewesen, ihn im Hausflur stehen zu lassen. Von ihm zu verlangen, mir zwischen Tür und Angel zu sagen, was er bei mir wollte. Aber ich hatte ihn nicht in meine Wohlfühlzone lassen wollen. Was, wenn ich am Ende schwach geworden wäre und mich ihm wieder an den Hals geworfen, wenn ich nachgegeben hätte? Wahrscheinlich hätte ich mich komplett zum Deppen gemacht.

Ob Elias schon bemerkt hatte, dass ich ihn überall wieder entsperrt hatte? Wenn ja, dann nahm er es einfach hin und sah keine Notwendigkeit darin, mir zu schreiben. Wieso sollte er auch? Ich hatte ihm bei seinem Besuch zu verstehen gegeben, dass ich ihn nicht mehr sehen wollte. Sicherlich hielten Ben und Felix ihn auf dem Laufenden, was meinen Aufenthalt hier anging. Aber ich war ihnen nicht böse drum. Wenn Elias sich aufrichtig um mich sorgte, dann sollten sie ihn auf dem Laufenden halten. Auch wenn es mir noch immer schwerfiel zu glauben, dass er alles, was er zu mir gesagt hatte, nicht so gemeint hatte. Konnte Angst einen wirklich so weit treiben, Dinge zu tun, die man sonst nicht tat? Oder sagte? Die Frage konnte ich mir selbst nicht beantworten, da ich noch nie in so einer Situation gewesen war. Und ich war auch sehr froh darum.

Genervt rieb ich mir mit den Händen über das Gesicht und fuhr mir mit den Fingern durch die Haare. Ich ging mir selbst so auf die Nerven mit meinen Grübeleien, dass ich es kaum in Worte fassen konnte. Gott sei Dank hatte ich Daniel, der mir half, mich ein wenig abzulenken. Und dem ich die Ohren volljammern konnte, wenn es mir zu viel wurde. Auch mit Felix sprach ich langsam, aber sicher wieder über Elias, aber nicht so wie mit meinem besten Freund. Ich wollte einfach nicht, dass Felix sich zwischen den Stühlen fühlte und so ersparte ich es ihm, überhaupt erst in so eine Situation zu kommen.

Mein Handywecker meldete sich und erinnerte mich daran, dass ich mich langsam auf den Weg zu meinem Arztgespräch machen musste. Mühsam erhob ich mich vom Bett, nahm meinen neuen Freund, den Gehstock, und machte mich humpelnd auf den Weg.

***

»Herr Fischer, setzen Sie sich.«

Dr. Lösch reichte mir die Hand und deutete mit der anderen auf den Stuhl neben seinem Schreibtisch. Ich setzte mich und lehnte meinen Gehstock an den leeren Stuhl neben mir.

»Wie fühlen Sie sich?«

»Ganz gut, denke ich. Die Schmerzen sind nicht mehr ganz so schlimm, wenn ich mal etwas länger laufe, und die Gymnastik, aber auch die Massagen tun verdammt gut.«

»Sehr schön.« Er nickte und tippte etwas in den Computer ein. »Hatten Sie noch mal ein Taubheitsgefühl im Bein? Oder Schmerzen?«

»Nein, nichts mehr. Die Schmerzen beschränken sich tatsächlich auf den unteren Rücken. Durch das Humpeln laufe ich nur etwas verkrampft, weshalb ich manchmal noch leichte Krämpfe im Oberschenkel habe. Aber es ist kein Vergleich mehr zu vorher. Es ist auszuhalten.«

»Das ist sehr gut. Dann scheint nicht nur die Operation geglückt zu sein, sondern auch die Therapie anzuschlagen. Ich werde schauen, dass ich Ihnen noch einen Platz zur Massage zuweisen kann.« Erneut tippte er auf der Tastatur herum. »Haben Sie noch Fragen, Herr Fischer?«

»Nein, keine.«

»Sollte irgendwas sein, können Sie jederzeit zu mir kommen. Ansonsten hoffe ich, dass ich Sie erst nächste Woche zu unserem Gespräch wiedersehe.«

Erneut reichte ich Dr. Lösch die Hand und stand auf. Das Gespräch war, im Gegensatz zum Erstgespräch, ein Quickie gewesen. Aber was sollte man auch großartig zu besprechen haben, wenn sich nichts änderte? Dass ich jedoch mehr Massagen bekommen sollte, gefiel mir, denn sie taten mir unglaublich gut. Die Physiotherapeutin, die die Massagen durchführte, kümmerte sich auch immer um mein verkrampftes Bein und ich war mir ziemlich sicher, dass sie Zauberhände haben musste. Jede noch so kleine Verspannung löste sich unter ihren fähigen Händen in Luft auf.

Auf dem Weg zu meinem Zimmer grüßte ich den ein oder anderen Patienten mit einem Kopfnicken. Ich wollte nur meine Tasche holen und dann zur Massage und danach ins Schwimmbecken gehen. Mich ein wenig treiben lassen, bevor die Aquagymnastik losging. Im Bad über der Heizung hing meine Badehose, die mittlerweile trocken war. Ich packte sie zusammen mit einem frischen Handtuch und frischer Unterwäsche in meine Tasche und warf noch mal einen flüchtigen Blick auf mein Smartphone. Seit heute Morgen geisterte ständig der Gedanke in meinem Kopf herum, mich bei Elias zu melden. Doch ich haderte mit mir, weil ich nicht wusste, wie ich damit klarkommen würde, mit ihm zu schreiben. Falls er überhaupt antworten würde. Und doch ... bevor ich darüber nachdenken konnte, entsperrte ich das Smartphone und ging in den Messenger.

Oliver: »Hey Elias, ich weiß, du hast sicher nicht damit gerechnet, dass ich mich überhaupt bei dir melde. Vielleicht liegt es an der Reha und dass es mir langsam besser geht, dass es mich ein wenig milde stimmt. Es kann auch daran liegen, dass mittlerweile ein wenig Zeit vergangen ist und wir Abstand und ich somit Zeit zum Nachdenken hatte. Aber deshalb schreibe ich dir eigentlich nicht. Sondern ... wir wissen beide, dass was du gesagt hast, wohl ewig zwi-

schen uns stehen wird. Keiner von uns kann es ungeschehen machen. Doch ich will versuchen, so etwas wie eine Freundschaft mit dir zu haben. Was ich sagen will, ist, dass ich deine Entschuldigung annehme, sofern du noch daran interessiert bist. Vielleicht sehen wir uns ja, wenn meine Reha fertig ist und ich reisefähig bin :-) Und du brauchst auch keine Angst haben, dass ich dir noch mal zu nahe komme. An meiner Liebe zu dir hat sich jedoch rein gar nichts verändert, auch wenn ich manchmal noch immer an deinen Worten zu knabbern habe. Aber ich habe verstanden, dass das mit uns einfach keine Zukunft hat. Also ... bis dann. Gruß, Oli.«

Ich las mir die Nachricht noch einmal durch und schickte sie dann ab, bevor ich es mir noch einmal anders überlegen konnte. Vor ein paar Wochen hatte ich schon einmal eine Nachricht an Elias getippt, jedoch alles gelöscht, bevor ich es hatte abschicken können. Vielleicht war damals noch nicht der richtige Zeitpunkt gewesen, um mich bei ihm zu melden.

Mein Herz klopfte wie verrückt. Ob er mir antworten würde? Einerseits hoffte ich es, andererseits hatte ich jedoch Angst, dass ich mir wieder anfing Hoffnungen zu machen, sobald unser Verhältnis sich normalisierte. Und das, obwohl ich wusste, dass Elias nichts für mich empfand außer vielleicht ein wenig Freundschaft.

Aber wenn man verliebt war, dachte man nicht mehr rational. Genauso musste es wohl sein, wenn man Angst vor etwas hatte. Das logische Denken setzte aus und man reagierte nur noch. Vielleicht, ja vielleicht, konnten Elias und ich noch mal als Freunde neu starten.

Oliver

Daniel.

Wenn ich diesen Namen noch einmal in Bezug auf Oliver hören würde, müsste ich kotzen. Wer war dieser Daniel überhaupt und woher kannten Felix und Ben ihn? Konnten sie nicht mal damit aufhören, ihn zu erwähnen, wenn sie von ihrem Besuch bei Oliver erzählten? Ich musste mich wirklich zusammenreißen, um nicht einfach irgendwem den Hals umzudrehen. Dieses ekelhaft beißende, stechende Gefühl in meiner Brust war mir nur allzu bekannt. Ich war eifersüchtig.

Eifersüchtig darauf, dass Oliver mich vielleicht doch überwunden und einen Neuen hatte. Darauf, dass er jemanden gefunden hatte, der nicht so ein Schisser war wie ich. Der von Anfang an zu ihm stand und es nicht für nötig hielt, den Schwanz einzuziehen. Oder ihn zu beleidigen. Daniel. Das hätte mir Oliver ruhig selbst sagen können, als ich bei ihm war. Oder hatte er es nicht für nötig gehalten?

Aber das ausgerechnet Felix als mein bester Freund so wenig Rücksicht darauf nahm, wie ich mich bei den ganzen Erzählungen fühlte, tat weh. Er müsste doch wissen, wie es mir damit ging, von Daniel zu hören. Gott, wie ich diesen Namen jetzt schon hasste! Wer hieß heutzutage überhaupt schon Daniel? Außer meinem Schwager natürlich. Aber der zählte nicht.

Doch wenn es tatsächlich sein Neuer war, oder zumindest jemand, mit dem Oliver gerade am Anbandeln war, wieso dann hatte er mir gestern diese Nachricht geschrieben? War Daniel nur ein Lückenbüßer? Irgendwie wünschte ich mir das, auch wenn es nicht gerade fair war. Aber verdammt noch mal, es war nun einmal so. Genauso wie, dass ich nach der Reha noch einmal mit Oliver reden würde, sofern er das denn überhaupt wollte. Ich musste ihm endlich sagen, wie ich fühlte. Und konnte nur hoffen, dass er mich ernst nahm und nicht dachte, ich wolle ihn verarschen. Sollte er bereit sein, noch einmal mit mir zu reden, würde ich meine Chance nutzen.

»Elias?«

»Was?« Die Frage klang schärfer als beabsichtigt und Felix wich ein Stück zurück.

»Bitte, friss mich nicht gleich!«, verlangte er, die Hände beschwichtigend erhoben. Amüsiert zuckte es um seine Lippen, doch seine Belustigung wich schnell und er sah mich besorgt an. »Ist alles in Ordnung?«

Irrational kochte Wut in mir hoch, ließ mich aus dem Sessel hochspringen und die Fäuste ballen. Nur nebenbei bemerkte ich, dass Ben nicht mehr neben seinem Mann saß.

»Nichts ist in Ordnung!«, rief ich anklagend. »Du weißt ganz genau, dass ich Oliver liebe und erzählst mir hier die ganze Zeit etwas von diesem Daniel! Du bist mein bester Freund! Da hätte ich ganz anderes erwartet! Aber nein, du ziehst es vor, mir in den Rücken zu fallen und mein Herz genüsslich in kleine Stücke zu reißen! Muss unglaublichen Spaß machen, mich so leiden zu sehen!«

»Dani –«

»Ich will diesen verdammten Namen nicht mehr hören«, unterbrach ich Felix fuchsteufelswild und stürmte zur Haustür. Sein Rufen ignorierte ich. Mir egal, was er wollte. Sollte er es der Hauswand erzählen, aber nicht mir.

Ich hatte genug. Musste dringend hier raus und irgendwo Dampf ablassen. Die Autotür schlug ich mit einem lauten Knall zu, startete den Motor und fuhr mit quietschenden Reifen los. Ich erkannte mich selbst kaum wieder. Natürlich war ich schon einmal eifersüchtig gewesen, aber nicht in so einem Ausmaß. Meine Güte, ich zitterte sogar leicht. Dampf abzulassen war vielleicht keine so schlechte Idee.

Mein Weg führte mich in einen der Clubs, die ich regelmäßig besuchte. Alkohol war nicht mein Ziel, würde im Zweifel aber auch helfen. Eher wollte ich irgendwen aufreißen und mir die Nacht mit belanglosem Sex um die Ohren schlagen. Das würde mich hoffentlich von Oliver ablenken. Wenn er jemand anderen ficken konnte, dann ich ja wohl erst recht!

Für einen Freitagabend war verdammt wenig los. Ich bekam nicht nur problemlos einen Parkplatz, sondern kam auch erstaunlich schnell rein. Die Musik dröhnte in meinen Ohren, sobald ich am Türsteher vorbei war. Der Boden vibrierte unter meinen Füßen und der Bass ging gefühlt durch meinen ganzen Körper. Doch es fühlte sich nicht so großartig an wie sonst, wenn ich herkam. Bestimmt würde sich das gleich wieder legen, sobald ich jemanden gefunden hatte, der für einen One-Night-Stand offen war.

Ich beobachtete die Männer und Frauen auf der Tanzfläche. Manche Frauen rieben sich lasziv an den Objekten ihrer Begierde. Geizten nicht mit ihren Reizen und fummelten teilweise ungehemmt auf der Tanzfläche herum. Nach fünf Minuten verschwanden schon zwei Händchen haltend auf der Toilette und jeder, der sah, wie sie gemeinsam verschwanden, konnte sich denken, was gleich passieren würde. Quickies auf dem Klo hatte ich auch schon gehabt, aber sie waren nicht unbedingt so erfüllend, wie viele sich das vorstellten. Es stank oft nach Urin und öfter, als man wollte, passierte es, dass sich in der Kabine nebenan jemand lautstark auskotzte. Da konnte einem schnell die Lust vergehen. Mir ging es zumindest so. Das war auch der Grund, wieso ich lieber zu mir nach Hause ging. Oder zu meiner Eroberung. Hauptsache, nicht auf einer Clubtoilette.

»Hey, bist du allein hier?«

Ich drehte mich zu der Stimme hinter mir und lächelte breit. Die Frau, die vor mir stand, sah mich abwartend an.

»Ja, und du?«

»Meine Freundin ist gerade mit jemandem beschäftigt. Du hast sie vielleicht gesehen.«

»Du meinst die, die eben auf dem Klo verschwunden sind? Ja, die habe ich gesehen.«

»Ich bin Theresa.« Sie reichte mir ihre Hand und ich ergriff sie. Ließ meinen Blick über ihre Erscheinung gleiten. Schulterlange, braune Haare umrahmten in leichten Wellen ihr Gesicht. Sie war kräftig und vor allem nicht so billig aufreizend gekleidet wie ein Großteil der Frauen hier drin. Alles in allem gefiel sie mir auf den ersten Blick sehr gut.

»Elias.«

»Also, Elias, bist du hier, um jemanden aufzureißen oder nur, um zu gucken?«

»Wenn ich ehrlich bin, um jemanden aufzureißen. Aber nicht für 'ne schnelle Nummer auf dem Klo.«

Theresa musterte mich kurz, trat dann auf mich zu, legte mir eine Hand in den Nacken und zog mich ein Stück zu sich herunter. Ihre Lippen trafen meine zu einem leidenschaftlichen Kuss. Ich legte meine Hände auf ihre Taille und presste sie an mich. Genau das, was ich gesucht hatte. Was ich jetzt am meisten brauchte. Zumindest redete ich mir das erfolgreich ein.

»Ich hole meine Tasche und dann können wir los.«

Perfekt.

***

»Wow. Einfach wow.«

Da konnte ich Theresa nur zustimmen. Wow traf es noch immer am besten.

»Danke.« Keuchend lag ich neben ihr und spürte nicht die geringste Lust, mich zu bewegen.

»Ich laufe dank dir sicher nachher wie ein Cowboy. Fünfmal in einer Nacht hat auch noch keiner geschafft.«

»Jetzt übertreib aber mal nicht.« Sie musste ja nicht wissen, dass ich Probleme gehabt hatte, meine Erektion überhaupt zu halten. Erst als ich meine Gedanken zu Oliver hatte schweifen lassen, hatte es funktioniert. Und das hatte ich mir zunutze gemacht. Doch um welchen Preis?

»Sag bloß, du hörst so was nicht gerne?« Theresa stützte sich auf einen Ellbogen und sah mich an.

»Es ist nichts, womit ich jetzt hausieren gehen würde.«

»Du bist merkwürdig.«

»Danke«, gab ich zurück. »Das nehme ich als Kompliment.«

Die Bettdecke raschelte und dann hörte ich schon ihre nackten Füße auf dem Laminat. Ich wollte einfach liegen bleiben und mich nicht mehr bewegen. Dass sie überhaupt in der Lage war, sich schon in irgendeiner Art und Weise fortzubewegen, wunderte mich.

»Kann ich deine Dusche benutzen? Ich muss gleich los.«

»Das Bad ist gegenüber und im Schrank sind Handtücher. Fühl dich frei und bedien dich.«

»Danke.«

Als ich das Wasser rauschen hörte, drehte ich mich auf die Seite und griff nach meinem Handy. Es hatte in den letzten Stunden ein paar Mal vibriert und langsam war ich neugierig, wer die Zeit hatte, mir teilweise mitten in der Nacht zu schreiben.

Schlechter Einfluss: »*Hast du dich mittlerweile abgeregt? Wenn ja, kannst du dich ja mal melden.*«
Schlechter Einfluss: »*Also entweder bist du richtig wütend oder du hast dir den Frust von der Seele gevögelt. Ich tippe auf Letzteres. Wie dem auch sei, ich hätte dir da noch was zu sagen. Schreib mir einfach.*«
Schlechter Einfluss: »*Gut, dann schreib ich dir eben. Daniel ist nicht Olivers neuer Freund. Dazu hängt er noch zu sehr an dir, glaub mir. Daniel ist schlichtweg sein bester Freund. Die beiden haben sich ausgesprochen und arbeiten an ihrer Freundschaft. Das hätte ich dir alles sagen können, wenn du nicht so ausgeflippt und abgehauen wärst.*«
Schlechter Einfluss: »*Aber dass du so eifersüchtig bist, hätte ich auch nicht gedacht. Du solltest dringend noch einmal mit Oliver reden, statt wieder mit der wilden Vögelei anzufangen.*«

Die Nachrichten waren teilweise von heute Nacht. Die letzte war von vor zehn Minuten. Verdammt, wieso hatte ich Felix nicht ausreden lassen können? Doch was sollte es an den Gegebenheiten ändern? Früher oder später hätte ich sowieso wieder mal jemanden mit nach Hause genommen. Mein Eifersuchtsanfall von vorhin hatte es schlichtweg nur beschleunigt.

Elias: »Schon gut. Ich hab auch etwas übertrieben.«

Kaum legte ich das Smartphone beiseite, vibrierte es auch schon wieder. War Felix wegen mir etwa die halbe Nacht wach geblieben? Direkt bekam ich ein schlechtes Gewissen, weil ich mich so idiotisch benommen hatte. In letzter Zeit schien ich nichts mehr richtig machen zu können.

Schlechter Einfluss: »Du liebst ihn, er liebt dich. Wieso noch mal könnt ihr nicht miteinander reden und es versuchen?«
Elias: »Das weißt du genau. Er sagt zwar, er nimmt meine Entschuldigung an, aber das hat nicht zu heißen, dass er mir je vergeben kann. Gefühle hin oder her.«
Schlechter Einfluss: »Ich wiederhole mich nur ungern, aber ich sage es dir noch mal. Liebe kann viel verzeihen, wenn beide bereit dazu sind, an der Beziehung zu arbeiten. Du hast das beste Beispiel doch direkt griffbereit und oft genug vor der Nase sitzen.«
Elias: »Das heißt nicht, dass es bei Oliver und mir genauso laufen wird.«
Schlechter Einfluss: »Okay, vielleicht muss ich deutlicher werden. Du hurst durch die Gegend, um dich von deinen Problemen und deinen Gefühlen abzulenken, anstatt um Oli zu kämpfen und ihm zu zeigen, dass du ihn liebst! Herrgott, Elias, wie dämlich kann man eigentlich sein? Und komm

mir jetzt nicht wieder mit Fenja. Das ist so lange her und hat absolut nichts mit Oliver zu tun. Du bist einfach nur zu feige, um zu dem zu stehen, was du bist und wen du liebst. Ich gebe dir einen guten Tipp: Hör mit dem Herumficken auf und sieh zu, dass du mit Oliver redest und dein Leben auf die Reihe bekommst! Oder mach weiter wie bisher, aber dann lass Oli in Ruhe und sieh dabei zu, wie er irgendwann mit einem anderen glücklich wird. Es ist deine Entscheidung. Aber hör mit dem Theater auf, dass du die ganze Zeit aufführst.«

Ich ließ seine letzte Nachricht unkommentiert, schaltete den Messenger aus.

Was Oliver wohl gerade tat? Es war kurz vor sechs Uhr und ich wusste noch von Felix, wie früh er in der Reha immer aufstehen musste, um seinen Zeitplan einzuhalten. Ob es Oliver auch so ging? War er womöglich schon wach? Verdammt, ich wollte doch nicht mehr an ihn denken. Doch scheinbar war er zu tief in meinen Gedanken verankert, als dass ich ihn und das, was wir gehabt hatten, einfach vergessen könnte. Hatte Felix recht? War ich ein Feigling? Ich kräuselte die Stirn und musste meinem besten Freund recht geben. Immer wieder stürzte ich mich in diese belanglosen Sexabenteuer. Wie ein triebgesteuerter Teenager. Anstatt die Arschbacken zusammenzukneifen und endlich mit Oliver Nägel mit Köpfen zu machen.

Nackt und noch nass öffnete Theresa die Badezimmertür und lief mit einem süffisanten Grinsen an mir vorbei.

»Verdammt, kannst du dir kein Handtuch nehmen?«, motzte ich sie an und betrachtete meinen nassen Fußboden. Beleidigt verschwand sie im Schlafzimmer.

Ich huschte schnell in das noch neblige Bad. Dass Frauen immer so heiß duschen mussten, dass sich so ein kleines Zimmer ruck-zuck in eine Sauna verwandelte. Nachdem ich das Dringendste erledigt hatte, befeuchtete ich mir das Gesicht mit kaltem Wasser. Es half nur bedingt, meine ohnehin müden Lebensgeister ein wenig wach zu halten. Ich würde den freien Tag wohl damit verbringen, zu schlafen. Viel zu schlafen.

»Ich hau ab.« Theresa stand im Flur, ihre Haare noch etwas feucht von der Dusche. In ihrer Hand hielt sie einen Zettel, welchen sie mir in die Hand drückte, bevor sie ging. »Falls du das noch mal wiederholen möchtest. Ich würde mich freuen.«

»Ja, vielleicht«, antwortete ich nur und betrachtete den Zettel in meiner Hand. Sie hatte mir ihre Nummer aufgeschrieben.

Eventuell würde ich meine eigenen Regeln brechen und ihre Nummer tatsächlich behalten. Doch noch während ich darüber nachdachte, die Nummer zu behalten, kamen mir die Worte von Felix wieder in den Kopf. Kurzerhand zerknüllte ich den Zettel und warf ihn in den Müll.

***

»Was?«, brummelte ich in mein Smartphone, das einfach nicht aufhören wollte wie wild auf meinem Nachttisch zu vibrieren.

»Sag bloß, ich hab dich geweckt?«

Felix klang amüsiert. Was wollte der denn so früh von mir?

»Wie spät ist es?« Ich gähnte und kratzte mich im Schritt.

»Nach 18 Uhr. Ben und ich wollten dich fragen, ob du mit zum Chinesen kommen willst. Zum Frühstück.«

Schon so spät?

»Wann wollt ihr denn los? Ich muss noch duschen.«

»Na ja, da ich Ben seit einer Stunde in den Ohren liege, dass ich Hunger habe, am liebsten sofort. Wir können dich ja unterwegs einsammeln.«

»Na gut. Bis gleich.«

Ich legte auf und gönnte mir den Luxus, noch ein paar Minuten liegen zu bleiben, bevor ich unter die Dusche sprang und die Spuren der letzten Nacht beseitigte. Wenn ich an die vergangenen Stunden dachte, bekam ich irgendwie ein schlechtes Gewissen. Doch wieso? Oliver und ich waren kein Paar. Wir waren uns keinerlei Rechenschaft schuldig. *Und wieso drehst du dann durch, wenn du nur den Namen Daniel hörst?* Weil ich wollte, dass wir ein Paar waren, so einfach war das.

Doch Oli hatte mir doch geschrieben, dass er mir nicht mehr zu nahe kommen würde. Das machte mich traurig. Und wieso fühlte es sich so an, als hätte ich ihn betrogen, obwohl ich nichts Falsches getan hatte?

Weil du ihn liebst.

Wenn das die Antwort auf meine Frage war, dann konnte ich nur hoffen, dass Oliver bereit war, mir zuzuhören, und mir glaubte, wenn ich ihm gestand, wie es um meine Gefühle stand. Dann würde ich nämlich endlich all das mit ihm machen können, was man als Paar eben so machte. Im Prinzip wollte ich das, was Ben und Felix miteinander hatten. Nur vielleicht ohne die gemeinsame Therapie.

Oli fehlte mir und das wurde mir mit jedem Tag mehr bewusst. Ich hatte Angst, dass er sich in einen anderen verliebte und ich meine Chance verstreichen ließ. Sofern ich noch eine bei ihm hatte. Ich wollte nachts zusammen mit ihm einschlafen und morgens gemeinsam mit ihm aufwachen. Am liebsten hätte ich ihn immer an meiner Seite. Aber ich machte mir alles selbst kaputt, indem ich mich in ein Abenteuer nach dem anderen stürzte. Ich musste dringend etwas ändern, das war mir klar.

Als es klingelte, steckte ich gerade mit einem Bein in meiner Jeans. Ich hüpfte zur Wohnungstür und öffnete sie einen Spalt, während ich mich fertig anzog. Nur noch Pullover und Schuhe und ich war so weit.

»Hallo?«, hörte ich Bens Stimme.

»Schlafzimmer!«

»Super, du bist fast fertig.« Diesmal war es Felix. Er stand in der Tür zum Schlafzimmer und betrachtete das Chaos, das noch immer dort herrschte. »Wilde Nacht gehabt?«

»Frag nicht. Ich würde immer noch schlafen, wenn du nicht angerufen hättest. Sorry übrigens noch mal wegen gestern. Meine Reaktion war vielleicht ein bisschen übertrieben.«

»Alles gut. Auch wenn es mich gewundert hat, weil du sonst nicht zu so heftigen Reaktionen neigst.«

»Na ja ...« Ich zuckte die Schultern und ging an Felix vorbei in den Flur, um in meine Schuhe zu schlüpfen. »Wo ist dein Mann? Er war doch gerade noch hier.«

»Wahrscheinlich schon wieder draußen, eine rauchen«, antwortete Felix und folgte mir. »Und ich hab langsam einen Bärenhunger.«

»Ist ja gut, wir können los«, meinte ich lachend und schnappte mir noch meine Wohnungsschlüssel.

***

Noch immer saßen wir im Restaurant. Ich fühlte mich, als würde ich gleich platzen, aber das war es mir wert gewesen. Soeben hatten wir noch eine Runde Wein bestellt – mein viertes Glas für heute – und so langsam merkte ich seine Wirkung.

»Elias«, wandte sich Felix mir zu, als Ben nach draußen ging, um eine zu rauchen. »Wenn dir das mit Oli so nahegeht, versteh ich nicht, wieso du immer und immer wieder mit anderen vögeln musst. Tut es dir wirklich so gut, wie du immer behauptest?«

Eine Zeit lang sah ich ihm nur ins Gesicht. Der zweifelnde Blick meines Freundes sagte mir, dass er es mir sowieso nicht abkaufen würde, wenn ich es bejahen würde. Für was also ihm etwas vormachen? »Wenn ich ehrlich bin, nein. Schon lange vor meinem Streit mit Oli war es irgendwie nicht mehr dasselbe. Es fehlte der Kick des Abenteuers, des Neuen. Der Sex bekam langsam einen schalen Beigeschmack, doch ich habe es ignoriert. Ich dachte, ich brauche das einfach«, gestand ich. »Aber heute Nacht hatte ich sogar irgendwie ein schlechtes Gewissen. Ich fühle mich wirklich elend und das, obwohl ich doch eigentlich nichts falsch gemacht habe. Und trotzdem fühlt es sich an, als würde ich Oliver betrügen. Aber es hilft mir, mich abzulenken und ein paar Stunden nicht nachzudenken. Nicht an ihn zu denken. Wobei das so auch nicht stimmt. Ich denke sogar an ihn, wenn ich mit anderen schlafe, damit sich bei mir in den unteren Regionen überhaupt etwas regt.« Beschämt sah ich in mein Weinglas und drehte es zwischen den Fingern.

»Dabei will ich eigentlich niemand anderen mehr als Oliver. Deine letzte Nachricht heute Nacht hat mich nachdenken lassen.«

»Meinst du wirklich, dass das der richtige Weg ist? Ich weiß, wie es ist, wenn man nicht mehr nachdenken und einfach mal alles vergessen will, so ist es nicht. Aber Sex ist nicht die ultimative Lösung für alles. Das musst du langsam verstehen und auch danach handeln.«

»Keine Ahnung, Felix«, gab ich zu. »Ich weiß momentan einfach nicht, was richtig und was falsch ist. Doch, eigentlich weiß ich es schon. Aber ich habe Angst, dass mich Oliver endgültig von sich stößt.«

»Du bist alt genug, um zu wissen, was du tust, Elias. Aber vielleicht solltest du, statt nur rumzuvögeln, auch mal überlegen, was du wegen Oliver tun willst. Und zwar konkret überlegen und dir eventuell einen Plan zurechtlegen. Ben und ich helfen dir gern und das weißt du. Nur solltest du bedenken, wie weh du ihm mit deinem Rumgevögel tust. Es erwähnt zwar niemand, aber er ist nicht dumm. Er kann sich denken, dass du noch immer alles flachlegst, was bei drei nicht auf dem Baum ist. Und so wirst du ihn am Ende schneller verlieren, als dir lieb ist.«

»Ich weiß, aber … ich hab einfach Angst, es wieder zu verkacken und vor Oliver wie ein Idiot dazustehen. Außerdem … was, wenn er mir nicht glaubt? Wenn er denkt, ich will ihn nur verarschen?«

»Ich glaube, das ist ein Risiko, das du eingehen musst. Oder willst du zusehen, wie er vor dir mit einem anderen herumturtelt und dir Vorwürfe machen? Dich fragen, was wäre wenn?«

Nein, das wollte ich ganz sicher nicht. Allein die Vorstellung, wie Oliver in den Armen eines anderen Mannes lag, rief wieder diese schlimme, alles zerfressende Eifersucht auf den Plan. Ob es ihm genauso ging, wenn er an mich dachte? Irgendwie hoffte ich es, denn das würde heißen, dass auf jeden Fall noch eine kleine Chance für uns bestand.

Und wenn dem so war, würde ich es diesmal nicht verbocken. Das schwor ich mir.

Oliver

»Oh mein Gott. Kaum zu glauben, dass ich endlich nach Hause darf.«

Ich stellte meine Taschen im Kofferraum ab und ließ noch ein letztes Mal meinen Blick über das Rehagelände schweifen. Hoffentlich war ich dieses Mal wirklich zum letzten Mal hier gewesen. Die letzten drei Monate waren zwar nicht schlimm, aber es gab definitiv Schöneres, als eine Rehaklinik zu besuchen. Mit einem Lächeln auf den Lippen ließ ich mich auf dem Beifahrersitz nieder und nahm den Gehstock zwischen die Beine.

»Ich hoffe, es macht dir nichts aus, dass ich dich abhole.«

Daniel startete den Motor und ich schnallte mich an.

»Hauptsache, mich holt überhaupt jemand ab. Ich freu mich schon auf zu Hause.«

»Das glaube ich dir.«

Daniel lenkte den Wagen aus der Parklücke und wenig später befanden wir uns auf der Autobahn in Richtung Heimat.

»Hast du Lust, heute Abend Pizza zu bestellen und einen Film zu gucken?«

Ich überlegte kurz und bestätigte mein Nicken mit einem »Ja«. Ein gemeinsamer Abend mit meinem besten Freund war bitter nötig. Aber der Aufenthalt in der Klinik hatte sich gelohnt, denn ich fühlte mich viel besser als vorher. Und wenn ich mich an meinen Trainingsplan hielt und regelmäßig zur Massage sowie zur Physiotherapie ging, würde es weiterhin bergauf gehen. Das waren Aussichten, mit denen ich mehr als gut leben konnte.

»Hast du was von Elias gehört?«, wollte Daniel schließlich wissen, als wir schon die ersten Kilometer auf der Autobahn hinter uns gebracht hatten.

Ich schnaubte. War ja klar, dass Daniel auf ihn zu sprechen kam. »Nein. Und ich bereue es irgendwie, ihm geschrieben zu haben. Es scheint ihm egal zu sein, jetzt, wo ich ihm verziehen habe. Aber na ja, daran werde ich mich bestimmt gewöhnen müssen. Vielleicht ist es ganz gut so.«

»Das glaube ich nicht«, widersprach Daniel und warf mir einen kurzen Blick zu.

»Und wieso?«

»Weil ich trotz allem glaube, dass ihr zusammengehört.«

»Deinen Optimismus hätte ich gerne«, meinte ich und sah aus dem Fenster. Früher war ich auch einmal so optimistisch gewesen. Ob ich irgendwann wieder ganz der Alte sein würde? »Mit jedem Tag, der vergeht, bin ich mir sicherer, dass das mit uns nichts werden kann. Weder mit einer Beziehung noch einer Freundschaft. Vielleicht ist einfach zu viel passiert. Ich hätte einfach meine Klappe halten sollen.«

»Und dann?«

»Was und dann? Nichts. Das ist es ja. Dann hätte ich all den Ärger nicht gehabt. Elias und ich …« Ich beendete den Satz nicht, da ich ehrlich gesagt nicht wusste, wie er enden sollte.

»Ihr würdet immer noch heimlich miteinander vögeln. Du würdest ihn anhimmeln und immer weiter hoffen, dass es doch noch was Festes wird. Ich weiß, wie sehr du seine Nähe genießen würdest und die Stunden, die ihr allein miteinander auskosten könntet. Aber vor allem weiß ich, dass du daran kaputtgegangen wärst. Eine heimliche Beziehung ist auf Dauer einfach nicht gesund.«

»Das weiß ich doch selbst. Aber ich vermisse ihn trotzdem.« Mein Geständnis war mir nur leise über die Lippen gekommen und fast schon hoffte ich, dass das Radio es übertönt hatte. Aber so viel Glück war mir nicht hold.

»Hast du überlegt, ihm noch einmal zu schreiben und ihm das zu sagen?«

Ich sah Daniel an und fragte mich, was mit meinem besten Freund eigentlich nicht stimmte. Kiffte er seit Neuestem? »Falls du dich erinnerst, habe ich ihm vor zehn Wochen geschrieben. Er weiß, wie es um meine Gefühle steht. Ich mach mich doch nicht zum Affen und schreibe ihm wie eine verzweifelte Jungfer. Ein bisschen Stolz habe ich auch noch.«

»Und was, wenn er auch zu stolz ist? Oder wenn er schlichtweg nicht weiß, wie er das Eis zwischen euch wieder brechen soll?«

Ich verschränkte die Arme vor der Brust und sah aus dem Fenster. Beobachtete die vorbeiziehende Einöde. Daniels Worte gingen mir nicht aus dem Kopf, auch wenn ich versuchte, sie zu ignorieren. Was, wenn er recht hatte und Elias darauf wartete, dass ich noch einen Schritt auf ihn zuging?

Wenn er Angst hatte, mich vielleicht noch einmal zu verletzen? War das möglich? Sollte ich auf Daniel hören und über meinen Schatten springen? Meinen Stolz herunterschlucken und Elias schreiben?

»Ich weiß nicht, ob ich einfach wieder bei Null anfangen kann. Es ist so viel passiert und gesagt worden. Ja, ich bin bereit, ihm zu vergeben, aber ob ich es jemals vergessen kann, weiß ich nicht. Und ob für mich nach allem eine Freundschaft mit Elias funktioniert? Keine Ahnung. Ich werde ja schon eifersüchtig, wenn ich nur daran denke, dass er weiterhin seinen Abenteuern frönt. Nehmen wir mal an, das mit uns hätte geklappt. Ich weiß nicht, ob ich ruhigen Gewissens hier sitzen könnte, ohne Angst zu haben, dass er vielleicht mit jemand anderem ins Bett geht. Ist es wirklich so absurd, sich eine Beziehung mit mir vorzustellen?«

Auf meine Frage erhielt ich keine Antwort und ich erwartete auch ehrlich gesagt keine. Es tat einfach nur gut, alles auszusprechen, was mir im Kopf herumging.

»Bei null anfangen ... ich glaube nicht, dass das funktioniert«, meinte Daniel schließlich und ich konnte dem nur zustimmen. »Aber warum machst du dir so viele Gedanken um ungelegte Eier? Ich meine, du wirst es so oder so auf dich zukommen lassen müssen. Wer weiß, wie es ist, wenn ihr das erste Mal aufeinandertrefft. Du wirst ihm nicht bis an dein Lebensende aus dem Weg gehen können.«

»Nehmen wir mal an, ich schreibe ihm. Ich schiebe meinen Stolz beiseite und mache einen Schritt auf Elias zu. Was zur Hölle mach ich denn, wenn er mir nicht antwortet?«

»Ganz ehrlich? Wenn er dir nicht antwortet, dann ist er ein Idiot und hat dich nicht verdient. Ich meine, er kommt extra zu dir, entschuldigt sich und dann ignoriert er dich?

Das würde gar keinen Sinn machen. Aber sollte es wirklich so sein, dann weißt du, was du davon zu halten hast und dass du ihn lieber abschreiben solltest.«

»Das sagst du so einfach. Ich versuche schon seit unserem Streit, ihn mir aus dem Kopf zu schlagen.« Seufzend rieb ich mir über die Stirn. Langsam bekam ich Kopfschmerzen.

»Ich weiß, dass es nicht einfach ist. Kurz bevor ich dir wieder über den Weg gelaufen bin, habe ich mich von Vanessa getrennt. Und seitdem versuche ich auch irgendwie, sie abzuschreiben und sie zu vergessen.«

»Was? Aber -« Ich stockte. Ich Idiot! Das erklärte auch, wieso Daniel so viel Zeit hatte und fast jede freie Minute mit mir verbrachte. Ich hatte aber nicht eine Sekunde daran gedacht, ihn mal nach Vanessa zu fragen. Immerhin kannte ich sie. Ich war wirklich ein miserabler Freund. »Wieso hast du denn nichts gesagt? Wir hätten uns beide mit unserem Kummer die Ohren vollheulen können.«

»Du weißt doch, ich bin nicht unbedingt der, der über sein Leben jammert.« Daniel zuckte die Schultern und nahm die nächste Abfahrt. Gleich war ich daheim.

»Schon, aber Daniel, ich weiß noch, dass ihr über Hochzeit und all das gesprochen habt. Es ist ja nicht so, als wärt ihr nur ein paar Monate zusammen gewesen.«

Er winkte ab und schüttelte den Kopf. »Scheinbar war es für sie schon länger vorbei. Zumindest würde das erklären, wieso sie sich bei Tinder und all solchen Seiten angemeldet hat. Na ja. Es wird besser. Bei uns ist da nichts mehr zu machen. Aber bei dir und Elias ...« Er fuhr in eine Parklücke, die gerade frei wurde und schaltete den Motor aus. Drehte sich zu mir herum und lächelte mich an. »Bei euch ist noch etwas zu retten. Das weiß ich einfach. Zieh nicht den

Schwanz ein, bevor du es nicht zumindest probiert hast. Und bitte, Oli, sprich Klartext mit ihm. Sag ihm, was du von all dem hältst, was er getan hat. Lass dir nicht alles gefallen.«

Lange sahen wir uns in die Augen, bis ich schließlich nickte. Ich würde Elias schreiben und hoffen, dass es noch nicht zu spät war.

Kapitel 9

Oliver

»Was machst du nächste Woche?«

Ich sah von meiner Zeitschrift auf und meinen besten Freund an. Kurz war ich irritiert, weil wir in der letzten Stunde nur still beieinander gesessen hatten und ich ihn beim Lesen komplett ausgeblendet hatte.

Das war eine gute Frage. Ich wusste ja noch nicht einmal, was ich morgen machen würde, wie sollte ich da wissen, was ich nächste Woche machen wollte? Dabei hatte ich so viel Freizeit. Vielleicht war genau das mein Problem. Denn ich wusste nicht, wohin mit so viel freier Zeit. Daniel war auch nicht immer da, um mich zu bespaßen, da er irgendwann mal arbeiten musste. Und meine Bücher hatte ich auch alle ausgelesen. Ich war wirklich schlecht darin, mich mit mir selbst zu beschäftigen. Und für ein neues Hobby hatte ich mich auch nicht wirklich begeistern können.

»Keine Ahnung, wieso?«, antwortete ich ihm schließlich.

»Na ja, es ist Weihnachten und ich wollte wissen, ob du dieses Jahr mal wieder bei uns vorbeischauen willst. Am zweiten Feiertag, so wie früher.«

»Ich weiß nicht. Ich bin dieses Jahr irgendwie noch weniger in Weihnachtsstimmung als sonst.«

Ich überlegte, wann ich das letzte Mal überhaupt irgendwie in besinnlicher Stimmung gewesen war. Weihnachten zusammen mit der Familie zu verbringen war zwar schön, aber ich benötigte keinen Feiertag, um Zeit mit meinen

Lieben zu verbringen. Außerdem fühlte es sich gar nicht so an, als wäre es Winter. Es war weder eisig kalt, noch lag Schnee, was bei uns sowieso selten vorkam. Und das waren Dinge, die für mich zum Winter einfach dazugehörten.

»Liegt es an Elias oder generell?«, hakte Daniel nach und ich verdrehte die Augen.

»Mein Leben dreht sich nicht nur um Elias.« Gleichgültig zuckte ich die Schultern. »Unser Streit ist jetzt wie lange her? Fünf Monate? Ich muss einen Haken drunter setzen und da würde es mir nicht helfen, wenn ich mich von ihm runterziehen lassen würde.«

Sehr gut. Jetzt musste ich an mein Gelaber nur noch selbst glauben.

»Aha.« Skeptisch betrachtete mich Daniel. »Und glaubst du dir selbst, was du da sagst?«

»Was meinst du?« Ertappt wandte ich meine Aufmerksamkeit wieder der Zeitschrift zu und blätterte darin, ohne wirklich etwas zu lesen.

»Ach, komm schon, Oli.« Er nahm mir die Zeitschrift ab und legte sie zur Seite. Ich rückte meine Brille auf der Nase zurecht. »Man kann dir an der Nasenspitze ansehen, wie sehr du ihn vermisst und es dich wurmt, dass ihr noch immer keinen Kontakt habt.«

»Ich hasse dich«, murmelte ich und verschränkte trotzig die Arme. Auch wenn Daniel und ich so lange keinen Kontakt zueinander gehabt hatten, so kannte er mich doch immer noch am besten. In Momenten wie diesem konnte das aber nur von Nachteil für mich sein.

»Weiß ich. Und trotzdem komm ich immer wieder zu dir zurück. Ich kann einfach nicht ohne dich.«

Theatralisch legte er eine Hand auf sein Herz und ließ sich seitlich auf das Polster des Sofas fallen. Lachend rollte ich mit den Augen.

»Komm schon, mir kannst du es doch sagen«, meinte Daniel, als er sich wieder aufsetzte.

Kurz haderte ich mit mir und überlegte, ob ich es einfach abstreiten sollte. Aber es würde alles nichts nützen. Er würde so lange nachhaken, bis ich es ihm erzählt hatte. Vor mir selbst konnte ich die Wahrheit vielleicht leugnen, aber nicht vor Daniel. Nicht, nachdem er den Nagel sowieso schon auf den Kopf getroffen hatte.

»Es nervt mich, dass er scheinbar gar nicht wirklich mit mir schreiben will. In den letzten Wochen haben wir ganze zweimal miteinander geschrieben. Und mehr als eine Nachfrage, wie es mir so geht, war nicht drin. Ich hatte eigentlich gedacht, ihm läge mehr daran, dass wir wieder Kontakt haben. Ach Mann, keine Ahnung. Ich weiß, dass es besser für mich wäre, es abzuhaken und endlich damit klarzukommen, dass es einfach nicht sein soll. Ich meine, wie kann man nur so lange an einem Mann hängen? Immer wieder rufe ich mir vergeblich ins Gedächtnis, wie erbärmlich es doch eigentlich ist, was ich hier mache.«

»Ach was. Es ist nicht erbärmlich, sondern normal, wenn man sein Herz an jemanden verloren hat. Du hast es immerhin versucht und dich bei ihm gemeldet. Mehr kann man von dir nicht verlangen. Und wenn er zu blöd ist, die Chance zu nutzen, die sich ihm bietet, dann kann man ihm auch nicht mehr helfen. Aber eins kann ich mit Sicherheit sagen: Er hat dich dann auch nicht verdient.«

Zu gerne würde ich Daniels Worten Glauben schenken. Aber es fiel mir schwer, mich nicht wie der größte Volltrottel zu fühlen, weil ich einfach nicht von Elias loskam.

»Denkst du, ich sollte die Einladung von Felix annehmen und nächste Woche mal wieder zu ihnen fahren? Weihnachten würde ich bestimmt wieder daheim sein.«

»Ich an deiner Stelle würde fahren. Damit du auch mal was anderes siehst als deine oder meine Wohnung.«

»Aber was ist, wenn –«

»Wenn Elias da ist?«, unterbrach mich Daniel und ich nickte. »Na und? Lass dir wegen ihm die Freundschaft zu Felix und Ben nicht vermiesen. Wenn er dich nicht sehen will, dann soll er mit seinem Arsch daheimbleiben und warten, bis du wieder abreist.«

Ich seufzte. »Du hast ja recht. Das weiß ich eigentlich auch. Aber was ist, wenn wir uns über den Weg laufen und er es schafft, mich irgendwie wieder um den Finger zu wickeln? Wenn wir wieder im Bett landen? Da mache ich mich doch erst recht zum Affen.«

»Und wenn, dann ist es so.« Daniel zuckte die Schultern, als wäre das alles gar nicht so schlimm. »Dann heulst du mir noch ein wenig die Ohren voll und schimpfst auf ihn und dich selbst. Wir lassen uns vielleicht sogar ein wenig volllaufen und danach geht es weiter wie vorher. Vielleicht wird euer Aufeinandertreffen auch gar nicht so schlimm, wie du es dir vorstellst.«

»Dein Wort in Gottes Gehörgang.«

Seufzend lehnte ich mich zurück und verschränkte die Hände hinter dem Kopf. Er hatte ja recht. Ich sollte mir nur wegen meiner Angst, Elias zu begegnen, nicht vorschreiben lassen, wann ich meine Freunde sehen konnte. Ich war sowieso viel zu lange nicht mehr bei ihnen gewesen.

Bevor ich es mir anders überlegen konnte, nahm ich mein Smartphone und schrieb Felix.

Oliver: »Sorry, dass ich mich jetzt erst melde. Irgendwie gleicht ein Tag dem anderen und in dem Trott geht vieles unter. Ich würde gern nächste Woche für ein paar Tage vorbeikommen. Vorausgesetzt euer Angebot steht noch.«

Ich schickte die Nachricht ab und eine Antwort ließ nicht lange auf sich warten. Manchmal beschlich mich das Gefühl, dass meine Freunde nur darauf warteten, dass ich mich bei ihnen meldete.

Felix: »Natürlich! Der Tapetenwechsel tut dir bestimmt gut. Ben freut sich auch schon, dich wiederzusehen.«

»Und? War es so schwer? Tat's weh?« Daniel schubste mich mit dem Ellbogen und grinste mich an. Irgendwann würde ich ihn mal mit zu meinen Freunden nehmen, damit er sehen konnte, wie schön es bei ihnen war.

»Nein, und ich glaube, das war die richtige Entscheidung. Irgendwie werde ich schon mit Elias klarkommen. So oft werde ich ihn ja nicht sehen, denke ich.«

Hoffnungsvoll sah ich meinen besten Freund an und betete gleichzeitig, dass ich Elias nicht zu Gesicht bekommen würde. Aber bevor ich mir weiter darüber Gedanken machte, sollte ich meine Mutter vielleicht vorwarnen, dass ich an Weihnachten eventuell nicht daheim war. Je nachdem, wie lange ich bei Felix und Ben bleiben konnte und wollte, würde ich vielleicht auch die Feiertage mit ihnen verbringen.

Aber das waren Dinge, die würde ich spontan entscheiden.

Elias

Nur noch ein paar Minuten, dann würde Oliver am Bahnhof ankommen. Felix wartete sicherlich schon auf ihn, um ihn abzuholen. Er hatte gefragt, ob ich mitkommen wollte, aber ich hatte abgelehnt. Ich war viel zu nervös, um auch nur in die Nähe von Zuggleisen gelassen zu werden. Bei meinem Glück wäre ich noch über meine eigenen Füße gefallen und auf die Gleise gestürzt, nur um dann von einem Zug überrollt zu werden. Nein, nein.

Angespannt rieb ich mir die schweißnassen Hände an meiner Jeans ab. Immer wieder sah ich auf mein Smartphone und verfluchte die Zeit, die scheinbar stehengeblieben war. Felix wollte mir schreiben, sobald er wieder daheim war. Mit Oliver. Ich würde noch durchdrehen, bis es so weit war.

Seit ich wusste, dass er die Einladung meines besten Freundes angenommen hatte, konnte ich an nichts anderes mehr denken. Gott, ich hatte ihm sogar ein Weihnachtsgeschenk besorgt, obwohl ich wusste, dass Oliver nicht viel von Weihnachten und vor allem dem Beschenken hielt. Wahrscheinlich würde er mich eher mit dem Geschenk verprügeln, statt es anzunehmen.

Ich setzte mich auf die Couch und wackelte unruhig mit den Füßen. Stand keine zwei Minuten später schon wieder auf und lief durch die Wohnung. Komplett ziel- und planlos. Auf der Suche nach Beschäftigung und Ablenkung. Doch egal, was mir ins Auge fiel, ich wusste, dass es mir nicht helfen würde. Wie Oliver wohl reagieren würde, wenn er mich nachher sehen würde? Wollte er mich überhaupt sehen? Oder war der Abend dazu bestimmt, in einer Katastrophe zu enden, weil er mich ignorierte? Gott, ich hoffte nicht. Das würde ich nicht aushalten. Besonders, weil ich unbedingt mit ihm reden musste.

Zu gerne hätte ich ihm öfter geschrieben, aber ich hatte es für das Beste gehalten, ihn weitestgehend in Ruhe zu lassen. Ich hatte wenig Lust, dass er den Kontakt wieder abbrach, weil er sich von mir genervt fühlte. Also hatte ich mich damit zufriedengegeben, ihm ab und an zu schreiben und nach seinem Befinden zu fragen. Dabei hätte ich ihm gern so viel mehr geschrieben. Zum Beispiel, dass ich ihn vermisste und dass ich meine Reaktion bereute. Dass ich endlich wusste, was ich wollte. Oder auch, dass ich seit zwei Monaten keine One-Night-Stands mehr hatte. Durch Zufall war ich Theresa noch einmal über die Füße gelaufen und hatte mich noch dreimal mit ihr verabredet, aber es fühlte sich alles so fad an. Der Sex hatte seinen Pep verloren und machte mir kaum noch Spaß. Außerdem war ich jedes verdammte Mal nur auf Touren gekommen, wenn ich an Oliver gedacht hatte.

Felix hatte es gefreut, als er mitbekommen hatte, dass ich meinen Abenteuern den Rücken gekehrt hatte. Das Problem war nur, dass ich jetzt viel mehr Zeit hatte nachzudenken. Selbst die Arbeit konnte mich nur bedingt ablenken.

Mein Smartphone vibrierte und riss mich aus meinen Gedanken. Felix. Er war daheim. Mit zitternden Fingern schlüpfte ich in Schuhe und Jacke, griff nach meinem Autoschlüssel und machte mich auf den Weg.

***

»Was mach ich, wenn er nicht mit mir reden will?« Flüsternd wandte ich mich an meinen besten Freund.

Oliver war im Gästezimmer und packte seine Tasche aus. Ich hatte die Chance genutzt und mir Felix geschnappt, um ihm meine Bedenken mitzuteilen. Ich wurde noch irre. Oliver hatte ich dabei noch nicht einmal gesehen. Aber das Wissen, ihn in der Nähe zu haben, reichte aus, um mich an den Rand des Wahnsinns zu bringen und mich vor Nervosität beinahe umkippen zu lassen.

»Nicht nachgeben? Keine Ahnung, Elias. Lass den armen Kerl doch erst einmal hier ankommen und auspacken. Du machst mich auch schon ganz nervös. Wenn er heute nicht mit dir reden will, dann versuchst du es eben morgen wieder. Ich glaube, wenn du ihn jetzt zu sehr unter Druck setzt, fährt er direkt wieder nach Hause. Zumindest würde ich das machen.«

»Du hast gut reden, du musst ja auch nicht mit rasendem Puls warten und machst dich auf das Schlimmste gefasst«, entgegnete ich heftiger als gewollt.

»Darf ich dich daran erinnern, dass du die Scheiße gebaut hast und nun die Suppe auslöffeln musst? Jetzt sei kein Miesepeter und lass dich erst mal überraschen, wie Oliver überhaupt auf deine Anwesenheit reagiert.«

»Felix, ich –« Was auch immer ich hatte sagen wollen, es war wie weggeblasen, als Oliver in mein Sichtfeld trat.

Gebannt hielt ich die Luft an und wartete auf eine Reaktion. Er musterte mich. Seinen Blick konnte ich nicht deuten.

»Ich hoffe, es macht dir nichts aus, dass Elias vorbeigekommen ist?«, wandte sich Felix an Oliver, welcher nach kurzem Zögern den Kopf schüttelte.

»Nein, wieso? Ist alles geklärt zwischen uns. Ich werde mich mal ins Wohnzimmer verziehen, wenn ihr nichts dagegen habt?«

»Geh nur, wir kommen auch gleich«, antwortete Felix.

Ich konnte nicht anders, als Oliver einfach nur anzusehen. Es juckte mir förmlich in den Fingern, ihn zu berühren. Ihn in die Arme zu nehmen und ihm immer wieder zu beteuern, wie leid es mir tat. Doch ich tat nichts. Stattdessen sah ich ihm hinterher, wie er sich auf seinem Gehstock abstützte und ins Wohnzimmer humpelte. Auch wenn es so aussah, als hätte er große Probleme mit dem Laufen, so konnte man doch merken, dass er merklich besser zu Fuß unterwegs war als noch vor der Reha. Aber dünn war er geworden. Und blass. Was mir wiederum Sorgen machte. Hoffentlich ging es ihm nicht nur wegen mir so beschissen.

»Brauchst du noch einen Moment?« Abwartend sah Felix mich an und legte mir eine Hand auf den Arm.

»Ich denke schon. Soll ... kann ... Wie wäre es mit Kaffee? Ich könnte welchen machen.« Hauptsache, ich hatte etwas, womit ich mich beschäftigen konnte, um wieder ein wenig herunterzufahren.

Mein bester Freund nickte. »Wenn du unbedingt willst. Du weißt ja, dazu sage ich nicht nein. Und Ben ganz sicher auch nicht.«

Ich zwang mich zu einem Lächeln und machte mich dann daran, Kaffee aufzusetzen. Während ich darauf wartete, dass er durchlief, scrollte ich mich durch die sozialen Netzwerke. Es war eine willkommene Ablenkung, um nicht sofort zu Oliver zu rennen und ihn in meine Arme zu reißen. Doch so sehr ich auch versuchte, mich abzulenken, meine Gedanken wanderten immer wieder zu Oliver, der nur ein Zimmer weiter saß und sich mit Ben und Felix unterhielt. Sein Lachen klang wie Musik in meinen Ohren.

Noch immer war ich mir unsicher, wie ich mich ihm gegenüber verhalten sollte. So, als wäre nichts gewesen? Als hätte es den Streit nie gegeben? Sollte ich ihn um ein Gespräch bitten? Oder einfach abwarten, bis wir mal einen Moment für uns waren? Ich war total überfordert mit der Situation, da ich mich noch nie in einer vergleichbaren befunden hatte. Mit Oliver war irgendwie alles anders. Aber auf eine wunderbar gute Art und Weise.

Als ich den Kaffee in die Thermoskanne umfüllte, verfehlte ich die Öffnung nur um ein paar Millimeter und goss mir den heißen Kaffee über die Finger. Laut fluchend stellte ich die Kanne ab und hielt meine Hand unter warmes Wasser.

»Alles okay?«, hörte ich Bens Stimme hinter mir und schüttelte den Kopf.

»Nichts ist okay. Ich hab mir eben die Finger verbrüht. Warum muss das auch so heiß sein?«, schimpfte ich. Wie konnte man nur so unfähig sein?

»Weil kalter Kaffee einfach scheiße schmeckt.« Ben beseitigte das Chaos, das ich angerichtet hatte, und goss den Kaffee um. »Vielleicht solltest du dich von allem Gefährlichen heute fernhalten.«

»Ist vielleicht besser. Danke.«

Er winkte ab, griff nach einem Tablett im Schrank und stellte alles darauf, was wir brauchen würden. »Geh du schon mal ins Wohnzimmer. Ich mache den Rest.«

Ich tat wie mir geheißen und trollte mich zu Felix und Oliver ins Wohnzimmer. Kurz zögerte ich, setzte mich dann jedoch auf den freien Platz neben Oliver. Alles in mir schrie danach, den Arm, um ihn zu legen. Ihn an mich zu ziehen und zu küssen.

»Was hast du angestellt?« Oliver zeigte auf meine Hand, die in ein Handtuch gewickelt war.

Verlegen kratzte ich mich am Hinterkopf. »Ich habe gegen den Kaffee verloren. Ben war so nett, sich der Sache anzunehmen.«

»Ich hab meinen Namen gehört?« Ben stellte das Tablett auf dem Tisch ab und schenkte uns jedem eine Tasse Kaffee ein.

»Elias hat nur erzählt, wie heldenhaft du ihm geholfen hast«, antwortete Felix, stellte seine Tasse ab, sobald Ben sich gesetzt hatte, nur um sich direkt auf seinen Schoß zu setzen. Irgendwie hatte ich das Gefühl, die beiden turtelten wieder mehr, seit sie gemeinsam die Therapie machten.

Während Oliver sich ungezwungen mit unseren Freunden unterhielt, saß ich die meiste Zeit schweigend neben ihm. Hörte ihm zu und wünschte, es wäre nicht so eine komische Stimmung zwischen uns. Es gab so vieles, was ich ihn fragen und was ich ihm sagen wollte. Leider ergab sich keine Möglichkeit dazu, ihn allein zu sprechen.

Erst spät am Abend, als Ben und Felix in der Küche aufräumten, witterte ich meine Chance. Doch bevor ich etwas sagen konnte, erhob sich Oliver von der Couch und griff nach seinem Gehstock.

»Oli!« Schwungvoll sprang ich vom Polster hoch und sah ihm hinterher. Mein Puls raste und mir wurde heiß und kalt. Ich würde sogar jede Wette abschließen, dass meine Finger zitterten.

Überrascht blieb er stehen, drehte sich zu mir herum und sah mich an. Doch über meine Lippen kam kein Ton. Dabei hätten die Worte nur so aus mir heraussprudeln müssen.

»Was denn, Elias?« Es war das erste Mal an diesem Abend, dass er mich direkt ansprach. Meinen Namen aus seinem Mund zu hören, war Musik in meinen Ohren.

»Ich ...« Der Kloß in meinem Hals erschwerte mir das Sprechen und ich musste mehrmals schlucken, bevor ich meine Stimme wiederfand. »Ich ... ich wollte dir eine gute Nacht wünschen. Ich werde mich gleich auf den Heimweg machen.«

Ein Lächeln huschte über sein Gesicht. Doch so schnell, wie es aufgetaucht war, war es auch wieder verschwunden.

»Gute Nacht, Elias. Komm gut nach Hause.«

Ich nickte und könnte mir in den Arsch treten, als sich die Tür zum Gästezimmer hinter Oliver schloss.

Was war ich nur für ein elendiger Hasenfuß!

***

Zwei Tage hatte ich mich in meiner Wohnung verkrochen, statt zu Felix zu fahren und zu versuchen, mit Oliver zu reden. Auf die Nachrichten von meinem Freund hatte ich immer erst geantwortet, wenn sie sich um etwas anderes drehten als meinen Verbleib. Sicherlich konnte er sich denken, wieso ich ihnen fernblieb. Ich war nur froh, dass er mir keinen Vorwurf machte. Gut, das konnte vielleicht auch daran liegen, weil er wusste, dass ich heute auf jeden Fall mit im Restaurant sein würde. Immerhin hatten wir ausgemacht, zu viert essen zu gehen. Und bei Essen konnte ich nur schwer nein sagen. Außerdem wäre es wohl meine letzte Chance, um endlich mit Oliver zu sprechen. Denn er wollte morgen schon wieder nach Hause fahren. So zumindest der Plan, falls er es sich nicht spontan noch anders überlegte.

Mein Blick ging hinüber zu dem Geschenk, das ich Oliver besorgt hatte. In ein paar Tagen war Weihnachten und ich war gespannt, was er dazu sagen würde, wenn ich ihm den Karton in die Hand drückte. Und das würde ich heute oder morgen tun müssen. Würde er sich darüber freuen? Ich hoffte es, denn ich hatte lange überlegt, was ich ihm schenken könnte. Etwas Entsprechendes zu finden, als ich dann endlich die Idee hatte, war gar nicht mal so einfach gewesen. Und jetzt, wo ich es hatte, war da die Angst, dass es ihm nicht gefiel. Genauso, wie da die Angst war, dass ich all meine Chancen bei ihm endgültig vertan hatte.

Seufzend fuhr ich mir mit den Fingern durch die Haare und ging ins Schlafzimmer, um mich umzuziehen. Heute

Abend würde ich mal wieder meine Lederjacke anziehen, die mir Fenja ziemlich am Anfang unserer Beziehung geschenkt hatte. Oliver hatte die Jacke irgendwann einmal gesehen und gemeint, dass ich sicherlich sexy in ihr aussehen würde.

Genau, Elias, setz all deine Hoffnung auf eine Lederjacke. Das wird dir sicher helfen.

Ich wusste selbst, dass es verrückt war. Aber ich hatte das Gefühl, alle Register ziehen zu müssen, wenn ich dadurch die Chance bekam, mich bei Oliver zu entschuldigen.

Erschrocken zuckte ich zusammen, als es an der Tür klingelte. Verdammt, hatte ich wirklich so lange getrödelt? Schnell huschte ich noch einmal ins Bad, legte ein bisschen Parfum auf, schlüpfte in meine Boots und machte mich auf den Weg nach unten.

Oliver

Nervös drehte ich meinen Gehstock in den Händen. Elias saß noch nicht einmal eine Armlänge von mir entfernt neben mir auf dem Rücksitz. Und verdammt, er roch so gut! Wenn ich es richtig gesehen hatte, trug er sogar die Lederjacke, die ich beim letzten Mal in seinem Schrank gesehen hatte. Warum musste er sie ausgerechnet heute anziehen? War es eiskalte Berechnung? Wollte er mit mir spielen? Schon wieder? Hatte er denn noch nicht genug angerichtet?

Ich atmete ein paar Mal tief durch, in der naiven Hoffnung, dass es mich ein wenig beruhigen würde. Doch es half nicht. Allein seine Anwesenheit ließ mich ganz kribbelig werden. Es fiel mir schwer, meine Hände bei mir zu behalten und nicht dem Verlangen nachzugeben, eine Hand auf seinen Oberschenkel zu legen. Doch ich wollte stark bleiben.

Als wir vor dem Restaurant hielten, in welchem wir einen Tisch reserviert hatten, war ich erleichtert. Ein bisschen frische Luft würde mir sicherlich guttun und helfen, meine Gedanken zu ordnen. Während wir zu unserem Tisch gebracht wurden und Platz nahmen, wanderte meine Aufmerksamkeit zu dem Gespräch, welches ich mit Felix und Ben gehabt hatte.

Natürlich hatten sie bemerkt, dass der Umgang zwischen Elias und mir noch immer steif und unbeholfen war. Ich hatte ihnen erzählt, dass es mir einfach schwerfiel, auch wenn ich derjenige gewesen war, der eine Freundschaft vorgeschlagen hatte. Doch wenn man verliebt war, war das gar nicht so einfach. Besonders dann, wenn man wusste, wie sich der Angebetete anfühlte. Oder wie sich seine Lippen auf meinen anfühlten. Wie es war, neben ihm einzuschlafen und aufzuwachen. Von ihm berührt und auf diese bestimmte Art und Weise angesehen zu werden, die einem das Gefühl gab, der einzige Mensch für ihn zu sein.

»*Wieso redest du nicht noch mal mit Elias?*«, hatte Felix wissen wollen und ich hatte den Kopf geschüttelt.

»*Keine Ahnung. Was soll es denn bringen? Die Fronten sind geklärt. Für ihn war ich nichts als ein Betthäschen und ich kann das einfach nicht mehr.*«

»*Es ist nicht immer alles so, wie es scheint, Oli. Glaub mir, wenn ich dir sage, dass dich ein Gespräch mit ihm überraschen könnte, wenn du dich darauf einlässt. Es ist deine Entscheidung, inwieweit du bereit bist, Elias zuzuhören. Und ob du ihm die Fehler verzeihen kannst, die er begangen hat.*«

Ich hatte nichts mehr darauf geantwortet. Doch in meinem Kopf begannen sich die Zahnräder zu drehen. Worauf hatte Felix angespielt? War da doch mehr, als Elias hatte zugeben wollen? Immer wieder kam mir in den Sinn, dass Elias gesagt hatte, dass er Angst gehabt hätte. Konnte es wirklich sein, dass es ihm genauso ging wie mir? Das wäre einfach zu schön, um wahr zu sein.

Vorsichtig und hoffentlich nicht zu auffällig warf ich Elias einen Blick von der Seite zu. Fing an, davon zu fantasieren, wie es sein würde, sollte er wirklich mehr von mir wollen. Ob er mit mir Händchen haltend durch die Straßen laufen würde? Allein die Vorstellung, ihn küssen zu können, wann immer mir danach war, trieb mir die Röte auf die Wangen und ließ die Schmetterlinge zu neuem Leben erwachen.

»Oli?«

»Was?« Ertappt zuckte ich zusammen und sah Ben an. Hatten sie etwas gemerkt?

»Wir haben gerade darüber gesprochen, in den neuen Club zu gehen, der aufgemacht hat. Willst du auch mitkommen?«

»Mh. Ich weiß nicht. Außer an der Bar zu sitzen, kann ich sowieso nicht viel machen.«

»Wir wollten sowieso nicht lange bleiben. Nur mal gucken, wie es drinnen so ist«, meinte Felix und spielte mit der Serviette, die auf dem Tisch lag. »Aber wir können auch nach dem Essen sofort nach Hause fahren. Wahrscheinlich ist es sowieso rappelvoll.«

Ich ließ mir den Vorschlag durch den Kopf gehen und nickte dann schließlich. »Wieso eigentlich nicht? So schlimm wird es schon nicht werden, oder?«

»Elias passt sicher auf dich auf«, meldete sich Ben zu Wort und nickte in seine Richtung.

Ja, gerade das war meine Sorge.

Wie aufs Stichwort legte sich ein Arm auf meine Stuhllehne und ich drehte den Kopf. Mir wurde heiß und kalt gleichzeitig. Ich sah Elias direkt in die Augen, welcher mir zuzwinkerte und ein Lächeln schenkte. Mein Herz pochte so wild in meiner Brust, dass ich glaubte, es würde gleich herausspringen.

»Ich mach dir heute den Bodyguard.«

Gott, ich wünschte, er würde mir heute noch etwas ganz anderes machen.

***

»Verdammt voll hier drin!«

»Was?«

Elias beugte sich zu mir herunter und wiederholte seine Aussage noch einmal. Ja, voll war es, und verdammt laut. Die Menschenmenge machte es mir nicht gerade leicht, mich mit meinem kaputten Bein und dem Gehstock vorwärtszubewegen. Zudem war noch meine Brille beschlagen, weil wir so lange hatten draußen warten müssen.

Vielleicht wäre es besser gewesen, wenn ich den Vorschlag abgelehnt und gesagt hätte, ich wollte heim. Aber wann kam ich schon mal in den Genuss, in einen Club zu gehen? Und dann auch noch in unserem kleinen Grüppchen? Ich würde es schon überleben. Ben und Felix hatten ja gesagt, dass sie nicht vorhatten, lange zu bleiben.

Mühsam bahnten wir uns einen Weg durch die Menge zur Bar. Ich stolperte dabei über meine Füße und hielt mich aus

Reflex an Elias fest. Er schlang seine Arme um mich, damit ich mich nicht langlegte, und ich genoss seine Nähe mehr, als ich wohl sollte. Meine Hand legte sich auf seinen Arm. Ich schluckte und hob den Kopf. Schnell wandte ich den Blick jedoch wieder ab. Nein, ich durfte ihn nicht küssen. Nicht einmal daran denken. Elias würde es mir sicher übel nehmen.

»Halt dich an mir fest, bis wir an der Bar sind.«

Seine Lippen waren ganz nah an meinem Ohr und seine Stimme jagte mir angenehme Schauer über den Rücken. Wenn ich jetzt den Kopf drehen würde, wären unsere Lippen nur noch Millimeter voneinander entfernt. Und dann …

Ich nickte wie in Trance. Nur zu gerne hielt ich mich an ihm fest und genoss das bisschen Nähe, die er bereit war, mir zu geben.

Elias bestellte uns beiden je einen Jacky Cola und ich hatte sogar Glück, dass ein Hocker bei den Stehtischen frei wurde. Erleichtert setzte ich mich und behielt meinen Gehstock immer in der Hand. Nicht dass er noch wegkam. Dann wäre ich wirklich aufgeschmissen.

»Aber gar nicht mal so übel, der Laden«, bemerkte Elias. Ich war dankbar für die laute Musik, denn so war er gezwungen, ganz nah an mich heranzukommen, wenn er mir etwas sagen wollte. Und andersherum genauso. Mensch, war ich erbärmlich, mich so sehr an jeden noch so kleinen Strohhalm zu klammern.

»Stimmt. Es hat sich auf jeden Fall gelohnt zu kommen. Auch wenn es mir ein wenig zu voll ist.«

Gott, ich fühlte mich so richtig armselig, wie ich mich nach jeder Kleinigkeit verzehrte, die er mir vor die Füße warf. Ich war einfach hoffnungslos verliebt. Doch wie konnte ich auch nicht, wenn er mich so wie jetzt ansah und sich dabei nervös auf die Lippe biss? Sanft legte sich seine Hand auf meinen Oberschenkel und ich war versucht, meine darüber zu legen und meine Finger um seine Hand zu schließen.

»Oli, ich –«

»Da seid ihr ja«, rief Felix über den Krach hinweg und klopfte seinem besten Freund auf die Schulter. Doch Elias' Hand blieb, wo sie war. Er zog sie nicht weg, wie ich eigentlich erwartet hätte.

Am liebsten hätte ich laut geflucht, weil sie uns störten. Natürlich auch, weil ich wissen wollte, was Elias hatte sagen wollen. Hätten die beiden nicht ein paar Minuten später auftauchen können?

»Ich glaube, wir bleiben wirklich nicht lange. Das hat keinen Sinn, wenn so viel los ist«, meinte Felix und wir nickten einstimmig. Uns allen war es einfach zu voll.

»Aber zuerst müssen wir auf die Tanzfläche!« Elias hakte sich bei Felix unter, welcher Ben noch schnell einen Kuss aufdrückte. Dann waren die beiden auch schon auf der Tanzfläche verschwunden.

»Du bist auch nicht so der Tänzer?«, wandte sich Ben an mich und ich schüttelte den Kopf.

»War ich noch nie. Aber jetzt noch weniger.«

Dafür genoss ich es umso mehr, Elias zu beobachten, der sich rhythmisch zur Musik bewegte. So ausgelassen hatte ich ihn noch nie gesehen. Es schien, als würde er all seine Sorgen einfach abschütteln, während er mit Felix tanzte.

»Habt ihr schon geredet?«

»Nein. Ihr kamt gerade, als Elias irgendwas zu mir sagen wollte«, antwortete ich und leerte mein Glas.

»Sorry. Wir waren nur froh, euch endlich gefunden zu haben. Hier drin muss man echt aufpassen, sich nicht aus den Augen zu verlieren.«

»Nicht schlimm. Vielleicht ergibt sich ja noch eine Gelegenheit, bevor ich nach Hause fahre. Wenn nicht, dann sollte es halt einfach nicht sein.« Gespielt gleichgültig zuckte ich mit den Schultern. Noch länger wollte ich das Gespräch mit Elias eigentlich nicht hinauszögern. Aber wenn es nicht klappte, war es vielleicht ein Wink des Schicksals, dass es einfach nicht sein sollte.

»Geh doch jetzt zu ihm«, schlug Ben vor und ich sah ihn an, als wäre er von einem anderen Planeten.

»Jetzt? Ben, ich kann kaum stehen, da wird tanzen erst recht nicht funktionieren.«

»Papperlapapp.« Er winkte ab und trank von seiner Cola. »Ich kann Felix ja zu mir holen oder ich tu ihm den Gefallen und tanze mit ihm. Und dann schmiegst du dich an Elias und ihr redet. Oder kommt gleich richtig zur Sache. Aber schieb es nicht noch länger vor dir her.«

»Vielleicht hast du recht.« Ich ließ mir seine Worte kurz durch den Kopf gehen. »Ja, doch. Ich sollte es jetzt tun. Solange ich noch den Mut dazu habe.«

Ich nahm Elias' Glas, das herrenlos auf unserem Tisch stand, und leerte es in einem Zug. Ben half mir von dem Hocker herunter und ging schon einmal auf die Tanzfläche. Er schnappte sich Felix, welcher sofort die Arme um seinen Mann schlang, und war sogar so nett, sich ein bisschen von Elias zu entfernen. Ich atmete noch einmal tief durch und ging auf Elias zu.

In dem Moment, als ich ihn gerade auf mich aufmerksam machen wollte, kam eine junge Frau strahlend auf ihn zu.

Wie selbstverständlich nahm sie sein Gesicht in die Hände und küsste ihn. Wäre es still gewesen, hätte man sicherlich hören können, wie mein Herz in tausend kleine Teile zerbrach. Wie es zersplitterte und ein schwarzes Loch in meiner Brust hinterließ.

Wie dumm war ich eigentlich gewesen, auch nur einen Moment zu glauben, Elias ginge es wie mir? Tränen brannten in meinen Augen und ich blinzelte sie weg. In meiner Verliebtheit hatte ich wieder einmal zu viel in seine Berührungen hineininterpretiert. Eigentlich geschah es mir doch gerade recht, dass ich mit ansehen musste, wie er eine andere küsste.

Elias sagte irgendwas zu der Frau, hielt sie an den Oberarmen fest. Sie warf mir einen Blick zu, den ich nicht so recht deuten konnte und der Elias dazu veranlasste, sich zu mir umzudrehen. Ich kam mir vor wie der größte Idiot.

Meine Hand, die ich nach ihm ausgestreckt hatte, ließ ich sinken. Ich sollte gehen. Es wäre das Beste für mich, wenn ich mir die Szene nicht noch länger geben würde. Vielleicht konnte ich jetzt endlich von ihm ablassen, nachdem ich hatte mit ansehen müssen, was er scheinbar wirklich wollte.

»Oli.«

Ich schüttelte den Kopf und versuchte mir einen Weg durch die Menge zu bahnen. Natürlich war ich nicht schnell genug, sodass Elias mich innerhalb kürzester Zeit eingeholt hatte. Er hielt mich am Arm fest und zwang mich dazu, mich zu ihm herumzudrehen. Die Tränen, die ich die ganze Zeit versucht hatte zurückzuhalten, lösten sich. Wieso war das Leben so verdammt unfair?

Elias sah mich nur an, sagte jedoch nichts. Warum hatte er mich überhaupt aufgehalten? Nichts von dem, was hier passierte, machte überhaupt noch Sinn.

»Elias, es ist okay. Ich hab es kapiert. Ich will ... ich mu –«

Fest pressten sich seine Lippen auf meine. Nach ein paar Sekunden der Starre schlang ich meine Arme um ihn und erwiderte den Kuss. Passierte das gerade wirklich? Küsste er mich mitten auf der Tanzfläche? Das musste ein Traum sein. Zärtlich legten sich seine Hände um mein Gesicht und auch der Kuss wurde zärtlicher.

»Ich weiß, was ich will, Oli. Dich.« Wieder küsste er mich. Konnte das tatsächlich wahr sein? »Ich liebe dich.«

»Was? Aber ... du ...«, stammelte ich unbeholfen und sah Elias aus großen Augen an. Bitte, lass mich bloß nicht aus diesem Traum aufwachen.

»Glaub mir, ich weiß, was ich will. Nämlich dich und alles, was dazu gehört. Hörst du? Ich liebe dich.«

Oh Gott. Sicherlich war ich gerade gestorben und befand mich jetzt im Himmel. »Ich liebe dich auch.«

Erneut küssten wir uns und gefühlt eine Million Schmetterlinge flatterten in meinem Bauch. Am liebsten wollte ich diesen Moment für immer festhalten.

»Was hältst du davon, wenn wir uns ein Taxi nehmen und zu mir fahren?« Er legte seine Stirn gegen meine und ich schloss für einen Moment die Augen. So wirklich begreifen, was hier gerade geschah, konnte ich nicht.

»Sagst du Felix Bescheid? Ich geh schon mal raus an die frische Luft.«

Bevor er sich von mir löste, gab er mir noch einen Kuss. Ich grinste von einem Ohr zum anderen und fühlte mich wie im siebten Himmel. Noch vor ein paar Minuten hatte ich gedacht, ihn endgültig verloren zu haben und mich einfach damit abfinden zu müssen, dass er nie zu mir stehen würde. Und dann küsste er mich einfach und gestand mir seine Liebe. Das konnte doch nur ein Traum sein.

Mit den Fingern strich ich mir über die Lippen. Nein, um ein Traum zu sein, fühlte sich alles viel zu real an.

Ich war froh, als ich die Treppe erreichte, die zur Garderobe und somit zum Ausgang führte. Frische Luft war genau das, wonach es mich verlangte. Na gut, nicht nur. Ich konnte es auch kaum erwarten, Elias in meine Arme zu schließen. Ihn wieder und wieder zu küssen und noch einmal zu hören, dass er mich liebte.

Mit dem Fuß blieb ich hängen und stolperte die zwei Stufen herunter. Mit der Hand versuchte ich den Sturz abzufangen, doch es brachte kaum etwas. Unsanft landete ich auf dem Boden, spürte die Blicke der Umherstehenden. Für einen kurzen Moment fühlte ich mich wie ein Affe im Zoo.

Mein Gehstock war mir abhandengekommen und ich konnte ihn auf Anhieb nicht finden. Als ich den Blick hob, sah ich der Frau ins Gesicht, die sich vorhin noch an Elias herangemacht hatte. Mit aufgerissenen Augen sah sie mich an, als würde sie mich ebenfalls erkennen. Innerhalb weniger Sekunden war sie bei mir und reichte mir ihre Hände.

»Hast du dir was getan?«, wollte sie besorgt wissen.

»Ich bin mir noch nicht ganz sicher.« Wahrscheinlich würde ich es erst merken, wenn mein Adrenalinspiegel wieder normal war.

Als ich jemanden meinen Namen rufen hörte, drehte ich mich herum. Kurz darauf spürte ich Hände, die nach mir griffen und mich festhielten. Elias.

»Alles gut? Was ist passiert?« Sein Blick glitt zu meiner Helferin.

»Ja, es geht schon. Hast du meinen Gehstock irgendwo gesehen?«, antwortete ich mit einer Gegenfrage und sah mich suchend um.

»Nein, hab ich nicht. Aber sag schon. Was ist passiert?«

»Ich bin die Treppe runtergefallen. Alles halb so wild.«

Elias gab mir einen Kuss auf die Stirn. »Du hast dir wirklich nichts getan?« Besorgt strich er mir die Haare zurück.

»Es ist wirklich alles gut. Ich bin nur ein bisschen blöd auf meiner Hand gelandet. Lass uns einfach nach Hause fahren, okay?«

Um meinen Gehstock konnte ich mich auch morgen noch kümmern.

Wir holten unsere Jacken und Elias stützte mich, während wir darauf warteten, ein freies Taxi zu erwischen. Er bot sogar an, mich zu tragen, aber das wollte ich ihm ersparen. Auf das Angebot würde ich bestimmt noch einmal zurückkommen, wenn wir bei ihm waren.

Dann durfte er mich so viel auf Händen tragen, wie er wollte.

**

»Endlich.«

Kaum dass die Wohnungstür hinter uns ins Schloss gefallen war, zerrte ich an seinem T-Shirt. Warum musste er eigentlich so viel anhaben? Ich zog Elias zu mir, um ihn wieder zu küssen. Jetzt, wo ich es immer und überall durfte, konnte ich gar nicht mehr damit aufhören.

Mein ganzer Körper vibrierte und sehnte sich nach seiner Berührung. Nach seinen Küssen. Einfach nach allem.

»Warte«, er hielt meine Hände fest und lachte, gab mir noch einen Kuss auf die Nasenspitze. Worauf wollte er denn noch warten? Hatten wir genau das nicht schon zur Genüge getan?

»Ich bin zwar genauso ungeduldig wie du, aber ich will nicht im Flur über dich herfallen.«

Auch wenn ich ihn am liebsten schon im Taxi vernascht hätte, konnte ich ihn verstehen. Wir hatten jetzt alle Zeit der Welt und das sollten wir auch ausnutzen.

Eilig schlüpften wir aus unseren Schuhen und Jacken. Elias ergriff meine Hand, drückte sie fest, so als wolle er sich davon überzeugen, dass ich wirklich bei ihm war, bevor er mich hochhob und ins Schlafzimmer trug. Mein Puls raste, mein Herz hämmerte wie wild in meiner Brust und ich war so nervös wie bei meinem ersten Mal. Dabei war es doch Schwachsinn. Es war immerhin nicht das erste Mal, dass wir miteinander Sex haben würden. *Aber es ist das erste Mal, dass ich mir seiner Gefühle für mich sicher sein kann*, schoss es mir durch den Kopf.

Mit einer geschmeidigen Bewegung ließ er mich herunter und zog mir den Pullover über den Kopf, bevor er mich sanft aufs Bett stupste. Ein Lachen entkam mir und ich fühlte mich auf einmal befreit und ... glücklich. Ja, das war es. Ich war einfach nur glücklich.

Ich half Elias dabei, mich vom Rest meiner Kleidung zu befreien, und sah ihm dabei zu, wie er sich selbst aus seinen Sachen schälte. Gott, sah er heiß aus. Ich war mir ziemlich sicher, dass ihm niemand das Wasser reichen konnte. Für mich war er einfach perfekt.

Mein Blick blieb an seinem Schwanz hängen, der – genauso wie meiner – schon steif war. Mit offenen Armen empfing ich ihn, als er sich auf mich legte. Meine Hände wanderten über seinen Rücken, während zwischen uns ein leidenschaftlicher Kuss entbrannte. Unsere Schwänze berührten sich und ich versuchte gar nicht erst, mich zurückzuhalten, und rieb mich an Elias. Es fühlte sich unglaublich gut an, ihm endlich wieder so nahe zu sein. Sein Stöhnen und Seufzen zu hören. Ihn nackt auf mir zu haben und zu wissen, dass er mich genauso erregend fand wie ich ihn. Nur eines störte. Meine Brille.

»Vorspiel muss leider ausfallen«, murmelte mein Liebster an meinen Lippen.

»Gott sei Dank. Das können wir später nachholen.«

Lachend löste er sich von mir und krabbelte zu der Seite des Bettes, wo er das Gleitgel aufbewahrte. Ich nutzte die Chance und legte meine Brille auf den Nachttisch. Jetzt würde ich sie sowieso nicht brauchen.

Arme schlangen sich von hinten um mich und ich biss mir auf die Lippe, als ich Elias' Lippen an meinem Hals spürte. Eine Hand strich hinunter bis zu meinem Schwanz und umfasste ihn fest, fing an, ihn zu wichsen.

»Nicht.« Ich legte meine Hand auf seine und stoppte sein Tun. »Versteh mich nicht falsch, ich liebe es, wenn du mir einen runterholst. Aber wenn du weitermachst, komm ich wahrscheinlich innerhalb der nächsten Sekunden. Und außerdem ...« Ich drehte mich zu ihm herum und küsste ihn. »... würde ich viel lieber kommen, während du mit mir schläfst.«

»Dein Wunsch sei mir Befehl.«

Gemeinsam ließen wir uns auf die Matratze sinken. Elias platzierte sich zwischen meinen Schenkeln, welche ich nur zu gerne für ihn noch ein wenig mehr spreizte. Ich hörte das Klacken der Gleitgeltube und spürte kurz darauf auch schon seine Finger an meinem Anus.

Ein lautes Stöhnen entkam mir, als er langsam mit seinem Schwanz in mich eindrang. Meine Finger krallten sich in seine Haare. Und ich glaubte mich im Himmel zu befinden, als er endlich ganz in mir war. Mich ausfüllte und dehnte.

Langsam fanden wir in einen gemeinsamen Rhythmus. Doch trotz des ausgefallenen Vorspiels wusste ich, dass es nicht lange dauern würde, bis ich kam. Zu lange hatte ich auf Elias verzichten müssen. Und viel zu sehr sog ich alles in mich auf, was er tat. Jeden Kuss, jedes zarte Streicheln, jede Berührung jagten mir Schauer durch den Körper. Hinterließen ein Gefühl auf meiner Haut, als würde sie in Flammen stehen. Er brachte mich schlicht um den Verstand und ich wollte mehr.

Elias' Stöße wurden härter und schneller. Auch er war nicht mehr weit von seinem Höhepunkt entfernt. Nach ein paar Stößen kam ich so heftig, dass es alles andere in den Schatten stellte. Es war, als würde sich alles, was sich in den letzten Monaten angestaut hatte, in diesem Orgasmus entladen. Wie ein Ertrinkender klammerte ich mich an meinen Freund, welcher weiter in mich stieß und nach wenigen Stößen ebenfalls zum Orgasmus kam.

Völlig außer Atem suchte ich seine Lippen. Die Anspannung löste sich und ich genoss es einfach nur, Elias auf und noch immer in mir zu spüren. Ich hauchte leichte Küsse auf seine Stirn und seine Wange. Strich dann mit der Zunge über seine Unterlippe, was schließlich in einer zärtlichen Knutscherei endete.

»Ich liebe dich«, murmelte Elias schließlich leise und ließ sich neben mir nieder.

Er griff hinter sich und förderte eine Kleenex-Box zutage. Notdürftig säuberten wir uns fürs Erste und genossen noch ein wenig das postorgastische Gefühl.

»Ich kann es noch gar nicht glauben«, gestand ich ihm und kuschelte mich an ihn. »Nach allem, was passiert ist, haben wir es doch noch geschafft. Stimmt es, was du im Club gesagt hast?«

»Was?« Zärtlich strich er mir über den Rücken und ich merkte, wie mir langsam die Lider schwer wurden.

»Dass du jetzt weißt, was du willst.«

»Ich weiß es ehrlich gesagt schon, seit … na ja … nach unserem Streit habe ich mit Felix geredet und gemerkt, was ich angerichtet hatte. Und wie viel du mir bedeutest. Richtig bewusst wurde es mir, als ich die Nachricht bekam, dass du im Krankenhaus liegst. Ich hatte wirklich Angst um dich. Ich hatte Angst, dass ich dich verlieren könnte, dass ich dich nie wiedersehen würde.«

»Mir geht's ja so weit gut. Obwohl unser Sex nicht mehr ganz so ausgefallen sein wird. Mit einem fast komplett steifen Bein ist nicht mehr viel Abwechslung möglich.«

»Du bist doch ein Idiot. Wer braucht schon ausgefallene Stellungen, wenn ich dich haben kann?«

Bei seinen Worten wurde mir ganz warm ums Herz und meine Sorgen lösten sich erst einmal in Luft auf.

Es fröstelte mich ein wenig und ich griff nach der Bettdecke, um sie über uns beiden auszubreiten.

»Ich bin froh, dass du mich im Club geküsst hast. Denn ich war dabei, es endgültig aufzugeben, nachdem die Tussi dir so um den Hals gefallen ist.«

»Theresa, oder wie sie heißt. Vor zwei Monaten hatte ich einen One-Night-Stand mit ihr. Aber sie hat das Prinzip nicht so ganz verstanden. Genau wie ihr Bruder, ein paar Tage vor ihr.« Ein Stich der Eifersucht durchfuhr mich. Mir gefiel es ganz und gar nicht, dass Elias noch mit anderen geschlafen hatte. Besonders mit Männern. »Aber da wusste ich noch nicht, dass die beiden Geschwister sind. Auf jeden Fall hatte sie sich mehr erhofft. Aber ... für mich fühlte sich der Sex mit anderen nur noch fad und langweilig an. Sie war auch mein letzter One-Night-Stand. Ich hab eingesehen, dass es keinen Sinn hat, mich durch die halbe Stadt zu vögeln, nur um dich endlich vergessen zu können. Was auch, wie ich sagen muss, nicht funktioniert hat. Ehrlich gesagt habe ich nur noch einen hochgekriegt, wenn ich an dich gedacht habe. Und dann hatte ich ein schlechtes Gewissen, weil es sich anfühlte, als würde ich dich betrügen.«

Ich schwieg für kurze Zeit. Ließ mir das Gesagte durch den Kopf gehen. »Ich habe mir fast schon gedacht, dass du weiterhin jeden flachlegst, der sich anbietet. Während es für mich schon lange vor unserem Streit nur noch dich gab. Versteh mich nicht falsch, ich wünsche mir nichts mehr, als das es mit uns beiden funktioniert. Aber ich habe auch Angst, Elias.« Ich atmete tief durch und sah ihm in die Augen. »Wir hätten eine Fernbeziehung und ... ich weiß ehrlich gesagt nicht, ob ich ruhigen Gewissens daheim sein könnte. Woher habe ich die Gewissheit, dass du nicht so weitermachst wie bisher? Was ist, wenn wir uns mal streiten? Wirst du es dann machen wie bisher und beim Sex mit anderen Dampf ablassen?« Es fiel mir schwer, meine Gedanken auszusprechen. Ich wollte doch nur das, was wir hatten, genießen. Aber wir mussten diese Dinge klären.

»Ich kann es dir nicht versprechen, Oli. Ich werde sicherlich nicht immer alles richtig machen und manchmal das Falsche sagen. Außerdem kann ich nur für das sprechen, was ich momentan fühle. Und das ist tiefe Liebe für dich. Du kannst es mir glauben oder auch nicht, wenn ich dir sagen, dass ich mit niemandem mehr außer dir schlafen möchte. Dass ich neben dir einschlafen und aufwachen möchte. Und dass ich dich nie mit einem anderen Menschen hintergehen würde. Ich will auch, dass es mit uns funktioniert. Genauso wie du.«

Seine Stimme war sanft, doch seine Augen glänzten feucht. Verrieten mir, was wirklich in ihm vorging. In diesem Moment wusste ich, dass ich es mit ihm versuchen würde. Dafür wollte ich nichts mehr über seine Abenteuer hören. Das war Geschichte und sollten wir dringend abhaken. Auch wenn es mir irgendwie schmeichelte, dass er an mich hatte denken müssen, um überhaupt auf Touren zu kommen. »Ich liebe dich, Elias. Und ich finde, wir sollten uns eine Chance geben, um zu sehen, ob es funktionieren kann. Hauptsache ist doch, dass wir uns haben, oder?«

»Das stimmt«, bestätigte er, küsste mich und drückte mich dann fester an sich. »Ich habe übrigens noch was für dich. Warte kurz.«

Verwirrt sah ich ihm hinterher, als er nackt aus dem Schlafzimmer verschwand. Kurz darauf kam er mit einem länglichen Paket wieder zurück. Irrte ich mich oder war es in Geschenkpapier verpackt? Elias schaltete die Nachttischlampe ein, überreichte mir das Geschenk und ich setzte mich auf. Griff im selben Moment nach meiner Brille.

»Aber ... ist das ein Weihnachtsgeschenk?«

»Jetzt nicht mehr, denn noch ist nicht Weihnachten. Und nach heute Abend bin ich mir sicher, dass du es jetzt schon gebrauchen kannst.«

Neugierig riss ich das Papier ab und öffnete das Paket. Fragend zog ich die Augenbrauen zusammen, als ich den Gehstock darin entdeckte.

»Hol ihn raus. Du musst ihn mal ins Licht halten, dann kannst du es besser sehen.«

Tränen traten mir in die Augen, als ich es sah. Der Gehstock war kein gewöhnlicher wie der, den ich vorher gehabt hatte. Er hatte die verschiedenen Charaktere des Marvel Universums aufgedruckt. Es war vielleicht keine große Sache, aber mir bedeutete es unglaublich viel. Elias hatte sich also gemerkt, dass ich Fan davon war. Mein Blick glitt weiter hoch zum Griff, in welchem *Für immer* eingraviert worden war.

»Danke.«

Mit tränennassen Wangen küsste ich meinen Liebsten und hoffte, dass das hier der Beginn einer wundervollen Zeit war.

Kapitel 10

Oliver

»Sind wir auch so schlimm?«

Felix' Frage riss mich und Elias aus unserem eigenen kleinen Universum. Verlegen strich ich mir mit den Fingern über die Lippen. Sie waren schon ganz wund vom vielen Knutschen. Aber verdammt, wir hatten nur noch kurze Zeit, bevor ich nach Hause fahren würde, und das wollte ich nutzen.

»Sorry.«

»Ach was.« Elias winkte ab und küsste mich abermals. »Da wissen die beiden mal, was ich mir die letzten Jahre antun musste.«

»Ich bin nur froh, dass ihr euch endlich zusammengerauft habt. Selbst Ben hat angefangen, euch in eine Richtung zu schubsen.«

»Also war es doch Absicht, als du mich im Club dazu überredet hast, jetzt mit Elias zu reden«, schlussfolgerte ich und warf Ben einen Blick zu, der eigentlich böse hätte sein sollen. Aber wie konnte ich ihm böse sein, wenn ich doch gerade so glücklich war?

»Oh Gott. Ich hoffe, ihr könnt mir verzeihen.« Er legte seine Hand aufs Herz und ließ den Kopf hängen. Allgemeines Gelächter folgte und ich schüttelte den Kopf. Ben war wirklich viel ausgelassener in den letzten Monaten.

»Ich glaube, das können wir. Ausnahmsweise.«

Elias strich mir mit dem Daumen über die Wange und am liebsten hätte ich mich wieder auf ihn gestürzt. Sein Blick war so zärtlich und voller Liebe, dass ich glaubte, mein Herz würde überlaufen.

Als mein Smartphone läutete, hätte ich am liebsten mit den Augen gerollt. Das war mein Wecker, der mich daran erinnerte, wann wir losmussten. Die letzten beiden Tage waren wie im Flug vergangen und es ärgerte mich, dass ich nicht noch länger bleiben konnte.

»Ist es schon so weit?«

Ich nickte zur Antwort und steckte mein Smartphone wieder weg. So gern ich die Zeit noch ein wenig herauszögern würde, aber so oder so musste ich heute die Heimreise antreten. Beim gestrigen Telefonat mit meiner Mutter hatte ich ihr versprochen, ein wenig bei den Weihnachtsvorbereitungen zu helfen. Und da ich sie nicht enttäuschen wollte, würde ich wohl oder übel die nächsten Tage ohne Elias überstehen müssen.

»Leider. Ich würde gern noch länger bleiben, Aber Ma verlässt sich auf mich und ich will sie nicht enttäuschen.«

»Ihr seht euch ja nicht zum letzten Mal«, versuchte Felix uns aufzumuntern, doch es fruchtete nicht.

Schweren Herzens verabschiedete ich mich von meinen Freunden, während Elias meine Tasche ins Auto räumte. Er wollte mich zum Bahnhof begleiten. Und natürlich auch noch so viel Zeit wie möglich mit mir verbringen.

Wenn es ging, hatte er während der Fahrt seine Hand auf meiner liegen. Doch ansonsten schwiegen wir. Wir waren uns nur zu bewusst, dass wir einige Zeit ohneeinander auskommen mussten. Ich verfluchte die Distanz zwischen uns. Aber irgendwie würden wir das schon hinbekommen.

»Ich will nicht, dass du fährst«, murrte Elias, als wir am Bahnsteig standen. Mein Zug würde in ein paar Minuten fahren und ich war wirklich versucht, einfach nicht einzusteigen.

»Geht mir genauso. Ich hab es mir irgendwie einfacher vorgestellt, eine Fernbeziehung zu haben.« Ich lehnte mich an ihn und genoss noch für einen kurzen Moment, dass er bei mir war. »Wenn es mir jetzt schon so schwerfällt, nach Hause zu fahren, wie soll es dann noch werden?«

»Keine Ahnung. Was ich weiß, ist, dass wir uns bald wiedersehen, das verspreche ich dir.«

»Ich liebe dich, Elias. Und ich will, dass das hier funktioniert.«

»Ich auch, glaub mir. Nichts wünsche ich mir mehr. Gerade jetzt, wo ich dich endlich bei mir habe.«

Wir wussten beide, dass ich losmusste. Dass wir uns nicht noch mehr Zeit nehmen konnten. Schweren Herzens gab ich meinem Liebsten noch einen letzten Kuss und stieg dann in den Zug ein. Ich suchte mir einen Platz am Fenster, damit ich Elias wenigstens noch winken konnte. Als der Zug sich in Bewegung setzte, tat ich es, so lange es ging.

Er fehlte mir jetzt schon.

***

»Oli? Hörst du mir zu?«

»Was?« Erschrocken sah ich von meinem Smartphone auf. »Sorry, Ma. War was?«

»Du könntest dein Handy ruhig mal zur Seite legen. Es ist Weihnachten und du kennst unsere Regeln, wenn die Familie zusammen ist.«

Ja, ich kannte die Regeln, aber die Hoffnung, dass Elias mir schreiben könnte, überwog das schlechte Gewissen bei Weitem. Trotzdem steckte ich das Smartphone in die Hosentasche und lächelte meine Mutter reumütig an.

»Entschuldige. Es ist nur ... ich vermisse ihn so.«

»Ich freu mich, dass du glücklich bist, Oli. Aber du darfst darüber hinaus nicht alles andere vergessen. Hier, hilf mir bitte mal.« Sie schob mir über den Esstisch hinweg einen Korb mit Gemüse zu und ich fing an, es zu schneiden. Ich musste nicht fragen, wie sie es haben wollte, denn traditionell gab es an Weihnachten Schweinebraten und Ofengemüse.

»Ich wünschte einfach, ich hätte noch ein bisschen bei ihm bleiben können. Seine Firma hat über Weihnachten zu und das wäre perfekt gewesen.«

»Junge, du hättest nur etwas sagen müssen, dann hättest du auch bleiben können. Oder ihn mitbringen können.«

Ich musste gar nicht erst über ihren Vorschlag nachdenken, als ich den Kopf schüttelte. »Seine Familie kommt ihn dieses Jahr besuchen und da wollte ich nicht, dass er wegen mir alles absagt. Das war schon lange so abgesprochen. Da waren Elias und ich noch nicht einmal so weit, wieder miteinander zu reden. Ich will auch nicht, dass er wegen mir auf seine Familie verzichten und all seine Pläne über den Haufen werfen muss. Wir wissen, worauf wir uns eingelassen haben, Mama.«

»Ihr werdet das schon hinbekommen. Eine Beziehung ist immer mit Arbeit verbunden. Und eine Fernbeziehung erst recht. Gerade dann, wenn man so weit auseinanderwohnt, muss man dem anderen vertrauen können. Sonst ist es von Anfang an zum Scheitern verurteilt.«

Ich schnaubte und fing an die Zwiebeln zu schneiden. Es dauerte nicht lange, bis mir die Augen tränten. Immer wieder wischte ich sie mit dem Ärmel meines Pullovers weg.

»Wann seht ihr euch denn wieder?«

»Er wollte Silvester bei seiner Familie verbringen und mich dann sogar seinen Eltern vorstellen.« Wenn ich nur daran dachte, wurde mir vor Nervosität ganz schlecht. Was, wenn sie mich nicht mochten? Oder nicht für gut genug hielten?

»Sie werden dich lieben.« Ma zwinkerte mir zu. »So, und nun verschwinde ins Wohnzimmer. Du weißt, ich brauche in der Küche meine Ruhe. Guck lieber, was dein Vater schon wieder anstellt. Ich glaube, dass er den Weihnachtsbaum aufstellen wollte. Vermutlich braucht er dabei Hilfe, sonst wird das Teil genauso schief wie im vergangenen Jahr. Und danach verbringen wir einen schönen ruhigen Abend.«

Was wir auch taten.

Pa nahm mich später zur Seite, warf Ma noch einen verschwörerischen Blick zu. In dem Moment wurde mir klar, dass das obligatorische Männergespräch anstand.

»Behandelt er dich gut?«, wollte er dann auch gleich wissen, als wir auf dem Hof standen und er sich seine Pfeife angezündet hatte.

»Nein, er schlägt mich«, erwiderte ich mit einem frechen Grinsen, worauf Paps die Augen demonstrativ verdrehte. Ein Kichern konnte ich mir nicht verkneifen.

»Du weißt, wie ich es meine.«

Für einige Sekunden beobachtete ich, wie die Wolken über uns dahinzogen, bevor ich mich Pa wieder zuwandte.

»Elias hat mir versprochen, keine Scheiße mehr zu bauen«, sagte ich und ein leichtes Lächeln konnte ich nicht unterdrücken. »Er trägt mich auf Händen.«

Pa nahm einen Zug von seiner Pfeife, blies den dicken, duftenden Rauch in die winterlich kalte Brise. »So sollte es sein.«

Doch so schön, wie der Abend auch gewesen war, ich freute mich schon darauf, nach Hause zu kommen und Elias schreiben zu können. Wenn ich gekonnt hätte, wäre ich meinem Vater bestimmt vom Beifahrersitz gesprungen, sobald wir vor meinem Wohnhaus anhielten. Doch ich riss mich zusammen, wünschte ihm eine gute Nacht und drückte ihn noch einmal an mich.

In meiner Wohnung befreite ich mich schnell von meinen Schuhen, holte mir etwas zu trinken und setzte mich dann in meinen Sessel. Als ich auf mein Smartphone sah, erwarteten mich einige Nachrichten von Elias. Er hatte mir Bilder geschickt. Von sich mit Nikolausmütze und falschem Bart. Außerdem hatte er noch Bilder mit seiner Nichte zusammen gemacht und seiner Schwester. Er schien auch einen tollen Abend zu haben. Wann immer ich sein Gesicht auf einem der Bilder sah, schlug mein Herz höher und ich bemerkte das dümmliche Grinsen in meinem Gesicht. Es geschah ganz automatisch und es war ein schönes Gefühl, frisch verliebt zu sein.

Liebling: »Ich wünsche dir frohe Weihnachten <3 Ich vermisse dich.«
Liebling: »Alskjfauhginksja«

Liebling: »Entschuldige :D Meine Nichte versucht hier gerade die Herrschaft über mein Handy zu erlangen. Ich melde mich später wieder bei dir, Schatz <3«

Lächelnd tippte ich eine Antwort: »Bin gerade daheim angekommen. Musste meiner Ma versprechen, das Handy in Ruhe zu lassen. War ein schöner Abend bei meinen Eltern. Es hat immerhin ein bisschen geholfen, nicht ganz so viel an dich zu denken.«

Mein Smartphone vibrierte nur ein paar Sekunden später, während ich noch dabei war, auf die Weihnachtsgrüße meiner Freunde zu antworten.

Liebling: »Nächste Woche sehen wir uns wieder. Ich hab sowieso Urlaub und wenn du willst, komm ich ein bisschen früher und wir machen uns ein paar schöne Tage.«
Oliver: »Sehr gerne <3 Als könnte ich da Nein sagen. Schlaf gut, Liebling. Ich liebe dich <3«
Liebling: »Ich dich auch, mein Schatz <3«

Wenn mir vor einem Jahr jemand gesagt hätte, dass ich schnulzig werden und Herzchen verschicken würde, ich hätte demjenigen den Vogel gezeigt.

Und jetzt? Jetzt konnte ich Elias gar nicht oft genug sagen und zeigen, dass ich ihn liebte.

Oliver

»Du machst mich ganz nervös, Oli.«

»Sorry. Aber er müsste jede Minute hier sein und ich kann es kaum erwarten, ihn endlich wiederzusehen. Außerdem sollst du ihn auch endlich kennenlernen.«

Mein Blick ging ständig zwischen der Uhr auf meinem Smartphone und Daniel hin und her. Hoffentlich würden die beiden sich verstehen.

Als es an der Wohnungstür klingelte, beschleunigte sich sofort mein Puls auf gefühlt 360 und mein Herz schlug bis zum Hals.

»Das muss er sein.« Mühsam erhob ich mich aus dem Sessel und griff nach meinem Gehstock.

Ein breit grinsender Elias stand, wie erhofft, vor meiner Wohnungstür.

»Da bist du endlich.«

Bevor ich ihn eintreten ließ, stahl ich mir einen Kuss. Doch mein Elias hatte scheinbar andere Pläne, denn er ließ seine Tasche fallen, legte seine Hände um mein Gesicht und küsste mich leidenschaftlich. Ich schmiegte mich an ihn und meine Hand schob sich unter seinem Pullover auf seine weiche Haut. Erst als sich Daniel hinter uns räusperte, ließen wir voneinander ab.

»Entschuldige.« Ich trat zur Seite und ließ Elias reinkommen. Er entledigte sich seiner Jacke und der Schuhe. Beäugte Daniel misstrauisch und warf mir einen Blick zu, den ich nicht so ganz deuten konnte. War er etwa eifersüchtig?

»Elias, das ist Daniel. Und Daniel, das ist Elias«, machte ich die beiden miteinander bekannt.

Mein Liebster schien sich daraufhin schon wieder etwas zu entspannen und stellte seine Tasche im Flur ab. Ich würde ihn später fragen müssen, ob er tatsächlich eifersüchtig war, denn irgendwie erheiterte mich der Gedanke.

»Hey.«

Die Begrüßung der beiden fiel ziemlich kühl aus und ich hoffte, dass sie noch warm miteinander wurden.

»Mach's dir schon mal gemütlich. Magst du was trinken?«

Elias schüttelte den Kopf und zog mich in seine Arme. »Nein. Ich hab alles, was ich brauche.«

»Ich lass euch Turteltauben mal allein. Das kann sich ja kein Mensch mit ansehen.« Daniel grinste und zwinkerte mir zu.

Irgendwie fand ich es schade, dass er schon nach Hause gehen wollte. Andererseits war ich froh, Zeit allein mit Elias zu verbringen. Es gab immerhin viel nachzuholen.

»Wir schreiben, okay?«, wandte ich mich noch einmal an ihn, bevor Daniel verschwand.

»Klar.« Er nickte und richtete seine Aufmerksamkeit dann auf meinen Freund. »War schön, dich kennengelernt zu haben, Elias.«

»Bis irgendwann.«

Als sich die Tür hinter meinem besten Freund schloss, schloss ich vor Schreck meine Hand fester um den Griff meines Gehstocks. Elias hatte seine Hände an meine Hüfte gelegt und mich hochgehoben. Wenn ich gekonnt hätte, hätte ich beide Beine um ihn geschlungen. Nach dem ersten

Schock verschränkte ich lachend die Arme in seinem Nacken. Hielt mich an ihm fest, während er mich ins Schlafzimmer trug und sich mit mir aufs Bett fallen ließ.

Unsere Lippen fanden sich zu einem leidenschaftlichen Kuss, der mich augenblicklich hart werden ließ. Ungeduldig fing ich an, mich an ihm zu reiben, als die Erregung mich mit voller Wucht packte. Ich konnte Elias' harten Schwanz durch die Jeans fühlen. Er stand meinem definitiv in nichts nach. Eine Woche Entzug war definitiv zu lang, wenn man frisch verliebt war.

»Oh Gott«, stöhnte ich, als Elias anfing, sich fester an mir zu reiben.

Meine Finger krallten sich in seine Haare, meine Brille rutschte mir von der Nase und ich spürte Elias' Finger, die sich unter meinen Pullover stahlen. Jede Berührung von ihm jagte mir Schauer über den Rücken und brachte mich meinem Höhepunkt gefährlich nahe.

Alles an Elias und was er mit mir tat, erregte mich auf eine Weise, wie ich es vorher nie gekannt hatte. Ich verzehrte mich nach jeder Berührung und jedem Kuss, als wäre es das Wertvollste auf der Welt. Und für mich war es das auch.

Mein Orgasmus überrollte mich ohne Vorwarnung und ich biss im Eifer des Gefechts meinem Liebsten in die Lippe. Stöhnte und keuchte unter ihm. Spürte, wie Elias ebenfalls von einem leichten Zittern gepackt wurde. Fest presste er seine Lippen auf meine, atmete schwer und rieb sich heftiger an mir, bis sein eigener Höhepunkt abgeebbt war.

Immer wieder hauchte er kleine Küsse auf mein Gesicht und streichelte mich, während ich völlig ermattet und überwältigt dalag und nicht glauben konnte, was eben passiert war.

»Scheiße.« Kichernd barg ich mein Gesicht in der Halsbeuge meines Liebsten, welcher sich neben mich gelegt hatte. »Das ist mir auch noch nie passiert.«

»Was? Dass du in deiner Hose abgespritzt hast?«, zog er mich auf und gab mir einen Klaps auf den Hintern.

»Mir ist das so peinlich!«, gestand ich mit hochrotem Kopf.

»Muss es nicht. Es schmeichelt mir sogar, dass du so schnell gekommen bist. Aber wir sollten uns vielleicht umziehen.«

»Gleich. Ich will nur noch einen kurzen Moment liegen bleiben.«

»Weißt du«, begann Elias und ich sah ihn aufmerksam an. »Ich hatte mir eigentlich ausgemalt, dass ich dich groß verführe und dich dann nach Strich und Faden verwöhne.«

»Ich halte dich nicht davon ab, deine Pläne in die Tat umzusetzen.«

Nur ungern löste ich mich aus Elias' Armen, doch der kalte, feuchte Fleck in meiner Hose wurde mit der Zeit etwas unangenehm. Ich erhob mich vom Bett, ließ die Jeans fallen und schnappte mir aus dem Schrank frische Unterwäsche und eine Jogginghose. Wenn ich mich schon umzog, konnte ich es mir auch gemütlich machen.

Mein Bettzeug raschelte und kurz darauf war ein Reißverschluss zu hören. Scheinbar tat es mir mein Freund gleich. Nach einem kurzen Abstecher ins Bad fläzten wir uns auf die Couch. Kuschelten und knutschten abwechselnd miteinander, während die Zeit einfach so verstrich.

»Ich bin froh, dass du endlich da bist«, meinte ich irgendwann und legte mein gesundes Bein über seine.

»Ich auch, glaub mir. Die Woche ohne dich war die Hölle.« Zärtlich strich er mir über den Rücken. Als er jedoch die Augenbrauen zusammenzog, sah ich ihn fragend an.

»Was ist los?«

»Na ja … es ist blöd, ich weiß, aber ich hab irgendwie Hemmungen, danach zu fragen«, gestand er und ich verstand nur noch Bahnhof.

»Was willst du denn wissen?«

»Wie … wie ist es mit deinem Bein mittlerweile? Ich meine … so von der Beweglichkeit her und so. Weißt du?«

Für einen kurzen Moment sah ich Elias einfach nur an, fing dann jedoch an zu kichern.

»Was ist so lustig daran?«

»Mann Elias, du kannst mich alles fragen, was du willst. Du bist mein Partner. Wir sind jetzt ein Team. Du und ich.« Lachend küsste ich ihn. »Ich wundere mich nur, dass Felix dich dahin gehend nicht auf dem Laufenden gehalten hat.«

»Das liegt daran, dass ich ihn gebeten habe, nicht so viel über dich zu reden. Weil es mich daran erinnert hat, wie bescheuert ich mich benommen habe. Außerdem wollte ich auch nicht so viel an dich denken«, gestand er mir und ich freute mich insgeheim darüber. Denn es zeigte mir einmal mehr, dass er ständig an mich denken musste. Sich genauso nach mir gesehnt hatte, wie ich mich nach ihm. Mir war es doch genauso wenig gelungen, nicht mehr an Elias zu denken. »Ich meine, dass du denkst, unser Sexleben könnte schnell langweilig werden, hast du mir schon anvertraut. Aber …« Etwas hilflos zuckte er die Schultern.

»Sagen wir es so: Ich kann mich hier in meiner Wohnung eine Zeit lang ohne den Gehstock fortbewegen. Aber auch nur, weil ich hier keine großen Entfernungen zurückzulegen habe. Ich kann das Bein schon ein bisschen besser bewegen als noch vor drei Wochen, was aber auch an der Physiotherapie liegt und den Übungen, die ich machen muss«, erklärte ich ihm und er hörte mir aufmerksam zu. »Das Humpeln wird nie weggehen, genauso wie die Versteifung. So zumindest die Prognose der Ärzte. Und auch die Belastbarkeit wird nicht wiederkommen. Zumindest nicht so, wie es mal war. Manche Bewegungen tun noch weh und mit meinem Rücken muss ich auch aufpassen. Ich hoffe einfach nur, dass ich bald wieder arbeiten kann.«

»Willst du denn schon wieder arbeiten gehen?«

»Schon, ich geh nämlich sonst bald die Decke hoch. Ich habe mit meinem Chef gesprochen und gefragt, wie es denn aussieht, dass ich im Homeoffice arbeiten könnte. Und mein Arzt meinte, solange ich es mir zutraue, kann ich arbeiten gehen. Ich bin jetzt über ein Jahr daheim und mir fällt die Decke auf den Kopf. Mit dem Krankengeld ist es auch etwas eng im Monat, aber ich komm über die Runden. Das habe ich aber auch nur dem Verkauf meines Autos zu verdanken. Somit hatte ich einige Rücklagen, auf die ich zugreifen konnte. Aber ich fühl mich einfach nutzlos, wenn ich den ganzen Tag nur daheim bin und nichts tun kann.«

»Versteh ich. Aber es wird komisch, wenn du nicht einfach jederzeit mal zu uns rüberkommen kannst. Aber von Luft und Liebe lebt es sich schlecht, was?«

Ich wusste, dass Elias nur versuchte die Stimmung ein wenig aufzulockern. Uns beiden war klar, dass es nicht einfach werden würde, sollte ich tatsächlich wieder arbeiten gehen. Denn so blieben uns nur die Wochenenden, um uns gegenseitig besuchen zu können.

Das waren Dinge, um die ich mir erst Gedanken machen wollte, wenn es so weit war. Zuerst einmal wollte ich die nächsten Tage mit Elias genießen.

***

»Was hältst du eigentlich von Daniel?«, wollte ich an Silvester von Elias wissen.

Eigentlich war die Frage nur ein Ablenkungsmanöver, da wir auf dem Weg zu seinen Eltern waren und ich verdammt aufgeregt war.

»Er ist okay.«

Erneut beschlich mich der Verdacht, dass Elias eifersüchtig war. Gestern hatte er Daniel auch die ganze Zeit im Auge behalten, als er uns besucht hatte, um mit uns zu essen.

»Du bist doch wohl nicht eifersüchtig?«

»Was?« Seine Wangen färbten sich rot. Scheinbar hatte ich ihn ertappt.

»Keine Angst. Daniel und ich waren schon immer nur Freunde. Außerdem habe ich für ihn eindeutig das falsche Geschlecht.«

»Ich bin nicht eifersüchtig«, versuchte er es weiterhin zu leugnen. »Ich bin nur überrascht, dass du ihm noch mal eine Chance gegeben hast, nachdem er dich so hängen lassen hat. Das ist alles.«

»Hey, wir haben das geklärt und beschlossen unserer Freundschaft noch eine Chance zu geben. Wäre ich jemand, der niemandem mehr eine Chance gibt, dann … dann wären wir beide jetzt auch nicht zusammen«, gab ich ihm zu bedenken.

Es war nicht einfach, es auszusprechen, doch es war schlichtweg die Wahrheit. Wäre ich ein sturer Esel und wäre Elias einfach aus dem Weg gegangen, dann wären wir jetzt nicht auf dem Weg zu seinen Eltern.

»Ich weiß. Ja gut, ich war eifersüchtig. Zufrieden?«

»Alles gut, Liebling. Für mich gibt es nur dich.« Ich tätschelte seinen Oberschenkel, während er den Wagen in eine Straße lenkte und vor einem kleinen Einfamilienhaus stehen blieb. »Nichtsdestotrotz bin ich froh, dass ich meinen besten Freund wiederhabe.«

Mein Blick glitt über die Hausfassade, während Elias den Motor ausschaltete und ausstieg. Erst als sich meine Tür öffnete, wagte ich es, mich wieder zu bewegen.

»Na komm. Wir sind da.«

Ich ergriff die Hand, die er mir bot, um mir beim Aussteigen behilflich zu sein. Elias hatte gemeint, ich würde meinen Gehstock heute nicht brauchen. Und er hatte auch, wieso auch immer, darauf bestanden, dass ich ihn daheim ließ. Wahrscheinlich genoss er es genauso wie ich, wenn ich mich bei ihm unterhakte und Halt suchte. Bei kurzen Strecken war das auch durchaus kein Problem. Und da ich nicht glaubte, dass wir bei seinen Eltern große Distanzen zurücklegen würden, hatte ich eingewilligt.

»Denkst du, sie werden mich mögen?«

»Nein.« Mir rutschte das Herz in die Hose und ich schluckte. »Sie werden dich sicher lieben.«

»Idiot.«

Er streckte mir die Zunge heraus, bevor er zweimal läutete und dann die Tür aufschloss, während ich versuchte, meinen Puls wieder unter Kontrolle zu bekommen. Ich hoffte, Elias würde recht behalten, was seine Familie anging.

»Mama? Papa?«, rief er, als er mir aus der Jacke half. »Wir sind da!«

Nachdem er unsere Jacken weggehängt hatte, bot er mir erneut seinen Arm an und ich hakte mich bei ihm unter. Gemeinsam gingen wir ins Wohnzimmer. Es war bezaubernd, wie er sich auf mich einließ.

»Wunderbar! Da seid ihr ja endlich!« Die Frau, die auf uns zukam, musste Elias' Mama sein. Sie nahm ihren Sohn fest in die Arme und reichte mir dann die Hand. »Ich bin Theresa und du musst Oliver sein. Elias hat uns schon so viel von dir erzählt. Glaub mir, mein Sohn ist normalerweise nicht so ein Idiot und weiß, wie man sich zu benehmen hat. Aber manchmal hat er ein paar Totalausfälle und –«

»Schatz, lass den armen Jungen in Ruhe ankommen.« Das musste dann wohl sein Papa sein. »Ich bin Thomas. Ignorier meine Frau einfach, wenn sie zu viel redet, das passiert, wenn sie nervös ist.«

»Freut mich, Sie kennenzulernen.« Ich nahm seine dargebotene Hand und schüttelte sie.

Meine Bedenken lösten sich in Luft auf. Ich fühlte mich vom ersten Augenblick an wohl.

»Lass das Sie weg. Wir sind Thomas und Theresa und den Rest der Bande wirst du auch noch kennenlernen«, meinte Thomas.

»Ist Jessica schon wieder zu spät dran?«

»Du kennst doch deine Schwester.« Elias' Papa winkte ab und setzte sich an den Esstisch. »Es würde an ein Wunder grenzen, wenn sie mal pünktlich wäre.«

»Wollt ihr etwas trinken?«, war Theresas Stimme aus der Küche zu hören und Elias sah mich fragend an.

»Kaffee wäre super, oder Wasser.«

»Ich mach dir einen. Du auch was, Papa?«

»Den Cognac bekomm ich ja leider erst später. Dann nehm ich eben auch einen Kaffee.«

»Kommt sofort.« Mein Freund gab mir noch einen Kuss auf die Stirn, bevor er in der Küche verschwand. Unsicher, was ich allein mit seinem Vater reden sollte, sah ich mich ein wenig um. Das, was ich sehen konnte, wirkte gemütlich und einladend auf mich. Richtig heimelig.

»Elias hat erzählt, dass du einen Unfall hattest. Was ist denn passiert?«

»Mich hat ein Auto angefahren. Wie sich später herausgestellt hat, war der Fahrer betrunken. Ich bin nur froh, dass nicht mehr passiert ist. Das hätte auch anders ausgehen können.«

Thomas nickte und tippte sich mit dem Zeigefinger ans Kinn. Eine Eigenschaft, die er mit seinem Sohn gemein hatte. Elias machte das auch, wenn er über etwas nachdachte.

»Hat der Unfall auch was mit deinem Humpeln zu tun?«

»Unter anderem, ja.« Ich erzählte ihm alles vom ersten Unfall bis heute. Er schien ehrlich interessiert daran zu sein und stellte immer wieder Fragen. Mir war es nur recht, denn das war ein Thema, über das ich ohne Probleme sprechen konnte und was mir ein wenig die Nervosität nahm. Zwischendurch hatte Elias uns den Kaffee gebracht, war dann aber wieder in der Küche verschwunden.

»Also bleibt das so? Wie ist das mit dem Autofahren?«

»Na ja, mit dem Bein kann ich kein normales Auto mehr fahren. Aber ich habe gestern ein wenig recherchiert und werde wohl noch mal ein paar Fahrstunden nehmen müssen, um mit einem behindertengerechten Auto zurechtzukommen. Ich warte nur noch auf den Bescheid wegen meines neuen Behindertenausweises. Demnach entscheidet sich dann auch, ob meine Krankenkasse eventuell etwas dazu beisteuert, damit ich wieder mobil sein kann.«

»Da hast du ja noch einiges vor dir.«

Die Türglocke unterbrach unser Gespräch. Thomas stand auf und öffnete die Haustür. Stimmen waren zu hören und auch das Getrippel kleiner Füße. Kurz darauf sah ich in ein kleines, pausbäckiges Gesicht. Große, dunkle Augen starrten mich an und ich musste lächeln. Seine Nichte war noch süßer als auf den Bildern, die Elias mir gezeigt hatte.

»Emilia, komm her. Wir müssen dich noch ausziehen.« Die Stimme gehörte sicherlich zu Elias' Schwester.

Die Kleine schüttelte den Kopf und lief zu ihrem Opa, der sie auf den Arm nahm und sie etwas umständlich aus der Jacke und der Wollmütze schälte. Ich erinnerte mich an meine gute Kinderstube und stand auf. Elias kam, gefolgt von seiner Mutter, aus der Küche, um seine Schwester und ihre Familie zu begrüßen.

»Schatz.« Elias drehte sich zu mir herum und griff nach meiner Hand. »Das ist meine Schwester Jessica, ihr Mann Daniel und meine kleine süße Maus Emilia.«

»Hey, Oli. Ist es okay, wenn ich Oli sage?«, wollte Jessica von mir wissen.

»Ja klar, kein Problem.«

Ich war ganz froh, als wir uns ins Wohnzimmer zurückzogen. Ich setzte mich in den Sessel und spielte ein wenig mit Emilia. Nach und nach brachte sie mir all ihre Spielzeuge und ich bewunderte sie natürlich ordnungsgemäß. So wie es sich gehörte, wenn einem ein Kind sein Spielzeug in die Hand drückte. Doch wann immer sie ihren Onkel sah, strahlte sie ihn an und wollte bei ihm auf den Arm. Aber wer konnte es ihr verübeln? Wenn es nach mir gegangen wäre, hätte Elias mich auch jedes Mal auf den Arm nehmen dürfen, sobald er den Raum betrat.

Er beugte sich zu mir herunter und küsste mich. »Sorry, dass ich so wenig bei dir bin.«

»Ist schon okay. Ich komm schon klar. Außerdem mag ich deine Familie. Sie sind toll.« Ich sprach so leise, dass es nur Elias hören konnte. Dieser war sichtlich erleichtert und verschwand wieder in der Küche, um seiner Mutter zu helfen. Jessica war auch dorthin verschwunden, seit sie angekommen waren. Scheinbar war es eine kleine Tradition, dass die Kinder in der Küche halfen.

Es war eine gute Entscheidung gewesen, mit hierherzukommen.

***

Schon lange hatte ich kein so schönes Silvester mehr verbracht. Elias' Familie war einfach wahnsinnig herzlich und offen und hatte mich schnell akzeptiert. Sie machten es einem leicht, sie zu lieben.

Beim Raclette hatten wir uns die Bäuche vollgeschlagen, bis jedem von uns schlecht war und wir uns nicht mehr bewegen wollten. Irgendwann hatte Theresa ihre selbst gemachte Bowle serviert und herrlich angeschickert hatten wir alle zusammen *Dinner for one* geschaut. Die einzigen Nüchternen waren Jessica und Elias, da sie noch fahren mussten. Und natürlich kleine Maus Emilia. Doch sie schlief schon. Elias' Schwester würde sie wecken, bevor das Feuerwerk losging, damit sie es miterleben konnte.

Gerade war Theresa dabei, die Sektgläser zu füllen, damit wir gleich anstoßen konnten, wenn das neue Jahr eingeläutet wurde. Es herrschte reges Treiben. Jeder suchte seine Schuhe und Jessica war dabei, Emilia anzuziehen, da sie seit einer halben Stunde wieder wach war. Elias reichte mir meine Jacke, die ich erst einmal über die Lehne eines Stuhls hängte.

Als der Countdown im Radio losging, schmiegte ich mich an meinen Liebsten. Einstimmig und laut wünschten wir uns alle ein frohes neues Jahr. Jeder wurde umarmt und geherzt. Elias jedoch bekam von mir einen zärtlichen Kuss.

»Frohes neues Jahr, Schatz«, murmelte er an meinen Lippen und ich grinste nur von einem Ohr zum anderen.

Während die anderen draußen auf die Straße stürmten, um so viel vom Feuerwerk zu sehen, wie möglich, blieb ich an der Hauswand stehen und lehnte mich daran. Meine Hände steckten tief in den Taschen meiner Jacke. Es war doch ganz schön abgekühlt in den letzten Tagen und ich bereute es, keinen Schal angezogen zu haben.

Stattdessen beobachtete ich Elias, der mit seiner Nichte auf dem Arm umherlief und ihre Begeisterung für das Feuerwerk teilte. Kaum zu glauben, dass sie gerade mal anderthalb Jahre alt sein sollte. Der Rest der Familie zündete eine Batterie nach der anderen an und beobachtete das Schauspiel am Himmel.

Ich wusste nicht, wie lange wir schon draußen waren, denn mein Smartphone hatte ich bei mir in der Wohnung gelassen. Doch nach einer Weile kam mein Liebster zu mir, stellte sich neben mich und legte mir einen Arm um die

Schultern. Auf dem Arm hatte er noch immer seine Nichte, die sichtbar gegen den Schlaf ankämpfte. Ich lehnte mich an ihn und konnte mal wieder nicht glauben, was ich für ein Glück mit ihm hatte.

»Sollen wir reingehen? Oder kannst du noch ein bisschen aushalten?«

»Sitzen wäre schon nicht schlecht. Aber du kannst mir auch einfach aufschließen und dann warte ich drinnen auf euch.« Ich wollte nicht, dass er extra wegen mir irgendwas verpasste. Oder die Zeit mit seiner Familie verkürzte.

»Papperlapapp. Ich sag grad nur Mama Bescheid, damit sie keine Vermisstenanzeige aufgibt, und dann gehen wir rein.«

Dankbar lächelte ich ihn an. Bis eben hatte ich gar nicht auf mein Bein geachtet und hätte wahrscheinlich noch länger hier draußen gestanden. Das hätte sich später auf jeden Fall gerächt. Es war schön, einen Partner zu haben, der auf einen achtgab, wenn man es selbst einmal vergaß.

Ja, was Besseres als er hätte mir nicht passieren können.

Elias

Müde und völlig geschlaucht lag ich auf dem Sofa. Im Fernsehen flimmerte ein Film vor sich hin, ohne dass ich ihn wirklich wahrnahm. Felix hatte keine Zeit, da er heute Date-Night mit Ben hatte, und ich langweilte mich nach meinem Feierabend beinahe zu Tode.

Sieben Wochen waren jetzt herum, seit ich über Silvester bei Oliver gewesen war. Seitdem hatten wir uns nur noch über den Videochat sehen können. Doch nachdem ein Kollege gekündigt hatte und ein anderer im Krankenhaus lag, häuften sich meine Überstunden wieder ohne Ende an. Selbst an den Wochenenden hatte ich kaum noch Freizeit.

Ich warf einen Blick auf die Uhr und bemerkte, dass es spät genug war. Mein Schatz müsste demnach also zu Hause sein. Entschlossen, mein Glück zu versuchen, nahm ich mein Smartphone und wählte seine Nummer.

»Hi, Liebling«, ertönte Olivers Stimme kurz darauf. Sofort war da dieses Kribbeln, das ich immer spürte, wenn ich auch nur an ihn dachte.

»Hey. Was machst du?«

»Ich hab mich eben in meinen Sessel geflätzt. Es ist ganz schön anstrengend, wieder arbeiten zu gehen. Und ich habe erst zwei Wochen hinter mir. Die Physiotherapie gibt mir auch noch den Rest.«

Oliver hörte sich wirklich geschafft an und ich wünschte, ich wäre bei ihm. Dann hätte ich ihn massieren und vielleicht auch anderweitig verwöhnen können. Ich verdrehte die Augen, als sich mein Schwanz regte. Nur der kleinste Gedanke an Sex mit meinem Freund reichte aus, um mich hart werden zu lassen. Wenn es gut lief, würde unser Telefonat wieder in Telefonsex ausschweifen und ich würde wenigstens auf diese Art und Weise Druck ablassen können.

»Glaub ich dir. Du warst aber auch über ein Jahr daheim und bist es einfach nicht mehr gewohnt zu arbeiten. Aber du hast ja Gott sei Dank noch Wiedereingliederung«, versuchte ich ihn irgendwie aufzuheitern.

»Ich muss mich nur wieder dran gewöhnen. Wie sieht es denn bei euch aus? Langsam Besserung in Sicht?«

»Es gibt tatsächlich Licht am Ende des Tunnels«, bestätigte ich und war ganz froh über diese Tatsache. »Wir hatten heute zwei Bewerber und es sieht so aus, als würde mein Chef sie einstellen. Noch länger halte ich die Überstunden nicht mehr aus. Meine Kollegen und ich haben schon gescherzt, uns einfach Feldbetten in die Firma zu stellen und direkt dort zu schlafen.« Ich lachte, obwohl die Situation auf der Arbeit mehr als angespannt war.

Man merkte uns allen an, dass die wenige Freizeit, die wir hatten, zu wenig war, um uns zu erholen. Keiner hatte genug Zeit mit seinen Liebsten und die ersten Beziehungen litten schon darunter. Gestern erst hatte sich mein Kollege lautstark mit seiner Frau am Telefon gestritten.

»Der Stress ist ja auch niemandem zuzumuten. Kannst du danach wenigstens wieder Überstunden abfeiern?«, wollte Oliver wissen und ich wusste, dass in dieser Frage auch ein wenig die Hoffnung steckte, dass wir uns endlich wieder sehen konnten.

»Wenn sich alles eingespielt hat, auf jeden Fall. Du fehlst mir.«

»Du mir auch.« Ich konnte mir bildlich vorstellen, wie er in seinem Sessel saß und träumerisch durch das Fenster sah. Es ließ mich selbst auch ein wenig melancholisch werden.

»Denkst du, du kannst dieses Wochenende kommen?«, wollte ich von Oliver wissen. Die Sehnsucht nach ihm war groß.

Stille. Ich wusste, was das bedeutete und konnte die Enttäuschung darüber kaum zurückhalten. Er brauchte nichts zu sagen.

»Elias, ich –«

»Schon gut.« Ich klang wirscher als beabsichtigt. Doch langsam stank es mir, dass immer irgendwas dazwischenkam. Diese Fernbeziehung zerrte an meinen Nerven. »Vergiss einfach, dass ich gefragt habe.«

»Du tust gerade so, als würde es mir leicht fallen, abzusagen. Mir macht das auch keinen Spaß, ich würde dich auch gern wiedersehen.«

»Und warum kommst du dann nicht her?« Aufgebracht setzte ich mich auf.

»Dasselbe könnte ich dich auch fragen.« Oliver klang so ruhig und gefasst, dass es mich nur noch mehr aufregte, dass ich so enttäuscht war und meine Gefühle nicht unter Kontrolle hatte.

»Es tut mir leid, dass ich ausnahmsweise so viel arbeiten muss. Ich hab es mir auch nicht ausgesucht, die vielen Überstunden anzuhäufen. Verdammt, Oli, ich hätte auch gern mal wieder ein freies Wochenende!«

»Das sage ich doch auch nicht«, hielt er dagegen. »Doch was ist mit mir? Ich finde gerade wieder in meinen Job rein und gehe in die verdammte Fahrschule, damit ich ein Stück Unabhängigkeit zurückbekomme. Ich hab so schon genug Schulden bei meinen Eltern, wegen des neuen Autos und der Rest, den ich habe, geht für die Fahrschule drauf. Du kannst nicht mir allein den schwarzen Peter zuschieben.«

»Hätte das alles nicht noch ein bisschen warten können?« Auf seine letzte Bemerkung ging ich nicht ein. Das war nicht das, was ich gerade hören wollte.

»Ach, und wie lange sollte ich deiner Meinung nach noch warten? Bis wir wie lange zusammen sind? Welche Zeit hältst du für angemessen, Elias?« Der Sarkasmus in seiner

Stimme war nicht zu überhören. Er war verletzt. Gut, dann wusste er wenigstens, wie es mir gerade ging.

»Das muss ich mir nicht geben. Verarschen kann ich mich auch allein! Scheinbar scheint es dir ja nicht so viel auszumachen, dass wir uns nicht sehen! Sonst wärst du doch schon längst hier, oder nicht?« Es klingelte an der Tür und ich sah auf die Uhr. Wer kam denn um die Uhrzeit noch vorbei? »Weißt du, langsam glaub ich, mein Gefühl hatte recht und die Fernbeziehung war keine gute Idee.«

Am anderen Ende herrschte Stille. Dafür klingelte es an meiner Tür Sturm. Genervt stand ich auf, um zu sehen, wer mich nervte. Gleichzeitig war ich mir sicher, Oliver leise schluchzen zu hören. Scheiße. Konnte ich denn nichts richtig machen, wenn es um Oliver ging?

Vor meiner Tür stand Felix, der bei meinem Anblick die Stirn krauszog. Ich winkte ihn einfach herein, während ich versuchte, meinen Freund zum Reden zu bringen.

»Oli? Hör z –«

Tut. Tut. Tut.

Nein, er würde mir ganz sicher nicht zuhören. Wieso auch? Ich hatte ihm gerade zu verstehen gegeben, dass ich unsere Beziehung für einen Fehler hielt. An seiner Stelle hätte ich mir alle möglichen Beleidigungen an den Kopf geworfen. Doch so war Oliver nicht. Und ich hatte meine vorlaute Klappe einfach nicht unter Kontrolle.

»Was ziehst du für ein Gesicht? Was ist passiert?«, hakte Felix sofort nach.

Nach kurzem Zögern erzählte ich ihm alles und schämte mich mit jedem Wort mehr, das über meine Lippen kam. Was war denn bitte in mich gefahren?

»Das hast du ihm gesagt? Genau so?« Entsetzt sah er mich an. »Bist du eigentlich von allen guten Geistern verlassen, Elias?«

»Scheinbar ja! Jedes Mal, wenn es irgendwie schwierig wird, mache ich alles falsch!«

»Denkst du denn wirklich so darüber? Dass es ein Fehler war? Bereust du es?«

Ich sah Felix an, als hätte er den Verstand verloren. »Natürlich nicht. Verdammt, ich liebe diesen Kerl mehr, als ich es je für möglich gehalten hätte. Und er fehlt mir! Ich hätte ihn am liebsten immer an meiner Seite! Ich ... Mensch, ich war nur so enttäuscht, dass es schon wieder nicht klappt! Ich weiß doch, dass er nicht schuld daran ist.«

»Weißt du, was ich nicht verstehe, Elias?«

»Was?« Genervt rieb ich mir die Stirn. Ich sollte schnellstens versuchen, Oliver zu erreichen und mit ihm zu reden.

»Du hattest schon mal eine Fernbeziehung. Du hast Fenja damals sogar über einen noch längeren Zeitraum nicht sehen können und da warst du viel entspannter. Du tust so, als wäre es deine erste Fernbeziehung. Vor was hast du so eine Angst? Dass dir mit Oli dasselbe passiert wie mit ihr?«

Ich verschränkte die Arme vor der Brust und nickte. Wer konnte mir die Sicherheit geben, dass Oli nicht mit irgendjemandem – Chef oder Kollege – ins Bett steigt? Niemand.

»Wenn du ihm nicht vertrauen kannst wegen dem, was sie dir angetan hat, dann solltest du das mit Oli beenden. Und zwar sofort. Du tust ihm nur weh damit. Und das hat er wirklich nicht verdient.«

»Was soll ich denn machen? Ich bekomm das einfach nicht aus dem Kopf«, gestand ich meinem besten Freund.

»Gewöhn dir an, mit Oliver über deine Ängste und Probleme zu reden. Weiß er überhaupt von Fenja? Ich denke nicht.« Ich schüttelte den Kopf. Warum kannte Felix mich nur so gut? »Versuch ihn zu erreichen und das zu klären.«

»Was, wenn er nicht rangeht? Ich würde gerade auch nicht mit mir reden wollen.«

»Dann fahr zu ihm. Verdammt noch mal! Wenn du ihn so sehr liebst, wie du dauernd betonst, dann scheiß auf die lange Fahrt. Schaff das Problem aus der Welt. Du wirst es bereuen, wenn du es nicht tust. Glaub mir.«

»Danke. Was würde ich nur ohne dich machen, der mir den Kopf zurechtrückt?«

»Den Mann deiner Träume verlieren? Komm, ruf ihn an. Ich warte solange. Aber ich sollte Ben vielleicht mal Bescheid geben, der wartet nämlich im Auto auf mich.«

Während Felix seinen Mann darüber informierte, was los war, versuchte ich mehrmals hintereinander Oliver zu erreichen. Beim ersten Mal klingelte es, bis die Mailbox ran ging. Danach fing er an, mich wegzudrücken, bis er endgültig sein Smartphone ausschaltete.

***

Es war zwei Uhr in der Nacht, scheiße kalt, noch dazu hatte es angefangen zu schneien und ich stand vor Olivers Wohnhaus und klingelte Sturm, bis die Gegensprechanlage knirschte.

»Hallo?« Er klang angesäuert. Das war mir lieber, als ihn noch einmal weinen zu hören.

»Ich bin's. Mach bitte auf.«

Der Türsummer ertönte und ich schickte ein Stoßgebet gen Himmel. Egal was jetzt passierte, ich durfte es nicht versauen. Immer zwei Stufen auf einmal nehmend eilte ich in den dritten Stock. Völlig außer Atem kam ich vor einem erstaunten Oliver zum Stehen.

Ohne ein Wort zu sagen, drückte ich ihn an mich. Selbst in der schwachen Beleuchtung hatte ich erkennen können, dass er geweint hatte. Und das alles nur, weil ich nicht nachdenken konnte, bevor ich sprach.

»Es tut mir leid.«

Endlich schlangen sich seine Arme um mich. Zogen mich fest an ihn, als wolle er mich nie wieder loslassen.

»Was ich gesagt habe, das habe ich so nicht gemeint, Schatz.«

Ich drückte ihm einen Kuss auf den Scheitel und schob ihn dann langsam in seine Wohnung hinein. Der Hausflur war wahrlich nicht der richtige Ort, um unsere Probleme zu besprechen.

Eine ganze Weile hielt ich ihn einfach nur im Arm, froh darüber, dass er nicht mehr meinetwegen weinte und überhaupt bereit war, mir zuzuhören. Dass er mich nicht einfach zum Teufel schickte, obwohl ich es verdient hätte. Als er sich von mir löste, befreite ich mich von Jacke und Schuhen.

»Wir sollten reden.«

Oliver nickte. »Dringend. Willst du Kaffee?«

»Am besten intravenös. Ich bin hundemüde.« Wie um meine Aussage zu unterstreichen, gähnte und streckte ich mich. »Ich halte unsere Beziehung ganz sicher nicht für einen Fehler.«

»Warum hast du es dann gesagt? Weißt du, wie weh es tut, zu denken, du hältst das, was wir haben, für einen Griff ins Klo?«

»Ich habe einfach Angst, dass uns die räumliche Trennung am Ende doch auseinandertreibt. Bei Fenja und mir dachte ich damals auch, dass es klappen wird. Und am Ende hat sie mich nur verarscht und sich einen anderen gesucht.«

»Und du denkst, dass ich das auch machen könnte?« Oliver sah mich betroffen an, stellte unsere Tassen auf den Tisch, und ich nickte beschämt.

»Mein Verstand sagt mir, dass du so etwas nicht tun würdest. Aber mein Unterbewusstsein kramt diese Geschichte immer und immer wieder hervor. Und ich begann zu zweifeln und dachte, es wäre besser, es vielleicht einfach als Fehler abzuhaken und weiterzumachen. Aber nachdem du aufgelegt hattest, wusste ich schon, dass ich das nicht wollte.«

»Es kann auch nicht funktionieren«, entgegnete er ernst und ich glaubte, schon wieder alles versaut zu haben. Mein Herz rutschte mir in die Hose und ich glaubte, nicht mehr Atmen zu können. »Nicht so. Nicht, wenn du nicht mit mir redest und mir nicht genug vertraust«, gab Oliver zu bedenken und ich musste ihm recht geben. Erleichtert, aber dennoch zittrig, atmete ich auf.

»Ich weiß. Felix hat mich auch schon zusammengefaltet. Er kam natürlich zum genau falschen Zeitpunkt bei mir vorbei. Oder zum richtigen. Je nachdem, wie man es nimmt.« Der Kaffee tat unglaublich gut. Ich atmete einmal tief durch und betrachtete Oliver. Er sah wirklich fertig aus. Ich wollte nicht, dass er jemals wieder wegen mir weinte. »Weißt du, mit dir ist alles irgendwie anders, Schatz. Intensiver. Ich dachte immer, Fenja wäre meine große Liebe. Und dann kommst du um die Ecke und zeigst mir, dass es noch viel intensiver und tiefer gehen kann. Am liebsten hätte ich dich rund um die Uhr bei mir. Den ganzen Tag warte ich sehnsüchtig auf eine Nachricht von dir und lass alles stehen und liegen, nur damit ich dir antworten kann. Ich vermisse den Klang deiner Stimme. Oder wie du über meine schlechten Witze lachst. Unsere gemeinsamen Fernsehabende. Du machst selbst die normalsten Sachen zu etwas Besonderem. Ich vermisse es, mit dir zu reden und dich in meinen Armen zu halten. Und als du vorhin nicht mehr ans Handy gegangen bist, da wurde mir klar, dass du alles bist, was ich brauche. Alles, was ich liebe und mir je von einem anderen Menschen gewünscht habe. Und ich bin dabei, alles kaputtzumachen.«

Ich blinzelte die Tränen weg, senkte nach meinem Seelenstriptease beschämt den Blick. Eine Hand legte sich auf meine und ließ mich wieder aufblicken. Automatisch rutschte ich mit meinem Stuhl ein Stück zurück. Oliver nahm auf meinem Schoß Platz, zog mich in eine tröstende Umarmung und ich ließ den Tränen einfach freien Lauf. Mir war mit einem Mal bewusst, was ich bereit war aufzugeben, nur weil ich den Mund nicht aufbekam.

»Wir können das schaffen. Aber nur, wenn wir immer offen und ehrlich miteinander sprechen.« Schniefend nickte ich an seiner Schulter. »Ich liebe dich.«

»Ich dich auch. Es –«

»Scht«, unterbrach mich Oliver. »Ist okay. Wir machen alle mal Fehler. Versprich mir nur, dass du in Zukunft mit mir redest.«

Ich nickte und zog ihn noch fester an mich. Was für ein Glück ich doch mit ihm hatte!

Wie lange wir so dasaßen, konnte ich nicht genau sagen. Doch als wir ins Bett gingen und ich einen schlafenden Oliver in den Armen hielt, wurde mir klar, dass ich alles machen würde, um ihn glücklich zu machen.

Noch einmal würde ich unsere Beziehung nicht wegen einer dummen Bemerkung aufs Spiel setzen.

Epilog

Oliver

»Können wir?«

Ich drehte mich zu Elias um, der schon ungeduldig auf mich wartete. In meiner Schusseligkeit hatte ich mir Kaffee auf meinen Pullover gekleckert und mich natürlich noch einmal umziehen müssen.

»Ja, wir können. Ich fahre auch freiwillig, dann kannst du etwas trinken.«

»Schatz, wir fahren nur zu Felix und Ben. Im schlimmsten Fall können wir beide im Gästezimmer übernachten.«

»Egal. Ich fahre trotzdem.« Frech streckte ich ihm die Zunge heraus, bevor ich ihn küsste und wir uns auf den Weg machten.

In den letzten acht Monaten hatte sich einiges getan. Elias und ich hatten daran gearbeitet, dass unsere Fernbeziehung auch wirklich funktionierte. Was nicht immer leicht gewesen war, doch wir hatten es schlussendlich geschafft.

Außerdem hatten wir viele Gespräche über unsere gemeinsame Zukunft geführt und nach etlichem Hin und Her, hatte ich mich dazu entschlossen, zu ihm zu ziehen. Das Risiko einzugehen, mein bisheriges Leben so weit hinter mir zu lassen und mir mit dem Mann, den ich liebte, etwas Neues aufzubauen.

Einmal den Entschluss gefasst fing für mich der eigentliche Stress erst richtig an. Sobald ich genug Fahrstunden hatte und mein umgebautes Auto endlich steuern konnte, war ich zu Elias gefahren, sooft es meine Zeit und die Finanzen erlaubten. Mittlerweile kam ich auch einwandfrei damit klar, mit der Hand zu bremsen und Gas zu geben.

Gemeinsam hatten wir uns auf die Suche nach Ärzten gemacht, die bereit waren mich als neuen Patienten aufzunehmen. Was gar nicht mal so leicht gewesen war. Denn die meisten Ärzte, mit denen ich nach den vielen Gesprächen gut klarkam, waren alle schon voll belegt.

Doch nicht nur die Suche nach Ärzten und einem neuen Physiotherapeuten, bei dem ich meine Therapie fortsetzen konnte, war anstrengend. Auch die Jobsuche war schwierig. Wegen der Sprachbarriere hatte ich nur wenig Chancen auf dem Arbeitsmarkt. Also hatte ich angefangen, in meiner wenigen Freizeit Niederländisch zu lernen.

Ich hatte Elias oft die Ohren vollgejammert, wie scheiße alles lief und wann immer ich dabei war, die Hoffnung aufzugeben, hatte er mich wieder aufgebaut. Es war nicht einfach gewesen. Aber wir hatten es geschafft. Vor vier Wochen war ich dann schließlich richtig zu ihm gezogen. Und sogar mein Chef war damit einverstanden gewesen, dass ich bis zu meinem Austritt aus der Firma im Homeoffice arbeitete. Sobald der Stein einmal ins Rollen gekommen war, lief alles wie von allein.

Es war mir nicht leichtgefallen, mein altes Leben hinter mir zu lassen. Gerade auch, weil ich meine Eltern dann nicht mehr so oft sehen konnte. Oder Daniel.

Mein bester Freund würde mir fehlen. Er hatte sogar dafür gesorgt, dass sich unsere alte Clique vor meinem Umzug noch einmal trifft. Ich wusste erst nicht, was ich davon halten sollte, da sich niemand von ihnen bei mir gemeldet hatte. Einmal hatten sie sich nach mir erkundigt, und das war es dann gewesen.

Anfangs waren wir sehr steif miteinander umgegangen. Ich wusste nicht, was ich sagen sollte, und sie wussten nicht so recht, wie sie auf mich zukommen sollten. Bis Daniel die Initiative ergriffen und ein Gespräch gestartet hatte. Nachdem ich einmal angefangen hatte mit ihnen zu reden, waren die Worte einfach nur so aus mir herausgesprudelt. Es hatte gutgetan, sich alles von der Seele zu reden. Auch Daniel hatte viel zu sagen gehabt.

Zwar hatten wir alles klären können, doch ob die Freundschaften so bestehen bleiben würden, konnte keiner wirklich sagen. Ich wusste nicht, ob ich es überhaupt wollte. Denn mein Leben fand jetzt in den Niederlanden statt. Aber vielleicht konnte Daniel das angeknackste Verhältnis zu den Jungs wieder kitten.

Mit Elias an meiner Seite war ich dabei, mir etwas Eigenes aufzubauen. Etwas Wunderbares. Allein das war es wert, von vorne anzufangen. Und nur weil ich wegzog, hieß das nicht, dass ich sie nie wieder sehen würde.

»Worüber denkst du nach?«

»Über uns«, sagte ich ihm geradeheraus. »Und dass es sich für mich gelohnt hat, hierherzuziehen.«

»Ich hoffe, dass du die Entscheidung nie bereuen wirst.«

»Das glaube ich nicht.« Ich nahm Elias' Hand und hauchte einen Kuss auf den Handrücken.

Wie immer, wenn wir irgendwo ankamen, wartete mein Freund auf mich und griff nach meiner Hand. Die Befürchtung, dass es ihm schwerfallen könnte, in der Öffentlichkeit zu mir zu stehen, hatte sich in Luft aufgelöst. Bei jeder Gelegenheit griff er nach meiner Hand oder küsste mich flüchtig. Es war ein schönes Gefühl, so begehrt zu werden. Und das trotz meiner Macken und Einschränkungen.

Ich hatte sogar den Verdacht, dass sich meine Gefühle für Elias noch vertieft hatten, seit wir zusammengezogen waren. Ich konnte einfach nicht genug von ihm bekommen. Wann immer ich ihn ansah, konnte ich mein Glück gar nicht fassen und hatte Angst, dass alles nur ein Traum war, aus dem ich bald aufwachen würde.

Doch dem war nicht so und ich war um jeden Tag dankbar, den Elias an meiner Seite war. Er hatte mir sogar die Angst genommen, ihn im Bett zu langweilen. Dadurch, dass mein Bein weitestgehend steif blieb, gab es keine große Abwechslung. Doch fast täglich zeigte er mir, dass ich mir keine Sorgen zu machen brauchte. Auch nicht, dass ich ihn ausbremste. Denn er musste wirklich viel Rücksicht nehmen. Und er tat es gerne. Alles in allem könnte ich nicht glücklicher sein.

Und egal, was im Leben noch auf uns zukommen würde, ich war mir sicher, dass wir es schaffen würden. Gemeinsam, als Team.

Für immer.

Playlist

Alexa Feser – Mut
Thousand Foot Krutch – Be Somebody
James Arthur – Empty Space
Laith Al-Deen – Geheimnis
Gestört aber geil – Be My Now
Hugo Helmig – Please Don't Lie
Jannike – Sorry for yourself
Kovic – If you don't love me
Little Mix – Is your love enough
Max Giesinger – Nicht so schnell
Shakira – Medicine
Three Days Grace – Never too late
Chris Brown ft. Justin Bieber – Next to you
Pearl Jam – The end
Shakira – Ready for the good Times
Conor Maynard – This is My version

Weitere Werke der Autorin

Immer wieder wir

Was würdest du tun, wenn du für deinen Partner plötzlich ein völlig Fremder bist?

Mit genau dieser Frage muss Ben sich auseinandersetzen, als sein Mann nach einem schlimmen Unfall aus dem Koma erwacht. Seit sieben Jahren sind sie ein Paar, doch Felix weiß das alles nicht mehr. Er erkennt seinen eigenen Mann nicht wieder.

Wird die Erinnerung von Felix zurückkehren? Und selbst wenn nicht, kann es Ben schaffen, seinen Mann erneut für sich zu gewinnen?

Liebe ohne Hindernisse

Pierres und Bernards großer Tag steht vor der Tür und ihr dürft ihnen bei den Hochzeitsvorbereitungen über die Schulter schauen.

Seid ihre Gäste und freut euch außerdem auf ein Wiedersehen mit Enya und Ethan, von denen ihr erfahren werdet, wie es ihnen ergangen ist.

Die Geschichte ist ein Spin-Off zu ‚Liebe auf Anfang'.

Kornblumensommer

Jonathan hat alles, was er sich vom Leben gewünscht hat. Eine eigene Farm und einen festen Partner. Es könnte kaum besser laufen, gäbe es da nicht einen ehemaligen Kunden, der ihm das Leben schwer macht.

Um dem Spuk ein Ende zu bereiten, sucht sich Jonathan als letzten Ausweg einen Anwalt.

Eine ungewisse Zukunft liegt vor ihm, als er durch Zufall auf seinen Exfreund trifft. Erwartet ihn am Ende sogar eine neue, alte Liebe oder wird er alles verlieren?

Printed in Poland
by Amazon Fulfillment
Poland Sp. z o.o., Wrocław